Diogenes Taschenbuch 24810

de
te
be

ANTON ČECHOV wurde 1860 in Taganrog (Südrussland) geboren, wuchs in ärmlichen Verhältnissen auf und studierte dank eines Stipendiums in Moskau Medizin. Den Arztberuf übte Čechov nur kurze Zeit aus. Der Erfolg seiner Theaterstücke und Erzählungen machte ihn finanziell unabhängig. Seine Lungentuberkulose jedoch erzwang immer häufigere Aufenthalte in südlichem Klima, so dass Čechov auf die Krim übersiedelte. 1901 heiratete er die Schauspielerin Olga Knipper. Er starb 1904 in Badenweiler.

Anton Čechov

Wintergeschichten

Aus dem Russischen von
Peter Urban

Ausgewählt von
Christine Stemmermann

Diogenes

Nachweis der einzelnen Erzählungen am Schluss des Bandes
Die deutsche Erstausgabe erschien 2019 im Diogenes Verlag
Covermotiv: Gemälde von Eyvind Earle, ›Snow Laden Boughs‹

Veröffentlicht als Diogenes Taschenbuch, 2025

Diogenes Verlag AG Zürich
info@diogenes.ch · www.diogenes.ch
In Fragen zur Produktsicherheit (GPSR):
truepages UG (haftungsbeschränkt)
Westermühlstraße 29, 80469 München
info@truepages.de
60/25/36/1
ISBN 978 3 257 24810 4

Inhalt

Knaben

Volodja ist da! – rief jemand auf dem Hof.

– Volodička ist da! – jammerte Natalja und kam ins Esszimmer gelaufen. – Ach, mein Gott!

Die gesamte Familie Korolev, die Stunde um Stunde auf ihren Volodja gewartet hatte, stürzte an die Fenster. An der Auffahrt stand ein großer Schlitten, und von den drei Schimmeln stieg Nebel auf. Der Schlitten war leer, denn Volodja stand schon im Flur und knüpfte sich mit roten, verfrorenen Fingern die Kapuze auf. Sein Gymnasiastenmantel, die Uniformmütze, Galoschen und Haare waren reifbedeckt, und er verströmte von Kopf bis Fuß einen so appetitlichen Frostgeruch, dass man bei seinem Anblick am liebsten nach draußen gelaufen wäre und gesagt hätte: »Brrr!« Mutter und Tante stürzten ihm in die Arme, Natalja fiel ihm zu Füßen auf die Knie und begann, ihm die Filzstiefel auszuziehen, die Schwestern erhoben ein Gezeter, Türen quietschten, schlugen, und Volodjas Vater kam, nur in der Weste, eine Schere in der Hand, in den Flur gelaufen und rief erschrocken:

– Aber wir haben dich schon gestern erwartet! Bist du gut hergekommen? Wohlbehalten? Herrgott, lass ihn doch auch seinen Vater begrüßen! Bin ich etwa nicht sein Vater, wie?

– Haw! Haw! – heulte mit Bassstimme Mylord, der riesige schwarze Hund, der mit dem Schwanz gegen Wände und Möbel klopfte.

All das vermengte sich zu einem einzigen freudigen Geschrei, das ein, zwei Minuten anhielt. Als der erste Freudensturm sich gelegt hatte, bemerkten die Korolevs, dass außer Volodja sich im Flur noch ein kleiner Mensch befand, in Tücher, Schals und Kapuzen gehüllt und reifbedeckt; er stand, einen großen Fuchspelz übergeworfen, reglos in einer Ecke im Schatten.

– Volodička, und wer ist das? – flüsterte die Mutter.

– Ach! – erinnerte sich Volodja plötzlich. – Habe die Ehre vorzustellen, das ist mein Schulkamerad Linseničin, Schüler der 2. Klasse ... Ich habe uns einen Gast mitgebracht.

– Sehr angenehm, seien Sie uns willkommen! – sagte freudig der Vater. – Entschuldigen Sie, ich bin im Hauskleid, ohne Jackett ... Kommen Sie herein! Natalja, hilf Herrn Plinseničin beim Auskleiden! Herr du mein Gott, jagt endlich diesen Hund weg! Er ist eine Strafe!

Wenig später saßen Volodja und sein Freund Linseničin, betäubt von dem stürmischen Empfang und noch immer rosig von der Kälte, am Tisch und tranken Tee. Die Wintersonne, den Schnee und die Eisblumen an den Fenstern durchdringend, zitterte auf dem Samovar und badete ihre reinen Strahlen im Spucknapf. Im Zimmer war es warm, und die Knaben spürten, wie in ihren durchgefrorenen Körpern, ohne dass eines dem anderen nachgeben wollte, Wärme und Frost sich gegenseitig kitzelten.

– Ja, nun haben wir schon wieder Weihnachten! – sprach

in singendem Tonfall der Vater, während er sich aus dunkelrotem Tabak eine Zigarette drehte. – Und war nicht vor kurzem noch Sommer, hatte Mutter nicht geweint, als sie dich begleitete? Und jetzt bist du wieder da … Die Zeit, Freund, vergeht so schnell! Kaum sagst du Ach!, schon ist das Alter gekommen. Herr Flinteničin, bitte greifen Sie zu, genieren Sie sich nicht! Bei uns gehts ungezwungen zu.

Volodjas drei Schwestern, Katja, Sonja und Maša – die älteste war elf Jahre alt –, saßen am Tisch und ließen kein Auge von dem neuen Bekannten. Linseničin war so alt und von gleichem Wuchs wie Volodja, aber nicht so pummelig und weiß, sondern mager, dunkel und mit Sommersprossen bedeckt. Er hatte borstige Haare, schmale Augen, dicke Lippen und war überhaupt sehr hässlich, und hätte er nicht die Uniformjacke eines Gymnasiasten angehabt, so hätte man ihn, dem Äußeren nach, für den Sohn der Köchin halten können. Er war griesgrämig, schwieg die ganze Zeit und lächelte kein einziges Mal. Die Mädchen, die ihn ansahen, waren sich sofort darüber im Klaren, dass er ein sehr kluger und gelehrter Mensch sein müsse. Er dachte die ganze Zeit über etwas nach und war so sehr mit seinen Gedanken beschäftigt, dass er, wenn man ihn nach etwas fragte, zusammenfuhr, den Kopf schüttelte und bat, die Frage zu wiederholen.

Die Mädchen bemerkten, dass auch Volodja, der immer heiter und gesprächig gewesen war, dieses Mal wenig sprach, überhaupt nicht lächelte und irgendwie gar nicht froh war, wieder zu Hause zu sein. Solange sie beim Tee saßen, wandte er sich nur ein einziges Mal an die Schwestern, und auch das mit seltsamen Worten. Er zeigte mit dem Finger auf den Samowar und sagte:

– In Kalifornien trinkt man Gin statt Tee.

Auch er war mit irgendwelchen Gedanken beschäftigt, und wie es schien, den Blicken nach zu schließen, die er bisweilen mit seinem Freund Linseničin wechselte, hatten die Knaben gemeinsame Gedanken.

Nach dem Tee gingen alle ins Kinderzimmer. Der Vater und die Mädchen setzten sich an den Tisch und nahmen die Arbeit wieder auf, die durch die Ankunft der Knaben unterbrochen worden war. Sie machten aus Buntpapier Blumen und Ketten für den Weihnachtsbaum. Das war eine schöne und geräuschvolle Arbeit. Jede neu gemachte Blume begrüßten die Mädchen mit begeisterten Schreien, sogar mit entsetzten Schreien, so als sei die Blume vom Himmel gefallen; Papaša verfiel ebenfalls in Begeisterung und warf bisweilen die Schere zu Boden, aus Ärger darüber, dass sie stumpf war. Mamaša kam ins Kinderzimmer gelaufen, machte ein besorgtes Gesicht und fragte:

– Wer hat meine Schere genommen? Hast du schon wieder meine Schere genommen, Ivan Nikolaič?

– Herr du mein Gott, nicht mal eine Schere geben sie einem! – antwortete Ivan Nikolaič mit weinerlicher Stimme und nahm, gegen die Stuhllehne zurückgelehnt, die Pose des Gekränkten ein, geriet jedoch eine Minute später erneut in Begeisterung.

Früher, wenn Volodja nach Hause kam, hatte auch er sich am Vorbereiten des Weihnachtsbaums beteiligt oder war auf den Hof gelaufen, um zuzusehen, wie der Kutscher und der Hirte die Rodelbahn machten, jetzt jedoch schenkten er und Linseničin dem Buntpapier keinerlei Beachtung und waren kein einziges Mal im Pferdestall, sondern saßen am Fenster und flüsterten miteinander; dann schlugen beide gemeinsam den Weltatlas auf und begannen, irgendeine Karte zu betrachten.

– Zuerst nach Perm … – sagte Linseničin leise … – von dort nach Tjumen … dann Tomsk … dann … dann … nach Kamčatka … Von hier bringen uns die Samojeden in Booten über die Beringstraße … Und dann bist du in Amerika … Hier gibt es viele Pelztiere.

– Und Kalifornien? – fragte Volodja.

– Kalifornien ist weiter unten … Wenn wir erst in Amerika sind, ist Kalifornien nicht mehr weit. Ernähren werden wir uns von Jagd und Raub.

Linseničin mied die Mädchen den ganzen Tag, sah sie nur aus den Augenwinkeln an. Nach dem abendlichen Tee geschah es, dass man ihn für fünf Minuten mit den Mädchen allein ließ. Zu schweigen wäre peinlich gewesen. Also räusperte er sich streng, rieb die linke Hand in der rechten Handfläche, blickte Katja griesgrämig an und fragte:

– Haben Sie Mayne Reid gelesen?

– Nein, hab ich nicht … Hören Sie, und können Sie Schlittschuh laufen?

In seine Gedanken vertieft, antwortete Linseničin nichts auf diese Fragen, sondern blies nur die Wangen auf und stieß einen Seufzer aus, als sei ihm sehr heiß. Er hob noch einmal die Augen auf Katja und sagte:

– Wenn eine Bisonherde durch die Pampas rast, dann bebt die Erde und die Mustangs schlagen aus und wiehern.

Linseničin lächelte traurig und setzte hinzu:

– Außerdem überfallen die Indianer die Eisenbahnen. Aber das Schlimmste sind die Moskitos und die Termiten.

– Was ist denn das?

– Das ist etwas wie die Ameisen, nur mit Flügeln. Sie beißen sehr schmerzhaft. Wissen Sie, wer ich bin?

– Herr Linseničin.

– Nein, ich bin Montigomo, Habichtskralle, Häuptling der Unbesiegbaren.

Maša, die Kleinste, sah ihn an, dann das Fenster, hinter dem bereits der Abend anbrach, und sagte nachdenklich:

– Bei uns hat es gestern Linseneintopf gegeben.

Die völlig unverständlichen Worte Linseničins und der Umstand, dass er beständig mit Volodja flüsterte, dass er nicht mitspielte, sondern ständig über etwas nachdachte – all das war seltsam und rätselhaft. Und die beiden älteren Mädchen, Katja und Sonja, begannen, die Knaben wie ein Luchs zu beobachten. Am Abend, als die Knaben sich schlafen gelegt hatten, stahlen sich die Mädchen an die Tür und belauschten ihr Gespräch. Oh, was sie da erfuhren! Die Knaben wollten irgendwohin nach Amerika fliehen, um Gold zu graben; sie hatten schon alles für die Reise beisammen: eine Pistole, zwei Messer, Zwieback, eine Lupe zum Feuermachen, einen Kompass und in barem Geld vier Rubel. Sie erfuhren, was die Knaben alles zu bestehen hatten: einige Tausend Werst zu Fuß zurücklegen, unterwegs mit Tigern und Wilden kämpfen, dann nach Gold graben und Elfenbein gewinnen, Feinde töten, unter die Seeräuber gehen, Gin trinken und am Ende zwei schöne Frauen heiraten und Plantagen bearbeiten. Volodja und Linseničin sprachen miteinander und unterbrachen sich in ihrer Begeisterung gegenseitig. Sich selbst nannte Linseničin »Montigomo, Habichtskralle«, Volodja hingegen »meinen bleichgesichtigen Bruder«.

– Aber pass auf, erzähl das nicht Mama –, sagte Katja zu Sonja, als sie zu Bett gingen. – Volodja bringt uns aus Amerika Gold und Elfenbein mit, wenn du es aber Mama erzählst, lassen sie ihn nicht fort.

Den ganzen Tag vor Heiligabend studierte Linseničin die Asienkarte und machte Notizen, während Volodja gequält, pummelig rund, als hätte ihn eine Biene gestochen, griesgrämig durch die Zimmer schlich und nichts aß. Einmal im Kinderzimmer blieb er sogar vor der Ikone stehen, bekreuzigte sich und sagte:

– Herrgott, vergib mir Sünder! Herrgott, beschütze meine arme, unglückliche Mama!

Gegen Abend fing er an zu weinen. Als er schlafen ging, umarmte er den Vater, die Mutter und die Schwestern lange, Katja und Sonja begriffen ja, worum es ging, wohingegen die Jüngste, Maša, nichts, entschieden nichts begriff und beim Anblick Linseničins nachdenklich wurde und mit einem Seufzer sagte:

– Njanja sagt, wenn Fasten sind, soll man Erbsen und Linsen essen.

Am frühen Morgen von Heiligabend erhoben sich Katja und Sonja leise und gingen zusehen, wie die Knaben nach Amerika flohen. Sie stahlen sich an die Tür.

– Du kommst also nicht mit? – fragte Linseničin zornig. – Sprich: du kommst also nicht mit?

– Herrgott! – weinte Volodja leise. – Wie kann ich denn mitkommen? Mama tut mir leid.

– Mein bleichgesichtiger Bruder, ich bitte dich, komm mit! Du hast versichert, dass du mitkommst, du selbst hast mich angestiftet, und jetzt, wo es losgeht, kriegst dus mit der Angst.

– Ich … ich habe keine Angst, mir … mir tut Mama leid.

– Sprich: kommst du mit oder nicht?

– Ich komme mit, nur … nur warte. Ich möchte noch ein bisschen zu Hause bleiben.

– Wenn das so ist, gehe ich eben allein! – entschied Linseničin. – Ich komme auch ohne dich aus. Dabei hast du doch selber auf Tigerjagd gehen und kämpfen wollen! Wenn das so ist, gib mir meine Zündstifte zurück!

Volodja fing bitterlich an zu weinen, dass die Schwestern es nicht aushielten und ebenfalls zu weinen anfingen. Stille trat ein.

– Du kommst also nicht mit? – fragte Linseničin noch einmal.

– Ich … ich komme mit.

– Dann zieh dich an!

Und Linseničin pries, um Volodja zu überzeugen, Amerika in höchsten Tönen, brüllte wie ein Tiger, stellte einen Dampfer dar, schimpfte und versprach Volodja, ihm alles Elfenbein und alle Löwen- und Tigerfelle abzugeben.

Und dieser magere dunkle Knabe mit den Borstenhaaren und Sommersprossen erschien den Mädchen als ganz ungewöhnlich, bemerkenswert. Er war ein Held, ein entschlossener, unerschütterlicher Mensch, und er brüllte so, dass man, vor der Tür stehend, tatsächlich denken konnte, es sei ein Tiger oder ein Löwe.

Als die Mädchen in ihr Zimmer zurückgekehrt waren und sich ankleideten, sagte Katja mit Tränen in den Augen:

– Ach, ich habe solche Angst!

Bis zwei Uhr, als man sich zu Tisch setzte, war alles still, aber bei Tisch stellte sich plötzlich heraus, dass die Knaben nicht zu Hause waren. Man schickte in die Gesindeküche, in den Pferdestall, ins Nebengebäude zum Verwalter – auch dort waren sie nicht. Auch den Tee trank man ohne die Knaben, und als man sich zum Abendbrot setzte, war Mamaša sehr besorgt, sie weinte sogar. Und nachts ging man wieder ins Dorf, suchte, ging mit Laternen an den Fluss. Gott, was erhob sich da ein Gezeter!

Am andern Tag kam der Landgendarm, im Esszimmer schrieben sie irgendein Papier. Mamaša weinte.

Doch da hielt vor dem Nebengebäude der große Schlitten, und von den drei Schimmeln stieg Dampf auf.

– Volodja ist da! – rief jemand auf dem Hof.

– Volodička ist da! – jammerte Natalja und kam ins Esszimmer gelaufen.

Auch Mylord fing mit Bassstimme an zu bellen: »Haw! haw!« Es stellte sich heraus, dass man die Knaben in der Stadt festgenommen hatte, im Kaufhaus (dort waren sie umhergegangen und hatten ständig gefragt, wo es Schießpulver zu kaufen gäbe). Als Volodja den Flur betrat, brach er in Schluchzen aus und stürzte der Mutter um den Hals. Die Mädchen dachten bebend, voller Entsetzen, daran, was jetzt geschehen würde, sie hörten, wie Papaša Volodja und Linseničin in sein Kabinett führte und dort lange mit ihnen sprach; Mamaša sprach ebenfalls und weinte.

– Wie kann man nur so etwas tun? – redete Papaša auf sie

ein. – Wenn man das im Gymnasium erfährt, fliegt ihr. Und Sie, Herr Linseničin, sollten sich schämen! Wie hässlich von Ihnen! Sie sind der Anstifter, und ich hoffe, Ihre Eltern werden Sie bestrafen. Wie kann man nur so etwas tun? Wo haben Sie übernachtet?

– Auf dem Bahnhof! – antwortete Linseničin stolz.

Volodja lag danach auf dem Bett, auf die Stirn hatte man ihm ein mit Essig getränktes Handtuch gelegt. Man schickte ein Telegramm irgendwohin, und am andern Tag kam eine Dame, Linseničins Mutter, und holte ihren Sohn ab.

Als Linseničin abreiste, war sein Gesicht streng, hochmütig, und zum Abschied von den Mädchen sagte er kein einziges Wort; er nahm nur Katjas Album entgegen und schrieb zur Erinnerung hinein:

»Montigomo, Habichtskralle.«

Kleiner Scherz

Ein klarer Wintertag, um Mittag ... der Frost ist stark, er klirrt, und Nadjenka, die sich an meinen Arm klammert, hat silbrigen Reif an den Schläfenlöckchen und Flaum über der Oberlippe. Wir stehen auf einem hohen Berg. Vor unseren Füßen bis hinab zur Erde erstreckt sich eine abschüssige Fläche, in der sich die Sonne betrachtet wie in einem Spiegel. An unserer Seite ein kleiner Schlitten, mit hellrotem Stoff ausgeschlagen.

»Fahren wir hinunter, Nadežda Petrovna!«, bettle ich. »Nur ein Mal! Ich versichere Sie, wir kommen heil unten an.«

Aber Nadjenka hat Angst. Der gesamte Raum vor ihren kleinen Galoschen bis zum Ende des Eisbergs erscheint ihr als ein schrecklicher, unermesslich tiefer Abgrund. Es erstirbt ihr Denken, es verschlägt ihr den Atem, wenn sie nach unten blickt, wenn ich ihr nur vorschlage, sich in den Schlitten zu setzen, denn was wird geschehen, wenn sie es riskiert, in den Abgrund zu fliegen! Sterben wird sie, den Verstand verlieren.

»Ich flehe Sie an!«, sage ich. »Sie brauchen keine Angst zu haben! Begreifen Sie doch, das ist Kleinmut, ist Feigheit!«

Endlich gibt Nadjenka nach, und ich sehe in ihrem Gesicht, sie gibt nach, den Tod vor Augen. Ich setze sie, bleich, zitternd, in den Schlitten, umfasse sie mit einem Arm und stürze mich mit ihr in den Höllenschlund.

Der Schlitten fliegt wie eine Kugel. Die durchschnittene Luft schlägt ins Gesicht, heult, pfeift in den Ohren, kneift schmerzend vor Wut, will einem den Kopf von den Schultern reißen. Vor dem Ansturm des Windes lässt sich nicht atmen. Es scheint, als halte uns der Teufel leibhaftig in den Tatzen und zerre uns unter Geheul in die Hölle. Die Gegenstände ringsum verschwimmen zu einem langen, dahinrasenden Band … Noch einen Augenblick, und wir sind, so scheint es, verloren!

»Ich liebe Sie, Nadja!«, sage ich halblaut.

Dann fährt der Schlitten immer langsamer und langsamer, das Heulen des Windes und das Surren der Kufen sind nicht mehr so schrecklich, der Atem erstirbt nicht länger, und schließlich sind wir unten. Nadjenka ist mehr tot als lebendig. Sie ist bleich, atmet kaum … Ich helfe ihr beim Aufstehen.

»Noch einmal fahre ich um keinen Preis«, sagt sie und schaut mich mit großen, vor Entsetzen geweiteten Augen an. »Um nichts in der Welt! Ich wäre fast gestorben.«

Etwas später kommt sie zu sich und blickt mir bereits fragend in die Augen: habe ich diese vier Worte gesagt, oder hat sie sie nur gehört im Brausen des Windes? Und ich stehe neben ihr, rauche und mustere eingehend meine Handschuhe.

Sie hakt sich bei mir unter, und wir gehen lange am Fuß des Berges spazieren. Das Rätsel lässt ihr, wie ich sehe, keine Ruhe. Sind diese Worte gesagt worden oder nicht? Ja oder nein? Das ist eine Frage der Eitelkeit, der Ehre, des Lebens, des Glücks, eine sehr wichtige Frage, die wichtigste auf Erden. Nadjenka schaut mir ungeduldig, traurig, mit forschendem Blick ins Gesicht, gibt unpassende Antworten, wartet, ob ich nicht beginnen würde zu sprechen. Oh, was für ein Spiel in diesem netten Gesicht, was für ein Spiel! Ich sehe, sie kämpft mit sich, sie muss etwas sagen, muss etwas fragen, aber sie findet nicht die Worte, ihr ist es peinlich, sie hat Angst, die Freude hindert sie …

»Wissen Sie was?«, sagt sie, ohne mich anzusehen.

»Was?«, frage ich.

»Lassen Sie uns noch einmal … rodeln.«

Wir steigen die Treppe hinauf auf den Berg. Wieder setze ich die bleiche, zitternde Nadja in den Schlitten, wieder fliegen wir in den schrecklichen Abgrund, wieder heult der Wind und surren die Kufen, und wieder, im schnellsten und lautesten Moment des Fluges, sage ich halblaut:

»Ich liebe Sie, Nadjenka!«

Als der Schlitten anhält, lässt Nadjenka den Blick über den Berg schweifen, den wir eben heruntergerodelt sind, dann schaut sie mir lange ins Gesicht, horcht auf meine Stimme, die gleichgültig und leidenschaftslos ist, und ihr ganzer Körper, sogar ihr Muff, ihre Kapuze, ihre ganze kleine Gestalt drücken äußerstes Befremden aus. Und ins Gesicht geschrieben steht ihr:

›Was ist nur? Wer hat jene Worte gesprochen? War er es, oder hat es sich nur so angehört?‹

Diese Ungewissheit beunruhigt sie, raubt ihr die Geduld. Das arme Mädchen antwortet nicht mehr auf Fragen, wird mürrisch, fängt gleich an zu weinen.

»Wollen wir nicht nach Hause gehen?«, frage ich.

»Mir ... mir gefällt dieses Rodeln«, sagt sie, errötend. »Wollen wir nicht noch einmal fahren?«

Ihr »gefällt« dieses Rodeln, dabei ist sie, als sie sich in den Schlitten setzt, wie die vorigen Male bleich, atmet kaum und zittert vor Angst.

Wir fahren zum dritten Mal hinunter, und ich sehe, wie sie mir ins Gesicht blickt, meine Lippen beobachtet. Doch ich halte das Taschentuch an die Lippen, räuspere mich, und als wir die Hälfte des Berges hinter uns haben, gelingt es mir zu sagen:

»Ich liebe Sie, Nadja!«

Das Rätsel bleibt ein Rätsel! Nadjenka schweigt, denkt über etwas nach ... Ich begleite sie von der Rodelbahn nach Hause, sie bemüht sich, langsam zu gehen, verlangsamt den Schritt und wartet und wartet, ob ich ihr nicht jene Worte sage. Und ich sehe, wie sie leidet, wie sehr sie sich beherrscht, um nicht zu sagen:

›Der Wind kann sie nicht gesagt haben! Ich will auch nicht, dass der Wind sie gesagt hat!‹

Am andern Tage bekomme ich morgens einen Zettel: »Wenn Sie heute rodeln gehen, holen Sie mich ab. N.« Und seit diesem Tage gehen Nadja und ich jeden Tag rodeln, und wenn wir auf dem Schlitten hinunterfliegen, sage ich jedesmal halblaut dieselben Worte:

»Ich liebe Sie, Nadja!«

Bald gewöhnt sich Nadjenka an diesen Satz, wie an Alkohol oder Morphium. Sie kann ohne ihn nicht mehr leben. Zwar hat sie vor dem Fliegen nach wie vor Angst, doch inzwischen verleihen jene Worte von der Liebe der Angst und

Gefahr einen besonderen Reiz, Worte, die nach wie vor ein Rätsel bleiben und das Herz schwer machen. In Verdacht stehen immer dieselben zwei: ich und der Wind ... Wer von beiden ihr die Liebe erklärt, weiß sie nicht, aber es ist ihr offenbar auch schon egal; egal ist, aus welchem Glas man trinkt, Hauptsache, man wird betrunken.

Eines Tages ging ich um Mittag allein rodeln; in der Menge verloren, sehe ich, wie Nadjenka zum Berg kommt, wie sie mit den Augen nach mir sucht ... Dann steigt sie schüchtern die Treppe hinauf ... Sie hat Angst, allein zu fahren, ach, welche Angst! Sie ist bleich wie der Schnee, zittert, sie geht wie zur eigenen Hinrichtung, aber geht, geht ohne sich umzuschauen, entschlossen. Offenbar hat sie beschlossen, endlich die Probe zu machen: werden diese wunderbaren süßen Worte auch zu hören sein, wenn ich nicht mitfahre? Ich sehe, wie sie, bleich, mit vor Schrecken geöffnetem Mund, sich in den Schlitten setzt, die Augen schließt, der Welt für immer Lebewohl sagt und sich abstößt ... »Ssss ...«, surren die Kufen. Ob Nadjenka die Worte hört, ich weiß es nicht ... Ich sehe nur, wie sie sich erschöpft und schwach vom Schlitten erhebt. Und ihrem Gesicht ist anzusehen, sie weiß selbst nicht, ob sie die Worte gehört hat oder nicht. Die Angst, während sie den Berg hinunterfuhr, hat sie der Fähigkeit beraubt zu hören, Laute zu unterscheiden, zu verstehen ...

Da naht jedoch der Frühlingsmonat März ... Die Sonne beginnt zu liebkosen. Unser Eisberg dunkelt, verliert seinen Glanz, schließlich taut er. Wir können nicht mehr rodeln. Die arme Nadjenka wird nirgends mehr jene Worte hören, und es ist auch niemand mehr da, der sie sagen könnte, denn kein Wind ist zu spüren, und ich reise bald nach Petersburg – für lange Zeit, wahrscheinlich für immer.

Irgendwann vor der Abreise, ein zwei Tage vorher, sitze ich bei Dämmerlicht im Garten, der von dem Hof, auf dem Nadjenka lebt, durch einen hohen Bretterzaun mit Nägeln getrennt ist … Noch ist es ziemlich kalt, unter dem Mist liegt noch der Schnee, die Bäume sind tot, doch es riecht schon nach Frühling, und beim Aufsuchen ihres Nachtlagers krächzen laut die Krähen. Ich trete an den Zaun und schaue lange durch einen Spalt. Ich sehe, wie Nadjenka auf die Freitreppe hinaustritt und einen kummervollen, sehnsüchtigen Blick zum Himmel richtet … der Frühlingswind bläst ihr direkt ins bleiche, bedrückte Gesicht … Er erinnert sie an den Wind, der uns damals auf dem Berg entgegenheulte, als sie jene vier Worte hörte, und ihr Gesicht wird traurig, so traurig, über die Wange rollt eine Träne … Und das bleiche Mädchen streckt beide Arme aus, wie um den Wind zu bitten, ihr noch einmal jene Worte zuzutragen. Und ich warte einen Windstoß ab und sage halblaut:

»Ich liebe Sie, Nadja!«

Mein Gott, was geschieht da mit Nadjenka? Sie schreit auf, lächelt, strahlt über das ganze Gesicht und streckt dem Wind die Arme entgegen, voller Freude, glücklich und so schön.

Und ich gehe packen …

Das alles ist lange her. Heute ist Nadjenka verheiratet; ob man sie verheiratet hat oder ob sie selbst gewählt hat – es ist der Sekretär am Vormundschaftsgericht, und sie hat heute drei Kinder. Dass wir damals zusammen rodeln gingen und ihr der Wind die Worte zutrug »Ich liebe Sie, Nadjenka«, ist nicht vergessen; für sie ist das heute die glücklichste, die anrührendste und schönste Erinnerung ihres Lebens …

Und ich kann heute, da ich älter bin, nicht mehr begreifen, warum ich jene Worte gesagt habe, wozu ich mir diesen Scherz erlaubt habe …

Volodja der Große und Volodja der Kleine

Lasst mich, ich will selber lenken! Ich setze mich zum Kutscher! – sagte Sofja Lvovna laut. – Kutscher, warte, ich komme zu dir auf den Bock.

Sie stand im Schlitten, ihr Ehemann Vladimir Nikityč und der Freund ihrer Kindheit Vladimir Michajlyč hielten sie an den Händen, damit sie nicht fiel. Die Trojka fuhr schnell.

– Ich sagte dir doch, man darf ihr keinen Cognac geben, – flüsterte Vladimir Nikityč seinem Gefährten ärgerlich zu. – Du bist mir einer, wirklich!

Der Oberst wusste aus Erfahrung, dass bei Frauen wie seiner Ehefrau Sofja Lvovna auf die stürmische, leicht angetrunkene Heiterkeit gewöhnlich hysterisches Gelächter folgte und dann Weinen. Er befürchtete, dass er sich jetzt, wenn sie nach Hause kämen, statt zu schlafen, mit Kompressen und Tropfen werde abgeben müssen.

– Brrr! – rief Sofja Lvovna. – Ich will lenken!

Sie war aufrichtig heiter und genoss ihren Triumph. Die letzten beiden Monate, seit dem Tage ihrer Hochzeit, hatte sie der Gedanke bedrückt, sie habe Oberst Jagič aus Berechnung geheiratet, wie man so sagt, par dépit; doch heute im Restaurant vor der Stadt hatte sie sich endlich davon überzeugt, dass sie ihn leidenschaftlich liebe. Trotz seiner vierundfünfzig Jahre war er so rank, so schlank und gewandt, scherzte und sang so nett mit den Zigeunerinnen. Wirklich, heutzutage sind die alten Männer tausendmal spannender als die jungen, es sieht so aus, als hätten Alter und Jugend die Rollen getauscht. Der Oberst ist zwei Jahre älter als ihr Vater, aber was kann dieser Umstand schon bedeuten, wenn er, offen gestanden, an Lebenskraft, an Mut und Frische so unermesslich viel mehr hatte als sie, die sie erst dreiundzwanzig war?

»Oh, mein Liebster! – dachte sie. – Wunderbarer!«

Im Restaurant hatte sie sich auch davon überzeugt, dass von dem früheren Gefühl in ihrer Seele nicht einmal ein Funken mehr vorhanden war. Gegen den Freund ihrer Kindheit, Vladimir Michajlyč, oder einfach Volodja, den sie noch gestern bis zum Wahnsinn, bis zur Verzweiflung geliebt hatte, fühlte sie sich heute völlig gleichgültig. Den ganzen heutigen Abend war er ihr schlaff und verschlafen erschienen, uninteressant, unbedeutend, und die Kaltschnäuzigkeit, mit der er sich gewöhnlich um das Zahlen der Zeche drückte, hatte sie diesmal empört, es hatte sie Beherrschung gekostet, ihm nicht zu sagen: »Wenn Sie kein Geld haben, bleiben Sie lieber zu Hause.« Bezahlt hatte alles der Oberst.

Vielleicht, weil an ihren Augen Bäume, Telegraphenmasten und Schneewächten vorbeiflogen, kamen ihr die verschiedensten Dinge in den Sinn. Sie dachte: die Rechnung im Restaurant betrug einhundertundzwanzig, für die Zigeuner noch einmal einhundert, und morgen, wenn sie Lust dazu verspürte, könnte sie sogar tausend Rubel in den Wind werfen, vor zwei Monaten dagegen, vor ihrer Hochzeit, hatte sie nicht einmal drei Rubel eigenes Geld und musste sich wegen jeder noch so kleinen Kleinigkeit an ihren Vater wenden. Was für eine Veränderung im Leben!

Ihre Gedanken gingen durcheinander, und sie erinnerte sich, wie Oberst Jagič, ihr jetziger Ehemann, als sie zehn Jahre alt war, ihrer Tante den Hof gemacht hatte und alle im Hause sagten, er habe ihr Leben ruiniert, und in der Tat kam die Tante oft mit verweinten Augen zum Essen und reiste ständig irgendwohin, und man sagte von ihr, die Ärmste fände keinen Platz für sich im Leben. Er war damals ein sehr schöner Mann und hatte außergewöhnlichen Erfolg bei den Frauen, so dass die ganze Stadt ihn kannte und man von ihm erzählte, er führe jeden Tag zu seinen Verehrerinnen auf Visite wie ein Arzt zu seinen Patienten. Noch heute, trotz grauer Haare, Falten und der Brille, erscheint manchmal sein hageres Gesicht, besonders im Profil, sehr schön.

Sofja Lvovnas Vater war Militärarzt und hatte eine Zeitlang im selben Regiment wie Jagič gedient. Volodjas Vater war ebenfalls Militärarzt und hatte ebenfalls im selben Regiment gedient wie ihr Vater und Jagič. Trotz oft sehr komplizierter und unruhiger Liebesabenteuer war Volodja ein sehr guter Student gewesen; er hatte sein Studium mit großem Erfolg abgeschlossen und danach als Spezialgebiet ausländische Literatur gewählt und schreibt nun, wie man erzählt, an seiner Dissertation. Er lebt in der Kaserne, bei seinem Vater, dem Militärarzt, und hat kein eigenes Geld, obwohl er schon dreißig Jahre alt ist. Als Kinder lebten Sofja Lvovna und er in verschiedenen Wohnungen, aber unter demselben Dach, und er kam oft zum Spielen zu ihr, sie lernten gemeinsam Tanzen und Französisch; als er jedoch erwachsen und ein schlanker, schöner junger Mann geworden war, schämte sie sich vor ihm, dann verliebte sie sich in ihn bis zum Wahnsinn und liebte ihn bis zuletzt, bis Jagič sie heiratete. Er hatte ebenfalls außergewöhnlichen Erfolg bei den Frauen, schon seit er vierzehn war, und die Damen, die ihre Ehemänner mit ihm betrogen, rechtfertigten sich damit, dass Volodja so klein war. Neulich hatte jemand von ihm erzählt, er habe als Student in einem Zimmer gewohnt, in Universitätsnähe, und jedes Mal, wenn man bei ihm anklopfte, habe man hinter der Tür seine Schritte zu hören bekommen und dann, halblaut, die Entschuldigung: »Pardon, je ne suis pas seul.« Jagič war von ihm entzückt und hatte ihm fürs Weitere seinen Segen erteilt, wie Deržavin Puškin, er mochte ihn ganz offensichtlich. Beide spielten stundenlang schweigend Billard oder Piquet, und wenn Jagič mit der Trojka irgendwohin fuhr, nahm er Volodja mit, Jagič war auch der Einzige, den Volodja in die Geheimnisse seiner Dissertation eingeweiht hatte. In der ersten Zeit, als der Oberst noch jünger war, waren beide oft als Rivalen aufeinandergetroffen, aber nie eifersüchtig aufeinander gewesen. In der Gesellschaft, in der sie gemeinsam auftraten, nannte man Jagič Volodja den Großen, seinen Freund hingegen Volodja den Kleinen.

In dem Schlitten saß, außer Volodja dem Großen, Volodja dem Kleinen und Sofja Lvovna, noch eine weitere Person – Margarita Aleksandrovna oder, wie man sie sonst nannte, Rita, die Cousine von Frau Jagič, eine Jungfer von über dreißig, sehr blass, mit schwarzen Augenbrauen, pince-nez, Kettenraucherin selbst bei strengem Frost; ständig lag ihr die Asche auf der Brust, auf den Knien. Sie sprach durch die Nase, jedes einzelne Wort in die Länge ziehend, war kalt, konnte Cognac und Liqueur trinken, so viel sie wollte, ohne betrunken zu werden, und erzählte ständig zweideutige Witze, aber träge und geschmacklos. Zu Hause las sie von früh bis spät dicke Zeitschriften, um sie mit Asche zu bestreuen, oder aß gefrorene Äpfel.

– Sofja, hör auf zu toben, – sagte sie näselnd. – Wirklich, es ist geradezu töricht.

Im Angesicht des Stadttors fuhr die Trojka langsamer, Häuser und Menschen flogen vorbei, und Sofja Lvovna wurde ruhiger, schmiegte sich an ihren Mann und gab sich ganz ihren Gedanken hin. Volodja der Kleine saß ihr gegenüber. Jetzt mischten sich unter die heiteren, leichten Gedanken bereits finstere. Sie dachte: dieser Mensch, ihr gegenüber, wusste, dass sie ihn liebte, und hatte ihrem Gerede natürlich geglaubt, dass sie den Obersten par dépit geheiratet habe. Sie hatte ihm noch nie eine Liebeserklärung gemacht und wollte nicht, dass er es wusste, und so verbarg sie ihr Gefühl, seinem Gesicht jedoch war anzusehen, dass er sie sehr genau verstand – und ihre Eitelkeit war gekränkt. Das Erniedrigendste an ihrer Lage aber war, dass Volodja der Kleine ihr plötzlich, nach der Hochzeit, Beachtung schenkte, was früher nie der Fall gewesen war, dass er stundenlang bei ihr saß, schweigend oder über irgendwelche Kleinigkeiten schwatzend, oder jetzt im Schlitten, ohne sich mit ihr zu unterhalten, ihren Fuß berührte und ihr die Hand drückte; offenbar hatte er nur darauf gewartet, dass sie heiraten würde; und offenbar war auch, dass er sie verachtete und dass sie in ihm lediglich das Interesse der bewussten Art weckte, wie eine schlechte, unanständige Frau. Und als in ihrer Seele der Triumph und die Liebe zu ihrem Ehemann verschmolzen mit dem Gefühl der Erniedrigung und des gekränkten Stolzes, da überkam sie die Aufsässigkeit, da wollte sie sich auf den Kutschbock setzen und schreien, pfeifen …

Genau zu dem Zeitpunkt, als sie am Nonnenkloster vorbeifuhren, erscholl der Schlag einer tausend Pud schweren Glocke. Rita bekreuzigte sich.

– In diesem Kloster ist unsere Olja, – sagte Sofja Lvovna, bekreuzigte sich ebenfalls und fuhr zusammen.

– Warum ist sie ins Kloster gegangen? – fragte der Oberst.

– Par dépit, – gab Rita zornig zur Antwort, offenbar in Anspielung auf Sofja Lvovnas Ehe mit Jagič. – Das par dépit ist heute in Mode. Die Herausforderung an alle Welt. Sie lachte gern, war furchtbar kokett, liebte nichts als Bälle und Kavaliere und plötzlich – seht her! Hat sie uns überrascht!

– Das stimmt nicht, – sagte Volodja der Kleine, schlug den Kragen seines Pelzmantels herab und zeigte sein schönes Gesicht. – Das war kein par dépit, sondern das blanke Entsetzen, wenn Sie so wollen. Man hat ihren Bruder, Dmitrij, zu Zwangsarbeit verurteilt, und niemand weiß heute, wo er ist. Ihre Mutter ist vor Kummer gestorben.

Er schlug den Kragen wieder hoch.

– Und Olja hat recht getan, – fügte er dumpf hinzu. – Ein Dasein als Pflegetochter, noch dazu mit einem Goldstück wie Sofja Lvovna an der Seite – das muss man sich schon überlegen!

Sofja Lvovna hörte den verächtlichen Ton in seiner Stimme und wollte ihm eine Frechheit erwidern, schwieg aber.

Wieder überkam sie die Aufsässigkeit. Sie hob sich auf die Füße und rief mit weinerlicher Stimme:

– Ich will zur Frühmesse! Kutscher, zurück! Ich will Olja sehen!

Sie wendeten. Der Klang der Klosterglocke war voll und erinnerte, wie es Sofja Lvovna schien, durch irgendetwas an Oljas Leben. Geläutet wurde auch in den anderen Kirchen. Als der Kutscher die Trojka zum Stehen gebracht hatte, sprang Sofja Lvovna aus dem Schlitten und ging allein, ohne Begleitung, schnellen Schrittes auf das Tor zu.

– Bitte, beeil dich! – rief ihr der Ehemann nach. – Es ist schon spät!

Sie ging durch das dunkle Tor, dann die Allee entlang, die vom Tor zur Hauptkirche führte, und der Schnee knirschte unter ihren Füßen, der Glockenklang erscholl bereits direkt über ihrem Kopf und durchdrang, wie es schien, ihr ganzes Wesen. Da die Kirchentür, drei Stufen abwärts, dann die Vorhalle mit den Heiligenbildern auf beiden Seiten, es roch nach Wacholder und Weihrauch, wieder eine Tür, und ihr öffnet eine dunkle kleine Gestalt und verbeugt sich tief, tief ... Der Gottesdienst in der Kirche hatte noch nicht begonnen. Eine Nonne ging vor dem Ikonostas auf und ab und steckte die Kerzen auf den Ständern an, eine andere den Kronleuchter. Da und dort, in der Nähe der Säulen und Nebenaltäre, standen reglos schwarze Gestalten. »Wenn sie jetzt schon da stehen, stehen sie da bis zum Morgen«, – dachte Sofja Lvovna, und es schien ihr hier dunkel, kalt, langweilig – langweiliger als auf einem Friedhof. Gelangweilt schaute sie auf die reglosen, erstarrten Gestalten, und plötzlich krampfte sich ihr Herz zusammen.

Aus irgendeinem Grunde erkannte sie in einer der Nonnen, einer kleinen, mit schmächtigen Schultern und schwarzem Kopftuch, Olja, obwohl Olja, als sie ins Kloster ging, kräftig und wohl auch größer gewesen war. Unschlüssig, in unerklärlich heftiger Erregung trat Sofja Lvovna auf die Novizin zu und blickte ihr über die Schulter ins Gesicht, und erkannte Olja.

– Olja! – sagte sie und klatschte in die Hände, und konnte vor Erregung nicht weitersprechen. – Olja!

Die Nonne erkannte sie sofort, hob erstaunt die Brauen, und ihr bleiches, frisch gewaschenes, reines Gesicht, sogar das weiße Tuch, das unter dem Kopftuch hervorschaute, schienen vor Freude zu strahlen.

– Der Herr hat ein Wunder vollbracht, – sagte sie und klatschte ebenfalls in ihre mageren, bleichen Händchen.

Sofja Lvovna umarmte sie fest und küsste sie, wobei sie befürchtete, sie könne nach Alkohol riechen.

– Wir sind eben hier vorbeigefahren und haben an dich gedacht, – sagte sie, schwer atmend wie von schnellem Gehen. – Herrgott, bist du blass! Ich … ich freue mich sehr, dich zu sehen. Und, was ist? Wie geht es? Hast du Sehnsucht?

Sofja Lvovna wandte sich zu den anderen Nonnen um und fuhr nun mit leiser Stimme fort:

– Bei uns gibt es so viele Veränderungen … Du weißt, ich habe Jagič geheiratet, Vladimir Nikityč. Du erinnerst dich wahrscheinlich an ihn … Ich bin sehr glücklich mit ihm.

– Na, Gott sei Dank. Und geht es deinem Vater gut?

– Ja. Er denkt viel an dich. Olja, komm uns doch an den Feiertagen besuchen. Hörst du?

– Ich werde kommen, – sagte Olja und lächelte zwinkernd. – Am zweiten Feiertag.

Ohne zu wissen worüber, fing Sofja Lvovna an zu weinen und weinte einen Augenblick schweigend, dann wischte sie sich die Augen und sagte:

– Rita wird es sehr bedauern, dich nicht gesehen zu haben. Sie ist mit uns hier. Volodja auch. Sie halten am Tor. Sie würden sich so freuen, dich zu sehen! Gehen wir, die Messe hat ja noch nicht angefangen.

– Gehen wir, – willigte Olja ein.

Sie bekreuzigte sich dreimal und ging mit Sofja Lvovna dem Ausgang zu.

– Du sagst also, Sonečka, du seist glücklich? – fragte sie, als das Tor hinter ihnen lag.

– Ja, sehr.

– Na. Gott sei Dank.

Volodja der Große und Volodja der Kleine stiegen beim Anblick der Nonne aus dem Schlitten und begrüßten sie ehrerbietig; beide waren sichtlich gerührt von ihrem bleichen Gesicht und ihrem schwarzen Nonnengewand, und beiden war angenehm, dass sie sich ihrer erinnert hatte und gekommen war, sie zu begrüßen. Damit ihr nicht kalt wurde, hüllte Sofja Lvovna sie in ein Plaid und deckte eine Hälfte ihres Pelzmantels über sie. Die kurz zuvor vergossenen Tränen hatten ihre Seele erleichtert und aufgehellt, und sie war froh, dass diese geräuschvolle, unruhige und im Grunde unreine Nacht unverhofft ein so reines und sanftes Ende gefunden hatte. Um Olja noch länger um sich zu haben, schlug sie vor:

– Fahren wir spazieren. Olja, steig ein, nur ein Stückchen.

Die Männer erwarteten, die Nonne würde ablehnen – Heilige fahren nicht mit der Trojka –, doch zu ihrer Verwunderung willigte sie ein und stieg in den Schlitten. Und als die Trojka aufs Stadttor zuraste, schwiegen alle und waren nur darum bemüht, dass sie es bequem und warm hatte, und jeder dachte daran, wie sie früher gewesen war und wie sie heute war. Ihr Gesicht war heute leidenschaftslos, beinahe ausdruckslos, kalt und bleich, durchsichtig, als flösse nicht Blut in ihren Adern, sondern Wasser. Vor zwei-drei Jahren noch war sie mollig und rotwangig gewesen, sprach von Heiratskandidaten, lachte über die geringste Kleinigkeit …

Am Stadttor kehrte die Trojka um; als sie zehn Minuten später vor dem Kloster anhielt, stieg Olja aus dem Schlitten. Jetzt läutete es auch schon vom Glockenturm.

– Gott beschütze euch, – sagte Olja und verbeugte sich tief, nach Nonnenart.

– Aber komm wirklich, Olja.

– Ich werde kommen, ich werde kommen.

Sie ging mit schnellen Schritten und war bald im dunklen Tor verschwunden. Danach, als die Trojka weiterfuhr, wurde allen aus irgendeinem Grunde sehr-sehr traurig zumute. Alle schwiegen. Sofja Lvovna fühlte sich im ganzen Körper schwach und wurde kleinlaut; dass sie die kleine Nonne gezwungen hatte, sich in den Schlitten zu setzen und, in betrunkener Gesellschaft, Trojka zu fahren, erschien ihr nun dumm, taktlos und einer Gotteslästerung nahe; wie ihr Rausch war auch ihr Wunsch verflogen, sich selbst zu betrügen, und nun war ihr klar, dass sie ihren Mann nicht liebte und nicht lieben konnte, dass alles ein Unsinn, eine

Dummheit war. Sie hatte aus Berechnung geheiratet, weil er, nach dem Ausdruck ihrer Freundinnen im Institut, Geld hatte wie Heu, weil sie Angst hatte, als alte Jungfer sitzenzubleiben, wie Rita, weil ihr der Doktor, ihr Vater, zusetzte und weil sie Volodja dem Kleinen eins auswischen wollte. Hätte sie, als sie heiratete, ahnen können, dass das derart bedrückend, unheimlich und widerwärtig würde, für keinen Reichtum dieser Welt hätte sie in die Ehe eingewilligt. Doch jetzt war das Elend da und war nicht wiedergutzumachen. Sie musste sich damit abfinden.

Sie kamen nach Hause. Als sie sich in ihr warmes weiches Bett legte und zudeckte, dachte sie an die dunkle Vorhalle der Kirche, den Weihrauchduft und die Gestalten an den Säulen, und ihr wurde unheimlich bei dem Gedanken, diese Gestalten könnten weiter reglos dastehen, während sie schlief. Die Frühmesse würde sehr lange dauern, dann die Stundengebete, dann der Mittagsgottesdienst, das Bittgebet …

»Aber Gott gibt es doch, es gibt ihn wahrscheinlich, und ich muss unweigerlich sterben, das heißt, ich muss früher oder später an das Seelenheil denken, an das ewige Leben wie Olja. Olja ist gerettet, sie hat für sich alle Fragen gelöst … Aber wenn es Gott nun nicht gibt? Dann ist ihr Leben verloren. Aber wieso verloren? Warum verloren?«

Eine Minute später kommt ihr wieder ein Gedanke:

»Gott gibt es, der Tod kommt unweigerlich, ich muss an das Seelenheil denken. Wenn Olja jetzt in dieser Minute ihrem Tod ins Auge sähe, dann hätte sie keine Angst. Sie ist bereit. Vor allem, sie hat für sich die Frage des Lebens gelöst. Gott gibt es … ja … Aber gibt es denn keinen anderen Ausweg als nur den, ins Kloster zu gehen? Ins Kloster gehen heißt doch, dem Leben entsagen, es zerstören …«

Sofja Lvovna bekam es ein bisschen mit der Angst; sie steckte den Kopf unter das Kopfkissen.

– Nur nicht darüber nachdenken, – flüsterte sie. – Nein …

Jagič ging im Zimmer nebenan über den Teppich, weich mit den Sporen klirrend, und dachte über etwas nach. Sofja Lvovna kam der Gedanke, dass dieser Mensch ihr nur in einem nahe und liebenswert sei: auch er hieß Vladimir. Sie setzte sich im Bett auf und rief zärtlich:

– Volodja?

– Was willst du? – antwortete der Ehemann.

– Nichts.

Sie legte sich wieder hin. Eine Glocke war zu hören, vielleicht die des Klosters, wieder dachte sie an die Vorhalle und die dunklen Gestalten, wieder irrten ihr Gedanken durch den Kopf, Gedanken an Gott und den unweigerlichen Tod, und sie deckte sich bis über den Kopf zu, um die Glocke nicht zu hören; sie stellte sich vor, dass sich das Leben, bevor das Alter und der Tod kämen, noch sehr-sehr lange hinziehen werde und sie tagaus, tagein mit der Nähe des ungeliebten Menschen werde rechnen müssen, der soeben ins Schlafzimmer getreten ist und sich schlafen legt, und sie werde die hoffnungslose Liebe zu dem anderen in sich ersticken müssen – zu dem jungen, bezaubernden und, wie ihr schien, dem außergewöhnlichen. Sie warf ihrem Mann einen Blick zu und wollte ihm eine gute Nacht wünschen, stattdessen aber fing sie an zu weinen. Sie ärgerte sich über sich selbst.

– Jetzt geht die Musik wieder los! – sagte Jagič, mit der Betonung auf *mu*.

Sie beruhigte sich, aber spät, erst kurz vor zehn Uhr morgens; sie hörte auf zu weinen und am ganzen Körper zu zittern, doch dafür setzten heftige Kopfschmerzen ein. Jagič hatte es eilig, rechtzeitig zum Mittagsgottesdienst zu kommen, und schimpfte im Zimmer nebenan mit dem Burschen, der ihm beim Ankleiden half. Er kam, weich mit den Sporen klirrend, einmal ins Schlafzimmer, um etwas zu holen, dann ein zweites Mal – schon in Epauletten und Orden, leicht hinkend vom Rheumatismus, und Sofja Lvovna schien es auf einmal, er gehe und schaue wie ein Raubtier.

Sie hörte, wie Jagič mit jemandem am Telefon sprach.

– Seien Sie so gut, verbinden Sie mich mit der Vasiljev-Kaserne! – sagte er; eine Minute später: – Die Vasiljev-Kaserne? Rufen Sie bitte Doktor Salimovič ans Telefon … – Und wieder eine Minute später: – Mit wem spreche ich? Bist dus, Volodja? Freut mich sehr, Liebster, bitte deinen Vater, sofort zu uns zu kommen, meine Frau Gemahlin ist ziemlich unpässlich nach dem gestrigen Abend. Nicht zu Hause, sagst du? Hm … Danke. Sehr gut … dir überaus verbunden … Merci.

Jagič kam ein drittes Mal ins Schlafzimmer, beugte sich über seine Frau, bekreuzigte sie, ließ sie seine Hand küssen (Frauen, die ihn liebten, küssten ihm die Hand, er war es so gewöhnt) und sagte, er sei zum Essen zurück. Und ging.

Nach elf Uhr meldete das Dienstmädchen, Vladimir Michajlyč sei gekommen. Sofja Lvovna, vor Müdigkeit und Kopfschmerzen taumelnd, warf schnell ihr neues, wunderbares fliederfarbenes Capot mit Pelzbesatz über, frisierte sich hastig irgendwie; in ihrer Seele verspürte sie eine unaussprechliche Zärtlichkeit und zitterte vor Freude und vor Angst, er könne wieder gehen. Sie wollte nur einen Blick auf ihn werfen.

Volodja der Kleine war zur Visite gekommen, wie es sich gehört, in Frack und weißer Krawatte. Als Sofja Lvovna den Salon betrat, küsste er ihr die Hand und bedauerte aufrichtig, dass sie unpässlich sei. Danach, als sie sich gesetzt hatten, bewunderte er ihr Capot.

– Mir macht das gestrige Wiedersehen mit Olja zu schaffen, – sagte sie. – Zuerst war mir unheimlich, doch jetzt beneide ich sie. Sie ist ein Fels in der Brandung, sie rückst du nicht vom Fleck; aber, Volodja, hatte sie wirklich keinen anderen Ausweg? Sich lebendigen Leibes zu begraben, bedeutet das wirklich, die Frage des Lebens zu lösen? Das ist doch der Tod, nicht das Leben.

Bei der Erwähnung Oljas trat Volodja dem Kleinen die Rührung ins Gesicht.

– Sie, Volodja, sind ein kluger Mensch, – sagte Sofja Lvovna. – Geben Sie mir den Rat, dass ich genauso handle wie sie. Natürlich habe ich keinen Glauben und würde nicht ins Kloster gehen, aber man kann ja etwas Gleichwertiges tun. Mein Leben ist nicht leicht, – fuhr sie nach kurzem Schweigen fort. – Raten Sie mir … Sagen Sie mir etwas Überzeugendes. Und sei es nur ein Wort.

– Ein Wort? Bitte sehr: tararabumbija.

– Volodja, wofür verachten Sie mich? – fragte sie lebhaft. – Sie sprechen mit mir in so einer besonderen, verzeihen Sie, so einer Geckensprache, die man gegenüber Freunden und anständigen Frauen nicht spricht. Sie haben Erfolg als Gelehrter, Sie lieben die Wissenschaft, wieso sprechen Sie aber mit mir nie über die Wissenschaft? Wieso nicht? Bin ich dessen unwürdig?

Volodja der Kleine runzelte ärgerlich die Stirn und sagte:

– Und wieso sind Sie plötzlich so versessen auf die Wissenschaft? Vielleicht wollen Sie lieber die Konstitution? Oder vielleicht Stör mit Meerrettich?

– Also gut, ich bin eine unbedeutende, schlechte, prinzipienlose, beschränkte Frau … Ich habe eine Menge, eine Unmenge Fehler, bin eine Psychopathin, bin verdorben, und deshalb muss man mich verachten. Aber Sie, Volodja, sind doch zehn Jahre älter als ich, mein Mann ist dreißig Jahre älter. Ich bin vor Ihren Augen aufgewachsen, und wenn Sie gewollt hätten, Sie hätten alles aus mir machen können, was Sie nur wollten, sogar einen Engel. Aber Sie … (ihre Stimme bebte) behandeln mich schrecklich. Jagič hat mich geheiratet, als er schon alt war, aber Sie …

– Genug jetzt, genug, – sagte Volodja, rückte näher und küsste ihr beide Hände. – Überlassen wir es Schopenhauer, zu philosophieren und alles zu beweisen, was andere nötig haben, wir dagegen wollen nur diese Händchen küssen.

– Sie verachten mich, und wenn Sie wüssten, wie sehr ich darunter leide! – sagte sie unentschlossen, da sie im Vorhinein wusste, dass er ihr nicht glauben würde. – Oh, wenn Sie wüssten, wie gern ich mich ändern, ein neues Leben anfangen möchte! Mit Begeisterung denke ich daran, – sagte sie, und tatsächlich traten ihr Tränen der Begeisterung in die Augen. – Ein guter, ehrlicher, reiner Mensch sein, nicht lügen, ein Lebensziel haben.

– Na-na-na, bitte nicht so affektiert! Das kann ich nicht

leiden! – sagte er, und sein Gesicht nahm einen kapriziösen Ausdruck an. – Bei Gott, wie im Theater. Bleiben wir menschlich.

Damit er nicht böse würde und ginge, begann sie sich zu rechtfertigen und setzte ihm zuliebe ein gezwungenes Lächeln auf, und wieder brachte sie die Sprache auf Olja und darauf, wie gern sie die Frage ihres Lebens lösen, wie gern sie ein Mensch werden würde.

– Tara … ra … bumbija … – sang er halblaut. – Tara … ra … bumbija!

Und fasste sie unvermutet um die Taille. Und sie, nicht wissend, was sie tat, legte ihre Hände auf seine Schultern und betrachtete verzückt, wie in einer Art Dunst, eine Minute lang sein kluges, spöttisches Gesicht, die Stirn, die Augen, den herrlichen Bart …

– Du weißt es seit langem, ich liebe dich, – gestand sie ihm und errötete qualvoll, sie spürte, dass sich vor Scham sogar ihre Lippen krampfhaft verzerrten. – Ich liebe dich. Warum quälst du mich so?

Sie schloss die Augen und küsste ihn auf die Lippen und konnte lange, wohl eine Minute lang, mit diesem Kuss nicht aufhören, obwohl sie wusste, dass es ungehörig war, dass er selbst sie jetzt verurteilen konnte, dass ein Dienstbote hereinkommen konnte …

– Oh, wie du mich quälst! – wiederholte sie.

Als er eine halbe Stunde später, nachdem er bekommen hatte, was er wollte, im Esszimmer saß und einen Imbiss nahm, kniete sie vor ihm und verschlang sein Gesicht mit Blicken, und er sagte zu ihr, sie habe etwas von einem Hündchen, das warte, dass man ihm ein Stückchen Schinken zuwerfe. Dann zog er sie zu sich empor auf ein Knie, schaukelte sie wie ein kleines Kind und sang:

– Tara … rabumbija … Tara … rabumbija!

Und als er sich anschickte zu gehen, fragte sie ihn mit Leidenschaft in der Stimme:

– Wann? Heute? Wo?

Und streckte beide Hände nach seinem Mund aus, als wolle sie die Antwort mit Händen greifen.

– Heute passt es wohl kaum, – sagte er, nach kurzem Nachdenken. – Vielleicht morgen.

Und sie trennten sich. Vor dem Essen fuhr Sofja Lvovna ins Kloster zu Olja, doch dort wurde ihr gesagt, Olja lese irgendwo für einen Verstorbenen die Psalmen. Vom Kloster fuhr sie zu ihrem Vater und traf auch ihn nicht zu Hause an, danach wechselte sie die Droschke und fuhr ziellos durch die Straßen und Gassen, und fuhr so bis zum Abend spazieren. Und aus irgendeinem Grunde erinnerte sie sich dabei an jene Tante mit den verweinten Augen, die keinen Platz für sich finden konnte.

Nachts fuhren sie wieder mit der Trojka und lauschten den Zigeunern im Restaurant vor der Stadt. Und als sie wieder am Kloster vorbeifuhren, dachte Sofja Lvovna an Olja, und ihr wurde unheimlich bei dem Gedanken, dass es für junge Mädchen und Frauen ihres Kreises keinen anderen Ausweg geben sollte, als unentwegt Trojka zu fahren und zu lügen, oder aber ins Kloster zu gehen, das Fleisch zu töten … Am anderen Tag war ihr Stelldichein, und wieder fuhr Sofja Lvovna allein in der Droschke durch die Stadt und dachte an die Tante.

Eine Woche später ließ Volodja der Kleine sie sitzen.

Und danach verlief das Leben wieder wie früher, ebenso uninteressant, wehmütig und zuweilen sogar qualvoll. Der Oberst und Volodja der Kleine spielten lange Billard und Piquet, Rita erzählte träge und geschmacklos Witze, Sofja Lvovna fuhr unentwegt mit der Droschke und lag ihrem Mann in den Ohren, sie in der Trojka spazieren zu fahren.

Beinahe jeden Tag fuhr sie ins Kloster, fiel Olja auf die Nerven, beklagte sich bei ihr über ihre unerträglichen Leiden, weinte und spürte dabei, dass mit ihr etwas Unreines, Erbärmliches, Schäbiges die Zelle betrat, und Olja sagte ihr stets automatisch, im Ton einer auswendig gelernten Lektion, es sei schon alles gut, alles gehe vorüber und Gott sei die Vergebung.

Beichte

Es war ein klarer, frostiger Tag ... Mir war so frei, so gut ums Herz wie einem Kutscher, dem man aus Versehen statt eines Zwanzigkopekenstücks einen Goldrubel gegeben hat. Ich hätte weinen, lachen, beten mögen ... Ich fühlte mich im sechzehnten Himmel: mich kleines Menschenkind hatte man zum Kassierer gemacht! Ich freute mich, nicht weil ich jetzt hätte zulangen können. Ich war damals noch kein Dieb und hätte jeden zu Pulver zerrieben, der mir gesagt hätte, daß ich mit der Zeit anfangen würde zu stehlen ... Ich freute mich über etwas anderes: den beruflichen Aufstieg und eine geringfügige Gehaltszulage – sonst nichts.

Mich freute übrigens noch ein anderer Umstand. Kaum war ich Kassierer, verspürte ich auf meiner Nase so etwas wie eine rosarote Brille. Mir kam es auf einmal so vor, als hätten sich die Menschen verändert. Ehrenwort! Alle wirkten, als seien sie irgendwie besser geworden. Mißgeburten wurden Schönheiten, böse Menschen gut, stolze demütig, Misanthropen Philanthropen. Ich war wie erleuchtet. Ich sah an den Menschen wunderbare Eigenschaften, die ich früher nie geahnt hätte. »Merkwürdig! – dachte ich, indem ich die Menschen ansah und mir die Augen rieb. – Entweder ist mit ihnen irgend etwas geschehen, oder ich war früher dumm und habe all diese Eigenschaften nicht bemerkt. Prächtig sind diese Menschen!«

Am Tage meiner Ernennung veränderte sich auch Z. N. Kazusov, Mitglied unserer Verwaltung, ein stolzer, überheblicher Mensch, der kleine Fische immer nur ignoriert hatte. Er trat auf mich zu und – was war mit ihm geschehen? – er klopfte mir freundlich lächelnd auf die Schulter.

– Sie sind so stolz, mein Guter, zu stolz für Ihr Alter, – sagte er. – Das ist nicht schön! Weshalb kommen Sie uns nie besuchen? Eine Sünde, gnädiger Herr! Bei mir versammeln sich die jungen Leute, da ist es so lustig. Meine Töchter fragen mich dauernd: »Papaša, wieso laden Sie Grigorij Kuzmič nie ein? Er ist so ein netter Mensch!« Soll ich ihn etwa herschleppen? Übrigens, sag ich zu ihnen, ich werde es versuchen und ihn einladen … Zieren Sie sich nicht so, mein Guter, kommen Sie uns besuchen!

Erstaunlich! Was er nur hat? Ist er vielleicht übergeschnappt auf seine alten Tage? Ein Menschenfresser, und auf einmal … Da kann man sehen!

Als ich an jenem Tag nach Hause kam, war ich verblüfft. Meine Frau Mama trug zum Essen nicht zwei Gänge auf, wie immer, sondern vier. Abends zum Tee gab es Varenje und Blätterteiggebäck. Am anderen Tag wieder vier Gänge, wieder Varenje. Gäste kamen und tranken Schokolade. Am dritten Tage dasselbe.

– Mamaša! – sagte ich. – Was haben Sie? Weshalb auf einmal dieser Luxus, meine Liebe? Mein Gehalt ist doch nicht verdoppelt worden, die Zulage ist minimal.

Mamaša sah mich verwundert an.

– Hm. Wo willst du denn hin mit dem Geld? – fragte sie. – Willst du es etwa zusammenscharren, wie?

Der Teufel werde daraus schlau! Mein Herr Papa ließ sich einen Pelz machen, kaufte sich eine neue Mütze, begann eine Kur mit Mineralwasser und Weintrauben (im Winter?!?). Und fünf Tage später bekam ich einen Brief von meinem Bruder. Dieser Bruder konnte mich nicht ausstehen. Wir waren miteinander zerstritten wegen unserer Überzeugungen: Für ihn war ich ein Egoist, Schmarotzer, der sich nicht aufopfern könne, und dafür haßte er mich. In dem Brief las ich folgendes: »Lieber Bruder! Ich liebe Dich, und Du kannst Dir nicht vorstellen, welche Höllenqualen mir unser Zerwürfnis bereitet. Versöhnen wir uns! Reichen wir einander die Hände, und triumphieren möge der Friede! Ich flehe Dich an! In Erwartung Deiner Antwort verbleibe ich Dein Dich liebender, Dich küssender und umarmender Evlampij.«

Oh, lieber Bruder! Ich antwortete ihm, daß ich ihn küsse und mich freue. Eine Woche später bekam ich von ihm ein Telegramm: »Danke, bin glücklich. Schick mir einhundert Rubel. Brauche dringend. Umarme. E.« Ich schickte ihm die hundert Rubel.

Verändert hatte sich sogar *sie*! Sie liebte mich nicht. Als ich einmal die Dreistigkeit besessen und ihr angedeutet hatte, daß mit meinem Herzen etwas nicht in Ordnung sei, hatte sie mich einen unverschämten Kerl genannt und mich angefaucht. Als sie mir eine Woche nach meiner Ernennung begegnete, lächelte sie, machte Grübchen im Gesicht, wurde verlegen …

– Was ist denn mit Ihnen? – fragte sie und sah mich an. –

Sie sind auf einmal so schön geworden. Seit wann denn? Kommen Sie, tanzen wir …

Mein Herzchen! Einen Monat später war ihre Frau Mama schon meine Schwiegermutter: so schön war ich geworden! Für die Hochzeit brauchten wir Geld, und ich entnahm der Kasse dreihundert Rubel. Weshalb auch nicht, wenn man weiß, daß man sie wieder zurücklegt, wenn man sein Gehalt bekommt. Nebenbei nahm ich einhundert auch für Kazusov … Er hatte mich gebeten, sie ihm zu borgen … Unmöglich, sie ihm nicht zu borgen. Er ist ein großes Tier bei uns und könnte mich jeden Augenblick aus meiner Stellung verjagen … (Der Redakteur fand die Erzählung ein wenig lang, weshalb er zum Schaden der Autorendividende an dieser Stelle dreiundachtzig Zeilen gestrichen hat.) …

Eine Woche vor meiner Verhaftung gab ich für sie auf ihre Bitte eine Soiree. Zum Teufel mit ihnen, sollen sie sich vollfressen bis sie platzen, wenn sie das unbedingt wollen!

Ich habe nicht gezählt, wie viele Leute an diesem Abend bei mir waren, erinnere mich aber, daß alle meine neun Zimmer gerammelt voller Leute waren. Vorgesetzte und Untergebene … Sogar Leute, vor denen selbst Kazusov sich krümmte wie ein Bogen. Kazusovs Töchter (die älteste war mein objet) blendeten mit ihrem Aufputz … Allein die Blumen, mit denen sie sich bedeckt hatten, kosteten mich über tausend Rubel! Es war sehr lustig … Die Musik dröhnte, die Lüster blitzten, Champagner floß … Lange Reden und kurze Trinksprüche wurden gehalten … Ein Zeitungsschreiber dedizierte mir eine Ode, ein anderer eine Ballade …

– Bei uns in Rußland weiß man Männer wie Grigorij Kuzmič nicht zu schätzen! – rief Kazusov während des Essens. – Sehr schade! Armes Rußland!

Und sie alle, die gerufen, dediziert, mich geküßt hatten, flüsterten und drehten mir eine lange Nase, sobald ich ihnen den Rücken zukehrte ... Ich sah ihr Lächeln, die langen Nasen, hörte ihre Seufzer ...

– Hat er alles gestohlen, der Schurke! – flüsterten sie, schadenfroh lächelnd.

Weder die langen Nasen noch die Seufzer hinderten sie jedoch am Essen, Trinken und Genießen ...

Wölfe und Diabetiker können nicht so fressen, wie sie gefressen haben ... Meine Frau, glitzernd vor Brillanten und Gold, trat auf mich zu und flüsterte:

– Da wird erzählt, du hättest ... gestohlen! Wenn das wahr ist, dann ... nimm dich in acht! Ich kann nicht leben mit einem Dieb! Ich gehe!

Das sagte sie und zupfte ihr Fünftausendrubelkleid zurecht ... Der Teufel werde daraus schlau! An diesem Abend borgte sich Kazusov fünftausend Rubel von mir ... Ebensoviel borgte sich auch Evlampij ...

– Wenn wahr ist, was geflüstert wird, – sagte mein prinzipienstrenger Bruder zu mir, indem er das Geld einsteckte, – dann ... nimm dich in acht! Ich kann nicht Bruder eines Diebes sein!

Nach dem Ball brachte ich sie alle in Trojken vor die Stadt ...

Es ging auf sechs Uhr morgens, als wir Schluß machten ... Vom Wein und den Weibern ermattet, legten sie sich in die Schlitten, um in die Stadt zurückzufahren ... Als sich die Schlitten in Bewegungen setzten, riefen sie mir zum Abschied zu:

– Morgen ist Revision! … Merci!

*

Sehr verehrte Damen und sehr verehrte Herren! Ich bin erwischt worden … Erwischt worden oder, um mich etwas länger auszudrücken: gestern war ich anständig, ehrenhaft, küssenswert überall, heute dagegen bin ich ein Spitzbube, Gauner und Dieb … Schreien Sie jetzt, schimpfen Sie, hängen Sie es an die große Glocke, entsetzen Sie sich, verurteilen, verbannen Sie mich, schreiben Sie Leitartikel, werfen Sie den Stein, nur … bitte, nicht alle! Nicht alle!

Auf Dienstreise

Der stellvertretende Untersuchungsrichter und der Kreisarzt fuhren zu einer Obduktion ins Dorf Syrnja. Unterwegs ereilte sie ein Schneesturm, sie fuhren lange im Kreis und kamen in den Ort nicht mittags, wie gewollt, sondern erst gegen Abend, als es bereits dunkel war. Zum Übernachten stiegen sie in der Zemstvohütte ab. Doch hier, in der Zemstvohütte, befand sich, zufälligerweise, auch die Leiche, die Leiche des Zemstvoversicherungsagenten Lesnickij, der vor drei Tagen nach Syrnja gekommen war, nach dem Samovar verlangt und sich, für alle völlig überraschend, erschossen hatte; der Umstand, dass er seinem Leben auf irgendwie sonderbare Weise ein Ende gesetzt hatte, am Samovar, die Zakuski vor sich auf dem Tisch, gab vielen Leuten Anlass, hier einen Mord zu vermuten; es bedurfte einer Obduktion.

Der Doktor und der Untersuchungsrichter schüttelten im Flur, die Füße aneinanderschlagend, den Schnee ab, und neben ihnen stand der Amtmann Ilja Lošadin, ein alter Mann, und leuchtete ihnen, eine kleine Blechlaterne in der Hand. Es roch stark nach Kerosin.

– Und wer bist du? – fragte der Doktor.

– Der Amptmann ... – antwortete der Amtmann.

Er unterschrieb auch auf der Post so: Amptmann.

– Und wo sind die Zeugen?

– Sind Tee trinken gegangen, Euer Hochwohlgeboren.

Rechts war ein sauberes, das »Empfangs-« oder Herrschaftszimmer, links – das Dienstbotenzimmer, mit einem großen Ofen und Hängeboden. Der Doktor und der Untersuchungsrichter, und nach ihnen der Amtmann, die Laterne über dem Kopf haltend, gingen in das saubere. Hier auf dem Fußboden, unmittelbar neben den Tischbeinen, lag regungslos ein langer Körper, mit etwas Weißem bedeckt. Beim schwachen Licht der Laterne waren, außer der weißen Decke, deutlich noch die neuen Gummigaloschen zu sehen, und alles hier war ungut, unheimlich: die dunklen Wände, die Stille, diese Galoschen, die Reglosigkeit des toten Körpers. Auf dem Tisch stand der Samovar, schon lange erkaltet, und um ihn herum lagen, in Papier eingewickelt, vermutlich die Zakuski.

– Sich in der Zemstvohütte erschießen, wie taktlos! – sagte der Doktor. – Wenn dich die Lust ankommt, dir eine Kugel in die Stirn zu jagen, dann erschieß dich bei dir zu Hause, irgendwo im Schuppen.

Er ließ sich, so wie er war, in Mütze, Pelz und Filzstiefeln, auf der Bank nieder; sein Begleiter, der Untersuchungsrichter, setzte sich gegenüber.

– Diese Hysteriker und Neurastheniker sind große Egoisten, – fuhr der Doktor mit Bitterkeit fort. – Wenn ein Neurastheniker mit Ihnen im selben Zimmer schläft, raschelt er mit der Zeitung; wenn er mit Ihnen zu Mittag isst, macht er seiner Frau eine Szene, ohne sich an Ihrer Gegenwart zu stören; und wenn ihn die Lust ankommt, sich zu erschießen, dann tut er es im Dorf, in der Zemstvohütte, um allen so viel Scherereien wie nur möglich zu machen. Diese Herrschaften denken in allen Lebenslagen nur an sich selbst. Nur an sich selbst! Deshalb haben alte Leute so wenig übrig für dieses unser »nervöses Zeitalter«!

– Was alte Leute so alles nicht mögen, – sagte der Untersuchungsrichter, gähnend. – Erklären Sie Ihren alten Leuten mal den Unterschied zwischen damaligen und heutigen Selbstmorden. Früher erschoss sich der sogenannte anständige Mensch, weil er Staatsgelder veruntreut hatte, heute dagegen – aus Lebensüberdruss, Schwermut ... Was ist besser?

– Lebensüberdruss, Schwermut, aber geben Sie zu, er hätte sich nicht unbedingt in der Zemstvohütte erschießen müssen.

– So ein Kummer, – begann der Amtmann, – so ein Kummer, die reinste Strafe. Das Volk ist sehr beunruhigt, Euer Hochwohlgeboren, die Leute schlafen schon die dritte Nacht nicht. Die Kinder weinen. Die Kühe müssten gemolken werden, aber die Weiber trauen sich nicht in den Stall, fürchten sich ... Dass ihnen im Dunkeln der Barin erscheint. Man weiß ja, ich mein, Frauen sind dumm, aber von den Männern fürchten sich auch welche. Kaum kommt der Abend, gehn sie allein nicht mehr an der Hütte vorbei, nur noch in Gruppen. Und die Zeugen genauso ...

Doktor Starčenko, ein Mann in mittleren Jahren, mit dunklem Bart, mit Brille, und der Untersuchungsrichter Lyžin, blond, noch jung, – er hatte erst vor zwei Jahren sein Studium beendet und glich eher einem Studenten denn einem Beamten, – saßen schweigend, in Gedanken versunken. Es ärgerte sie, dass sie sich verspätet hatten. Jetzt mussten sie den Morgen abwarten, hier übernachten, es war noch nicht einmal sechs Uhr, und sie stellten sich den langen Abend vor, dann die lange, dunkle Nacht, die Langeweile, die unbequemen Betten, die Kakerlaken, die morgendliche Kälte; und während sie dem Schneesturm lauschten, der im Schornstein und auf dem Dachboden heulte, dachten beide, wie wenig das dem Leben glich, das sie für sich gewollt und von dem sie einmal geträumt hatten, wie weit entfernt sie von ihren Altersgenossen waren, die jetzt in der Stadt durch beleuchtete Straßen gehen, ohne etwas von dem Unwetter zu bemerken, oder jetzt ins Theater aufbrechen, oder über einem Buch in ihrem Kabinett sitzen. Oh, wie viel hätten sie dafür gegeben, jetzt nur über den Nevskij zu gehen oder über die Petrovka in Moskau, anständigen Gesang zu hören, ein-zwei Stunden im Restaurant zu sitzen …

– U-u-u-uh! – sang der Schneesturm auf dem Dachboden, und irgendetwas schlug draußen wütend im Wind, vermutlich das Aushängeschild der Zemstvohütte. – U-u-u-uh!

– Wie Sie mögen, aber ich will hier nicht bleiben, – sagte Starčenko, sich erhebend. – Es ist noch nicht mal sechs, zum Schlafen zu früh, ich fahre irgendwohin. Hier in der Nähe lebt von Taunitz, höchstens drei Verst von Syrnja. Ich fahre zu ihm, um den Abend dort zu verbringen. Amtmann, geh, sag dem Kutscher, er soll nicht ausspannen. Und Sie? – fragte er Lyžin.

– Weiß nicht. Ich werde mich wohl schlafen legen.

Der Doktor hüllte sich in seinen Pelz und ging hinaus. Zu hören war, wie er mit dem Kutscher sprach, wie an den frierenden Pferden die Schellen klirrten. Er fuhr davon.

– Für dich, Barin, ist es nicht gut, hier zu übernachten, – sagte der Amtmann, – geh in die andere Hälfte. Dort ist es zwar nicht sauber, aber für eine Nacht macht das nichts. Ich hole vom Bauern den Samovar, heiz ihn an, schütte dir Heu hin und dann, Euer Hochwohlgeboren, schlaf mit Gott.

Wenig später saß der Untersuchungsrichter in der Dienstbotenhälfte und trank Tee, Amtmann Lošadin dagegen stand an der Tür und sprach. Er war ein alter Mann von über sechzig Jahren, von kleinem Wuchs, sehr hager, gebeugt, weiß, ein naives Lächeln im Gesicht, die Augen tränten, und er schmatzte die ganze Zeit, als lutsche er einen Bonbon. Er hatte einen kurzen Halbpelz und Filzstiefel an und legte seinen Stock nicht aus der Hand. Die Jugend des Untersuchungsrichters erweckte offenbar sein Mitleid, und vermutlich deshalb redete er ihn mit »du« an.

– Der Älteste Fëdor Makaryč hat befohlen, ihm zu melden, wenn der Stanovoj oder der Untersuchungsrichter kommt, – sprach er. – Also ich mein, ich muss jetzt gehen … Bis zum Bezirksampt sind es vier Verst, bei Schneesturm, den Schnee hats schrecklich viel verweht, da komme ich vor Mitternacht nicht hin. Hör nur, wie es heult.

– Den Ältesten brauche ich nicht, – sagte Lyžin. – Der hat hier nichts zu tun.

Er betrachtete den Alten voller Neugierde und fragte:

– Sag, Großvater, wie viele Jahre gehst du schon als Amtmann?

– Wie viele? So dreißig Jahre werden es schon sein. Nach der Freiheit, fünf Jahre danach fing ich an, also zähl nach. Seitdem geh ich Tag für Tag. Die Leute haben Feiertag, aber ich hab zu gehen. Draußen ist Osternacht, die Kirchenglocken läuten, Christ ist erstanden, und ich hier mit meiner Tasche. Zum Rentamt, zur Post, zum Stanovoj in die Wohnung, zum Schreiber, zum Steuereinnehmer, zum Amt, zu den Herrschaften, zu den Bauern, zu allen rechtgläubigen Christen. Ich trage Pakete aus, Vorladungen, Steuerbescheide, Briefe, alle möglichen Formulare, Nachrichten, und jetzt, guter Herr, Euer Hochwohlgeboren, gibt es ja so Formulare, wo man Zahlen reinschreiben muss, – gelbe, weiße, rote, – und jeder Barin, oder Pope, oder reiche Bauer muss zehnmal im Jahr unbedingt aufschreiben, wie viel er eingesät und geerntet hat, wie viel Viertel oder Pud Roggen, wie viel Hafer, Heu, und was für Wetter war und verschiedenes Ungeziefer. Natürlich schreibt jeder, was er will, ist ja nur Vorschrift, aber ich kann gehen, die Blätter austeilen, und dann wieder gehn und sie einsammeln. Ein Beispiel zu sagen, einen Barin ausnehmen, weißt du selber, bringt nichts, machst dir nur die Hände schmutzig, aber du hast dir die Mühe gemacht, Euer Hochwohlgeboren, bist gekommen, weils Vorschrift ist; was willst du machen. Dreißig Jahre geh ich nach Vorschrift. Im Sommer machts ja nichts, da ist es warm und trocken, aber im Winter oder Herbst ist es schon unangenehm. Beinah ertrunken, halb erfroren, – war alles schon da. Und im Wald, da nehmen dir schlechte Menschen die Tasche weg, andre schlagen dir ins Genick, sogar vor Gericht bin ich gestanden …

– Weshalb vor Gericht?

– Wegen Betrug.

– Was heißt das, wegen Betrugs?

– Na so, ich mein, der Schreiber Chrisanf Grigorjev

hat dem Bauunternehmer fremde Bretter verkauft, hat ihn betrogen, mein ich. Ich war bei dem Handel dabei, mich haben sie ins Wirtshaus geschickt, Vodka holen; ja, mit mir hat der Schreiber nicht geteilt, nicht mal ein Gläschen hats für mich gegeben, aber weil ich in unserer Armut scheints unzuverlässig, unwert bin, haben sie uns beide vor Gericht gestellt; ihn ins Gefängnis, und mich, gottlob, haben sie freigelassen mit allen Rechten. Da haben sie so ein Papier vorgelesen. Und alle in Uniform. Vor Gericht, mein ich. Ich sage dir, Euer Hochwohlgeboren, unser Dienst ist für einen, der ihn nicht gewohnt ist, der reine Tod, was Gott verhüte, aber unsereinem macht es nichts. Sogar wenn du nicht gehst, tun dir die Füße weh. Und zu Hause ist es für unsereinen noch schlimmer. Zu Hause im Bezirksamt – heiz dem Schreiber den Ofen, bring dem Schreiber Wasser, putz dem Schreiber die Stiefel.

– Und wie viel Gehalt bekommst du?

– Vierundachtzig Rubel im Jahr.

– Aber da gibt es ja noch andere Einkünfte. Ohne das geht es doch nicht?

– Unsre Einkünfte! Die Herrschaft von heute gibt selten ein Trinkgeld. Die Herrschaft heute ist streng, und immer beleidigt. Du bringst ihm ein Papier – er ist beleidigt, du ziehst vor ihm die Mütze – er ist beleidigt. Sagt, du bist zum falschen Eingang reingekommen, du, sagt er, bist ein Trunkenbold, du riechst nach Zwiebel, Holzkopf, sagt er, Hundesohn. Es gibt natürlich auch gute, aber was kriegst du von denen, die lachen dich nur aus und geben dir verschiedene Namen. Zum Beispiel, der Barin Altuchin; ist ein guter und, wenn man ihn so sieht, trinkt nicht, ist gescheit, aber kaum dass er mich sieht, schreit er los und weiß selber nicht was. So einen Namen hat er mir gegeben. Du, sagt er …

Der Amtmann sprach ein Wort aus, aber so leise, dass es unmöglich zu verstehen war.

– Wie? – fragte Lyžin. – Wiederhol das.

– Amministrazion! – wiederholte der Amtmann laut. – Schon lange nennt er mich so, sechs Jahre. Guten Tag, Amministrazion! Aber ich sage nichts, soll er, Gott mit ihm. Es kommt auch vor, dass die Herrin dir ein Gläschen Vodka und ein Stück Pirogge rausschickt, das trinkst du dann auf ihr Wohl. Aber mehr geben die Bauern; die Bauern sind freundlicher, die fürchten Gott: einer gibt dir Brot, der andre Suppe oder ein Gläschen. Die Starosten laden dich zum Tee ein ins Wirtshaus. Eben sind die Zeugen Tee trinken gegangen. »Lošadin, – haben sie gesagt, – bleib du für uns hier, halt Wache«, – und haben mir jeder eine Kopeke gegeben. Sie haben Angst, weil, sie sind es nicht gewohnt. Und gestern haben sie mir einen Fünfzehner in Silber gegeben und ein Gläschen gebracht.

– Und hast du etwa keine Angst?

– Doch, Barin, habe ich, aber das ist nun mal unsere Sache – dem Dienst entkommst du nicht. Diesen Sommer bringe ich einen Gefangenen in die Stadt, und er mir – ins Genick! ins Genick! ins Genick! Und rundherum Felder, Wald – wie willst du ihm entkommen? Oder er hier. Der Barin, Lesnickij, ich weiß noch, wie er so klein war, auch seinen Vater habe ich gekannt, und seine Mamaša. Ich bin aus dem Dorf Nedoščotovo, und sie, die Herrschaften Lesnickij, sind keine Verst von uns entfernt, weniger,

Grenzrain an Grenzrain. Und Herr Lesnickij hatte eine Schwester, eine gottesfürchtige und barmherzige Jungfer. Herrgott, gedenke der Seele deiner Magd Julija, ewiges Gedächtnis. Sie hat nicht geheiratet, und als sie starb, hat sie ihr ganzes Hab und Gut verteilt; dem Kloster hat sie hundert Desjatinen überschrieben und uns, der Bauerngemeinschaft vom Dorf Nedoščotova, für das Gedenken an ihre Seele, zweihundert, aber ihr Bruder, der Barin, hat das Papier versteckt, man sagt, er hat es im Ofen verbrannt und alles Land für sich behalten. Ich mein, er hat an seinen Eigennutz gedacht, aber nein, warte nur, mit Unwahrheit kommt man nicht weit auf der Welt, Freundchen. Der Barin war dann zwanzig Jahre nicht zur Beichte, die Kirche hat ihn ausgestoßen, und so ist er gestorben, ohne Reue, ist geplatzt. Weil, er war sehr dick. Und so ist er geplatzt. Dem jungen Barin, Serëža, mein ich, hat man alles weggenommen, wegen der Schulden, alles, wie es war; ja, in den Wissenschaften hat er es nicht weit gebracht, kann nichts, und der Zemstvovorsitzende, sein Onkel, denkt sich, »nehm ich ihn, Serëža, mein ich, unter meine Agenten, soll er die Leute versichern, dazu brauchts nicht viel«. Aber er, der junge Barin, stolz, will höher hinaus, mehr Ansehn, mehr Freiheit, na, und ich mein, es ist schon kränkend, in einer klapprigen Telega durch den Kreis rattern, mit den Bauern reden; er geht und schaut immer zu Boden, schaut und schweigt; ruft man ihn, direkt an seinem Ohr: »Sergej Sergeič!« – und er sieht sich um, so: »Ja?« – und schaut wieder zu Boden. Und jetzt, du siehst ja, hat er Hand an sich gelegt. Hässlich ist das Ganze, Euer Hochwohlgeboren, nicht richtig, und man versteht nicht, dass es so ist auf der

Welt, barmherziger Gott. Ich mein, der Vater war reich, du bist arm, das ist natürlich hart, aber was willst du machen, du musst dich dran gewöhnen. Ich hatte es auch einmal gut, Euer Hochwohlgeboren, zwei Pferde hatte ich, drei Kühe, zwanzig Stück Schafe hab ich gehalten, aber dann kam die Zeit, da stand ich da mit meiner Tasche, und auch die gehört nicht mir, sondern dem Staat, und heute ist unser Nedoščotova, wie soll ich sagen, das schlechteste Dorf von allen. Mokej hatte vier Lakaien, und heute ist Mokej selber Lakai. Petrak hatte vier Knechte, und heute ist Petrak selber Knecht.

– Und wieso bist du verarmt? – fragte der Untersuchungsrichter.

– Meine Söhne trinken mächtig viel Vodka. Sie trinken, sie trinken so viel, dass es nicht zu sagen ist, du würdest es nicht glauben.

Lyžin hörte zu und dachte daran, dass er, Lyžin, früher oder später wieder nach Moskau gehen würde, während dieser Alte für immer hierbleiben und weiter gehen und gehen wird; und wie vielen solcher abgerissenen, seit langem nicht gekämmten, »unwerten« alten Männern würde er im Leben noch begegnen, in deren Seele sich irgendwie der Fünfzehner Silber, das Gläschen und der feste Glaube festgesetzt haben, dass man mit Unwahrheit auf dieser Welt nicht weit komme. Dann aber wurde ihm das Zuhören langweilig, und er befahl, Heu zu bringen für das Bett. Im Empfangszimmer stand ein Eisenbett mit Kopfkissen und Deckbett, man hätte es von dort herüberholen können, doch neben ihm hatte beinahe drei Tage lang der Verstorbene gelegen (der sich womöglich vor seinem Tode draufgesetzt hatte), und jetzt darin zu schlafen wäre unangenehm gewesen.

»Erst halb acht, – dachte Lyžin, mit einem Blick auf die Uhr. – Wie schrecklich!«

Schlafen mochte er nicht, doch weil er nichts Besseres wusste, um die Zeit zu verkürzen, legte er sich hin und deckte sich mit dem Plaid zu. Lošadin, das Geschirr abräumend, kam, seufzend und schmatzend, mehrere Male herein und ging wieder, tappte um den Tisch herum, schließlich nahm er seine Laterne und ging; und während Lyžin von hinten seine langen grauen Haare und den gebeugten Rücken sah, dachte er:

»Wie der Zauberer in der Oper.«

Es wurde dunkel. Hinter den Wolken stand wohl der Mond, denn deutlich zu sehen waren die Fenster und der Schnee auf den Rahmen.

– U-u-u-uh! – sang der Schneesturm. – U-u-u-uh!

– Heiiiliger Gott! – heulte ein Weib auf dem Dachboden, oder es hörte sich nur so an. – Heiiiliger Gott!

– Bbuch! – schlug etwas von außen gegen die Wand. – Trach!

Der Untersuchungsrichter lauschte: das war kein Weib, es heulte der Wind. Ihm war kühl, und er deckte über das Plaid noch den Pelz. Während ihm warm wurde, dachte er, wie all das – der Schneesturm, die Hütte, der Alte und der tote Körper, der im Nachbarzimmer lag, – wie weit entfernt das alles von dem Leben war, das er für sich gewollt hatte, und wie fremd ihm das alles war, klein, uninteressant. Wenn sich dieser Mensch in Moskau oder Umgebung umgebracht hätte und man eine Untersuchung hätte durchführen müssen, dann wäre das interessant, wichtig, und man hätte wohl sogar Angst, in der Nachbarschaft der Leiche zu schlafen; hier jedoch, tausend Verst von Moskau entfernt, erschien alles gleichsam in anderem Licht: das alles ist nicht das Leben, das alles sind nicht Menschen, sondern etwas, das nur »für die Vorschrift« existiert, wie Lošadin sagt, all das hinterlässt im Gedächtnis nicht die geringste Spur und wird vergessen sein, kaum dass er, Lyžin, aus Syrnja wieder abreist. Die Heimat, das wahre Russland ist Moskau, ist Petersburg, das hier ist die Provinz, Kolonie; wenn man davon träumt, eine Rolle zu spielen, populär zu sein, zum Beispiel als Untersuchungsrichter in besonders wichtigen Fällen oder als Staatsanwalt am Kreisgericht, oder als Salonlöwe, dann denkt man unbedingt an Moskau. Wenn leben, dann in Moskau, hier hingegen möchte man nichts, versöhnt sich leicht mit seiner unauffälligen Rolle und erwartet vom Leben nur das eine – weg von hier, so bald wie möglich, weg. Und Lyžin ließ sich in Gedanken durch die Straßen Moskaus treiben, kehrte in bekannten Häusern ein, traf sich mit Verwandten, Kollegen, und süß krampfte sich ihm das Herz zusammen bei dem Gedanken, dass er erst sechsundzwanzig Jahre alt sei und dass es, wenn er sich von hier losrisse und in zehn-fünfzehn Jahren nach Moskau käme, auch dann noch nicht zu spät sei und noch das ganze Leben vor ihm läge. Und, in Schlummer verfallend, als sich schon die Gedanken verwirrten, stellte er sich die langen Korridore des Moskauer Gerichts vor, sich selbst beim Halten eines Plädoyers, seine Schwestern, das Orchester, das aus irgendeinem Grunde ständig heult:

– U-u-uh! u-u-uh!

– Bbuch! Trach! – ertönte es wieder. – Bbuch!

Und plötzlich fiel ihm ein, wie einmal in der Zemstvoverwaltung, als er sich mit dem Buchhalter unterhielt, auf das Schreibpult ein Herr mit dunklen Augen zugetreten war, schwarzhaarig, hager und bleich; er hatte einen unangenehmen Ausdruck in den Augen, wie Menschen, die nach dem Essen zu lange geschlafen haben, und der verdarb sein feines, kluges Profil; auch die hohen Stiefel, die er trug, standen ihm nicht, sie wirkten grob. Der Buchhalter stellte ihn vor: »Das ist unser Versicherungsagent.«

»Das also war Lesnickij ... ebenjener ...« – reimte sich Lyžin jetzt zusammen.

Er erinnerte sich an Lesnickijs leise Stimme, stellte sich seinen Gang vor, und ihm schien, als ginge jetzt jemand neben ihm her, ginge genau wie Lesnickij.

Plötzlich bekam er es mit der Angst, der Kopf wurde kalt.

– Wer ist da? – fragte er beunruhigt.

– Der Amptmann.

– Was willst du hier?

– Ich, Euer Hochwohlgeboren, will etwas fragen. Sie sagten vorhin, den Ältesten bräuchten Sie hier nicht, aber ich fürchte, er wird böse. Er hat es doch befohlen. Soll ich nicht doch gehen?

– Ach, hol dich doch! Du fällst mir auf die Nerven ... – sagte Lyžin ärgerlich und deckte sich wieder zu.

– Er wird böse werden ... Ich gehe, Euer Hochwohlgeboren, gehab dich wohl.

Und Lošadin ging hinaus. Im Flur wurde gehustet und halblaut gesprochen. Offenbar waren die Zeugen zurück.

»Morgen entlassen wir diese armen Teufel so früh wie möglich … – dachte der Untersuchungsrichter. – Wir fangen mit der Obduktion an, sobald der Morgen graut.«

Und er begann zu schlummern, als plötzlich wieder jemandes Schritte ertönten, aber keine schüchternen, sondern schnelle, laute. Die Tür schlug, Stimmen, das Anreißen eines Streichholzes …

– Sie schlafen? Sie schlafen? – fragte eilig und zornig Doktor Starčenko, Streichholz um Streichholz anzündend; er war ganz mit Schnee bedeckt, und kalt wehte es von ihm. – Sie schlafen? Stehen Sie auf, wir fahren zu von Taunitz. Er hat Ihnen seine Pferde geschickt. Fahren wir, dort werden Sie zumindest anständig soupieren, und schlafen wie ein Mensch. Sie sehen, ich komme selbst, um Sie zu holen. Die Pferde sind hervorragend, in zwanzig Minuten sind wir da.

– Und wie spät ist es jetzt?

– Viertel nach zehn.

Lyžin, verschlafen, unzufrieden, zog die Filzstiefel an, den Pelz, zog die Kapuze über die Mütze und ging mit dem Doktor nach draußen. Der Frost war nicht streng, doch blies ein heftiger, durchdringender Wind und trieb Schneewolken die Straße entlang, die wie entsetzt flohen; unter den Zäunen und an den Vortreppen türmten sich bereits hohe Schneewächten. Der Doktor und der Untersuchungsrichter setzten sich in den Schlitten, und der weiße Kutscher beugte sich zu ihnen herab, um die Decke zuzuknöpfen. Beiden war heiß.

– Fahr los!

Sie fuhren durchs Dorf. »Und wirbelt weiche Furchen

auf …« – dachte der Untersuchungsrichter träge, während er zusah, wie das Beipferd mit den Beinen ausgriff. In allen Hütten leuchteten Lichter, als stünde ein großer Feiertag bevor: die Bauern schliefen nicht, sie fürchteten sich vor dem Verstorbenen. Der Kutscher schwieg finster; er hatte sich, vor der Hütte wartend, wohl gelangweilt und dachte jetzt ebenfalls an den Verstorbenen.

– Bei Taunitzens, – sagte Starčenko, – als man erfuhr, dass Sie in der Hütte übernachten, sind alle über mich hergefallen, warum ich Sie nicht mitgebracht hätte.

An der Ausfahrt aus dem Dorf, in einer Straßenbiegung, schrie der Kutscher plötzlich aus voller Kehle:

– Runter von der Straße!

Vorbei huschte ein Mensch; er stand bis zu den Knien im Schnee, da er die Straße frei gemacht hatte, und schaute nach der Trojka; der Untersuchungsrichter sah einen Stock mit Griff, einen Bart und an der Seite eine Tasche, und ihm schien, das sei Lošadin, ihm schien sogar, als lächle er. Er huschte vorbei und war verschwunden.

Die Straße verlief anfangs am Waldrand, dann in einer breiten Schneise durch den Wald; vorbei huschten alte Kiefern, junger Birkenwald, dann hohe junge knorrige Eichen, die einsam auf Lichtungen standen, wo man vor kurzem den Wald abgeholzt hatte, doch bald vermischte sich alles in der Luft, Wolken von Schnee; der Kutscher sagte, er sehe den Wald, der Untersuchungsrichter sah nichts, außer dem Beipferd. Der Wind blies in den Rücken.

Plötzlich blieben die Pferde stehen.

– Na, was ist denn nun schon wieder? – fragte Starčenko zornig.

Der Kutscher stieg schweigend ab und begann, mit den Hacken auftretend, den Schlitten zu umkreisen; er zog immer größere und größere Kreise, sich immer weiter vom Schlitten entfernend, und es sah aus wie ein Tanz; schließlich kehrte er zurück und bog rechts ab.

– Du bist wohl von der Straße abgekommen, ja? – fragte Starčenko.

– Ach, ni-i-i-chts …

Da ein Dörfchen, darin kein einziges Licht. Wieder Wald, Feld, wieder kamen sie von der Straße ab, und der Kutscher stieg vom Bock und tanzte. Die Trojka kam durch eine dunkle Allee, flog schnell dahin, und das hitzige Beipferd schlug gegen den Bug des Schlittens. Hier rauschten die Bäume laut, furchterregend, und zu sehen war keine Hand vor Augen, so als rasten sie auf einen Abgrund zu, und plötzlich – stach in die Augen helles Licht von einer Auffahrt und von Fenstern, es ertönte gutmütiges, heiteres Gebell, Stimmen … Sie waren angekommen.

Während sie unten, im Empfangsraum, Pelze und Stiefel ablegten, spielte man oben auf dem Flügel »Un petit verre de Cliquot«, und zu hören war, wie Kinder mit den Füßen aufstampften. Den Ankömmlingen wehte sofort Wärme entgegen, der Geruch von alten herrschaftlichen Gemächern, in denen es sich, welches Wetter draußen auch ist, so warm, sauber und behaglich leben lässt.

– Das ist aber schön, – sagte von Taunitz, ein dicker Mann mit einem unwahrscheinlich breiten Hals und einem Backenbart, als er dem Untersuchungsrichter die Hand drückte. – Das ist aber schön. Herzlich willkommen, sehr erfreut, Sie kennenzulernen. Wir sind so etwas wie Kollegen. Ich war einmal stellvertretender Staatsanwalt, aber nicht lange, nur zwei Jahre; dann kam ich hierher, der Landwirtschaft wegen, und bin hier alt geworden. Ein alter Knaster, kurz gesagt. Herzlich willkommen, – fuhr er fort, offensichtlich seine Stimme zügelnd, um nicht zu laut zu sprechen; er und die Gäste stiegen nach oben. – Eine Frau habe ich nicht, sie ist verstorben, und das, darf ich vorstellen, sind meine Töchter. – Dann drehte er sich um und rief mit Donnerstimme nach unten: – Sagt Ignat, er soll morgen um acht vorfahren!

Im Saal befanden sich seine vier Töchter, junge Frauen, hübsch, alle in grauen Kleidern und in der gleichen Weise frisiert, sowie ihre Cousine mit Kindern, ebenfalls jung und interessant. Starčenko, der mit ihnen bekannt war, begann sie sofort zu bitten, etwas zu singen, und zwei Fräulein versicherten lange Zeit, sie könnten nicht singen und hätten keine Noten, dann setzte sich die Cousine an den Flügel, und beide sangen mit zittrigen Stimmen das Duett aus »Pique Dame«. Wieder spielten sie »Un petit verre de Cliquot«, und die Kinder fingen an zu hüpfen, im Takt mit den Füßen aufstampfend. Auch Starčenko fing an zu hüpfen. Alle lachten laut.

Dann verabschiedeten sich die Kinder und gingen schlafen. Der Untersuchungsrichter lachte, tanzte Quadrille, hofierte die Damen, wobei er dachte: ist das nicht alles ein Traum? Die Dienstbotenhälfte der Zemstvohütte, der Haufen Heu in der Ecke, das Rascheln der Kakerlaken, die widerliche bettelarme Einrichtung, die Stimmen der Zeugen, der Wind, der Schneesturm, die Gefahr, von der Straße abzukommen, und plötzlich diese herrlichen hellen

Räume, die Flügelklänge, die hübschen jungen Frauen, die lockenköpfigen Kinder, das heitere, glückliche Lachen – eine solche Verwandlung erschien ihm märchenhaft; und unwahrscheinlich war, dass solche Verwandlungen auf eine Entfernung von nur drei Verst binnen einer Stunde möglich seien. Doch lästige Gedanken hinderten ihn daran, sich der Heiterkeit hinzugeben, und ständig dachte er, dies ringsumher sei nicht das Leben, sondern nur irgendwelche Fetzen des Lebens, Bruchstücke, alles hier sei zufällig, Schlüsse könne man hieraus nicht ziehen; ihm taten diese jungen Frauen sogar leid, die hier lebten und ihr Leben in der Einöde beschließen würden, in der Provinz, fern der kultivierten Welt, in der nichts zufällig ist, wo alles durchdacht, gesetzmäßig ist, wo zum Beispiel jeder Selbstmord verständlich ist und man erklären kann, warum er begangen worden ist und welche Bedeutung er im allgemeinen Kreislauf des Lebens hat. Er meinte, wenn ihm das Leben, hier in der Einöde, unverständlich sei und wenn er es nicht sehe, so bedeutete dies, dass es hier überhaupt kein Leben gebe.

Beim Essen kam das Gespräch auf Lesnickij.

– Er hinterlässt eine Frau und ein Kind, – sprach Starčenko. – Neurasthenikern und überhaupt Menschen, deren Nervensystem nicht in Ordnung ist, würde ich verbieten, eine Ehe einzugehen; ich würde ihnen das Recht und die Möglichkeit nehmen, ihresgleichen zu vermehren. Nervenkranke Kinder in die Welt zu setzen, ist – ein Verbrechen.

– Der unglückliche junge Mensch, – sprach von Taunitz, still seufzend und den Kopf schüttelnd. – Wie viel muss man vorher durchdacht, erduldet haben, um endlich zu beschließen, sich das Leben zu nehmen … ein junges Leben. In jeder Familie kann ein solches Unglück geschehen, und das ist schrecklich. Das ist schwer auszuhalten, unerträglich …

Und alle jungen Frauen hörten schweigend zu, mit ernsten Gesichtern, dem Vater zugewandt. Lyžin spürte, dass er auch seinerseits etwas sagen müsse, konnte sich aber nichts ausdenken und sagte nur:

– Ja, Selbstmorde sind eine unerwünschte Erscheinung.

Er schlief in einem warmen Zimmer, in einem weichen Bett, zugedeckt mit einer Bettdecke, unter der ein feines frisches Laken lag, aber aus irgendeinem Grunde verspürte er keine Behaglichkeit; vielleicht deshalb, weil im Nachbarzimmer der Doktor und von Taunitz sich noch lange unterhielten und oben unter dem Plafond und im Ofen der Schneesturm ebenso lärmte, wie in der Zemstvohütte, und ebenso kläglich heulte:

– U-u-u-uh!

Taunitzens Frau war vor zwei Jahren verstorben, und er hatte sich noch immer nicht damit abgefunden, und worüber er auch sprach, jedes Mal erwähnte er seine Frau; von einem Staatsanwalt war ihm nichts mehr geblieben.

»Könnte etwa auch ich einmal in so eine Lage geraten?« – dachte Lyžin im Einschlafen, und hörte durch die Wand die verhaltene, gleichsam verwaiste Stimme.

Der Untersuchungsrichter schlief unruhig. Es war heiß, unbehaglich, und ihm schien im Traum, als sei er nicht im Hause von Taunitz und nicht in einem weichen sauberen Bett, sondern noch immer in der Zemstvohütte, im Heu, und höre, wie halblaut die Zeugen sprechen; ihm schien,

Lesnickij sei nahe, fünfzehn Schritt von ihm entfernt. Wieder erinnerte er sich im Traum, wie der Versicherungsagent, schwarzhaarig, bleich, in hohen verstaubten Stiefeln, aufs Schreibpult des Buchhalters zugetreten war. »Das ist unser Versicherungsagent …« Dann war ihm, als gingen Lesnickij und Amtmann Lošadin im Freien durch den Schnee, Seite an Seite, und stützten einander; der Schneesturm kreiselte über ihnen, der Wind blies ihnen in den Rücken, doch sie gingen und sangen dazu:

– Wir gehen, wir gehen, wir gehen.

Der Alte glich dem Zauberer in der Oper, und beide sangen tatsächlich, wie im Theater:

– Wir gehen, wir gehen, wir gehen … Ihr sitzt im Warmen, ihr habt es hell, habt es weich, wir aber gehen bei Frost, im Schneesturm, durch den tiefen Schnee … Wir kennen keine Ruhe, keine Freuden … Wir tragen auf unseren Schultern die ganze Last dieses Lebens, des unsern wie des euern … U-u-uh! Wir gehen, wir gehen, wir gehen …

Lyžin erwachte und setzte sich im Bett auf. Was für ein wirrer, unguter Traum! Und warum hatte er von dem Agenten und dem Amtmann gemeinsam geträumt? Was für ein Unsinn! Und jetzt, da Lyžins Herz heftig klopfte und er im Bett saß, den Kopf mit beiden Händen umfasst, schien ihm, als hätten dieser Versicherungsagent und der Amtmann tatsächlich etwas gemeinsam im Leben. Gehen sie nicht auch im Leben Seite an Seite und stützen einander? Irgendeine Verbindung, unsichtbar, aber bedeutsam und notwendig, besteht zwischen beiden, sogar zwischen ihnen und Taunitz, zwischen allen, allen; in diesem Leben, sogar in der entlegensten Einöde, ist nichts zufällig, alles ist erfüllt von einem allgemeinen Gedanken, alles besitzt die eine Seele, das eine Ziel, und um das zu begreifen, ist es zu wenig, nur zu denken, zu erörtern, man muss wahrscheinlich noch die Gabe besitzen, in das Leben einzudringen, eine Gabe, die offenkundig nicht jedem gegeben ist. Sowohl der unglückliche »Neurastheniker«, wie der Doktor ihn nannte, der sich verhoben, umgebracht hatte, als auch der alte Bauer, der sein Leben lang Tag für Tag von Mensch zu Mensch geht, – beide sind Zufälligkeiten, Bruchstücke des Lebens nur für denjenigen, der auch die eigene Existenz für zufällig hält; beide sind Teile eines Organismus, eines wunderbaren und vernünftigen, für denjenigen, der auch sein eigenes Leben für einen Teil dieses gemeinsamen Ganzen hält und das begreift. So dachte Lyžin, und das war ein Gedanke, den er lange im Verborgenen gehegt hatte und der sich erst jetzt in seinem Bewusstsein weit und deutlich entfaltete.

Er legte sich wieder hin, um einzuschlafen; und plötzlich gehen beide wieder gemeinsam und singen:

– Wir gehen, wir gehen, wir gehen ... Wir nehmen vom Leben das Schwerste und das Bitterste, euch überlassen wir das Leichte und Freudige, und ihr könnt, abends am Esstisch, kühl und vernünftig erörtern, weshalb wir leiden und zugrunde gehen und weshalb wir nicht so gesund und zufrieden sind wie ihr.

Das, was sie sangen, war ihm schon früher in den Sinn gekommen, doch dieser Gedanke saß bei ihm irgendwie hinter anderen Gedanken und blinkte nur schüchtern hervor, wie ein fernes Licht bei nebligem Wetter. Und er spürte, dass dieser Selbstmord und der Kummer des Alten auch ihm auf dem Gewissen lägen; sich damit abfinden, dass diese Menschen, ihrem Schicksal ergeben, das Schwerste und Dunkelste im Leben auf sich genommen haben – wie schrecklich! Sich damit abfinden, sich selbst aber ein lichtes, rauschendes Leben wünschen inmitten glücklicher, zufriedener Menschen und beständig von solch einem Leben träumen – das bedeutet von neuen Selbstmorden träumen, von Menschen, die erdrückt werden von Nöten und Sorgen, oder von schwachen, im Stich gelassenen Menschen, von denen man manchmal bei Tisch ärgerlich oder spöttisch spricht, denen aber niemand zu Hilfe kommt … Und wieder:

– Wir gehen, wir gehen, wir gehen …

Als klopfe ihm jemand mit einem Hämmerchen an die Schläfen.

Am Morgen erwachte er früh, mit Kopfschmerzen, geweckt von Lärm; im Nebenzimmer sagte von Taunitz laut zum Doktor:

– Sie können jetzt unmöglich fahren. Schauen Sie, was da draußen los ist! Streiten Sie nicht, sondern fragen Sie hier den Kutscher: er wird Sie bei so einem Wetter nicht fahren, nicht mal für eine Million.

– Aber es sind doch nur drei Verst, – sagte der Doktor mit flehender Stimme.

– Und wenn es nur eine halbe Verst wäre. Was nicht geht, geht nicht. Fahren Sie nur vor das Tor, dort ist die wahre Hölle los, im Nu sind Sie von der Straße abgekommen. Um keinen Preis lasse ich Sie weg, was immer Ihnen beliebt.

– Gegen Abend lässt er nach, – sagte der Bauer, der den Ofen heizte.

Und der Doktor im Nebenzimmer begann, von der rauhen Natur zu sprechen, die auf den Charakter des russischen Menschen einwirke, von den langen Wintern, die, da sie die Bewegungsfreiheit einengen, das geistige Wachstum der Menschen aufhalten, Lyžin dagegen hörte diesen Erörterungen verärgert zu, schaute zum Fenster hinaus auf die Schneewächten, die es gegen den Zaun geweht hatte, schaute auf den weißen Staub, der das ganze Gesichtsfeld erfüllte, auf die Bäume, die sich verzweifelt bald nach rechts, bald nach links bogen, hörte auf das Heulen und Klopfen und dachte finster:

»Und was für eine Moral ist daraus abzuleiten? Ein Schneesturm, weiter nichts!«

Gegen Mittag gab es ein Frühstück, dann schlenderten sie ziellos durchs Haus, traten an die Fenster.

»Und Lesnickij liegt da, – dachte Lyžin, während er auf die Schneewirbel sah, die ungestüm über den Schneewächten kreiselten. – Lesnickij liegt da, die Zeugen warten …«

Sie sprachen über das Wetter, darüber, dass ein Schneesturm gewöhnlich achtundvierzig Stunden dauert, selten länger. Um sechs Uhr wurde gegessen, dann spielten sie Karten, sangen, tanzten, schließlich gab es das Souper. Der Tag war vergangen, sie legten sich schlafen.

Nachts, gegen Morgen, hatte sich alles beruhigt. Als sie aufstanden und zum Fenster hinausblickten, standen die kahlen Weiden mit ihren leicht herabgebogenen Zweigen regungslos, es war trüb, still, so als schäme sich die Natur ihres heiteren Fests, der wahnsinnigen Nächte und der Freiheit, die sie ihren Leidenschaften gelassen hatte. Die Pferde, eines hinter das andere gespannt, warteten an der Freitreppe seit fünf Uhr morgens. Als es ganz hell geworden war, zogen der Doktor und der Untersuchungsrichter ihre Pelze und Filzstiefel an, verabschiedeten sich von ihrem Gastgeber und gingen hinaus.

An der Freitreppe neben dem Kutscher stand der wohlbekannte Amptmann, Ilja Lošadin, ohne Pelzmütze, die alte Ledertasche über der Schulter; ganz mit Schnee bedeckt, auch das Gesicht war rot, schweißnass. Der Lakai, der herausgekommen war, um den Gästen in den Schlitten zu helfen und ihnen die Füße zuzudecken, schaute ihn streng an und sagte:

– Was stehst du hier herum, alter Teufel? Scher dich fort von hier!

– Euer Hochwohlgeboren, das Volk ist beunruhigt ... – begann Lošadin, naiv lächelnd über das ganze Gesicht, und sichtlich zufrieden, dass er endlich diejenigen sah, auf die er so lange gewartet hatte. – Das Volk ist sehr beunruhigt, die Kinder weinen ... Wir dachten schon, Euer Hochwohlgeboren, Sie wären wieder in die Stadt gefahren. Erweisen Sie uns die göttliche Gnade, Sie unsere Wohltäter ...

Der Doktor und der Untersuchungsrichter sagten nichts, setzten sich in den Schlitten und fuhren nach Syrnja.

Der Tannenbaum

Der hohe, immergrüne Tannenbaum des Schicksals ist vollbehängt mit den Gütern des Lebens … Von unten bis oben hängen an ihm Karrieren, Glücksfälle, gute Partien, Gewinne, goldene Nichtse, Nasenstüber usw. Um den Baum drängeln sich erwachsene Kinder. Das Schicksal verteilt an sie Geschenke …

– Kinder, wer von euch will die reiche Kaufmannsfrau? – fragt es und nimmt eine rotwangige Kaufmannsfrau vom Zweig, die von Kopf bis Fuß mit Perlen und Brillanten übersät ist … – Zwei Häuser auf der Pljuščicha, drei massiv gußeiserne Kioske, eine Weinhandlung und zweihunderttausend in bar! Wer will?

– Ich! Ich! – Hunderte von Händen recken sich nach der Kaufmannsfrau. – Ich will die Kaufmannsfrau!

– Nicht drängeln, Kinder, und regt euch nicht auf … Jeder bekommt etwas … Die Kaufmannsfrau soll der junge Äskulap hier nehmen. Ein Mensch, der sich der Wissenschaft geweiht und dem Wohl der Menschheit verschrieben hat, kommt nicht aus ohne ein Paar guter Pferde, ohne schöne Möbel usw. Nimm, lieber Doktor! Keine Ursache … So, und jetzt die nächste Überraschung! Eine Anstellung bei der Čuchlom-Pošechonsker Eisenbahn! Zehntausend Gehalt im Jahr, noch einmal soviel als Gratifikation, drei Stunden Arbeit im Monat, Dreißigzimmerwohnung usw. – Wer will? Du, Kolja? Nimm, mein Guter! Weiter … Anstellung als Wirtschafterin beim einsamen Baron von Šmaus! Sie reißen ihn ja in Stücke, mesdames! Bitte ein wenig Geduld! … Der nächste! Hübsches junges Mädchen, Tochter armer, aber ehrbarer Eltern! Mitgift keinen Groschen, aber eine ehrliche, einfühlsame, poetische Natur! Wer will? (Pause.) Niemand?

– Ich würde sie ja nehmen, aber wie soll ich sie ernähren? – hört man aus einer Ecke die Stimme des Dichters.

– Es will sie also niemand?

– Meinetwegen, ich nehme sie … Es soll wohl so sein … – sagt ein kleines, gichtkrankes altes Männlein, das im Geistlichen Konsistorium dient. – Meinetwegen …

– Das Taschentuch der Zorina! Wer will?

– Au! … Ich! Ich! … Au! Sie sind mir auf den Fuß getreten! Ich!

– Nächste Überraschung! Eine reichhaltige Bibliothek mit sämtlichen Werken von Kant, Schopenhauer, Goethe, allen russischen und fremdsprachigen Autoren, einer Menge alter Folianten usw. Wer will?

– Ich! – sagt der Antiquar Svinopasov. – Wenn ich bitten darf! Svinopasov nimmt die Bibliothek entgegen, wählt daraus die »Orakel«, das »Traumdeutungsbuch«, den »Briefsteller«, das »Handbuch für Junggesellen« … den Rest wirft er auf den Müll.

– Die nächste! Ein Porträt von Okrejc!

Man hört lautes Gelächter …

– Geben Sie her … – sagt der Betreiber des Winklerschen Museums. – Das paßt irgendwo …

– Weiter! Ein Prachtrahmen, Jahresprämie der Zeitschrift »Nov'« (Pause.) Will niemand? Dann weiter … Ein paar zerrissene Stiefel!

Die Stiefel bekommt der Maler … Schließlich ist der Tannenbaum abgeerntet, das Publikum verläuft sich … Vor dem Tannenbaum steht nur noch der Mitarbeiter humoristischer Zeitschriften …

– Und ich? – fragt er das Schicksal. – Jeder hat ein Geschenk bekommen, ich möchte auch eins. Das ist eine Schweinerei von dir!

– Sie haben alles abgeräumt, nichts ist mehr übrig … Doch, ein goldenes Nichts ist noch da … Willst du das?

– Das brauche ich nicht … Die habe ich bis hier, diese Nichtse. Die Kassen einiger Moskauer Zeitschriften sind voll von dieser Ware. Hast du nicht was Handfesteres?

– Nimm diesen Rahmen …

– Den habe ich schon …

– Hier das Gängelband, die Zügel … Hier das Kreuz mit dem Rotstift, wenn du willst … Zahnschmerzen … Handschellen … Einen Monat Gefängnis wegen Diffamierung …

– Habe ich alles schon …

– Den Bleisoldaten, wenn du willst … Eine Karte von Sibirien …

Der Humorist winkt ab und geht nach Hause in der Hoffnung auf das nächste Jahr.

Der Auftrag

In Erinnerung an das Versprechen, das er dem Redakteur eines der Wochenblätter gegeben hatte – eine Weihnachtsgeschichte zu schreiben, »so schrecklich und effektvoll wie möglich«, setzte sich Pavel Sergeič an seinen Schreibtisch und hob nachdenklich den Blick zur Decke. Durch seinen Kopf geisterten mehrere passende Themen. Nachdem er sich die Stirn gerieben und eine Zeitlang nachgedacht hatte, blieb er bei einem von ihnen stehen, nämlich beim Thema eines Mordes, der vor zehn Jahren in der Stadt geschehen war, in der er geboren und zur Schule gegangen war. Die Feder eingetunkt, seufzte er und begann zu schreiben.

Neben dem Kabinett, im Salon, saßen Gäste: zwei Damen und ein Student. Pavel Sergeičs Frau, Sofja Vasiljevna, blätterte geräuschvoll in den Noten und griff ungeordnet Akkorde.

– Herrschaften, wer wird denn nun begleiten? – sagte sie mit weinerlicher Stimme. – Nadja, begleiten doch wenigstens Sie!

– Ach, Liebste, ich habe seit drei Monaten nicht mehr am Klavier gesessen.

– Gott, wie ihr euch anstellt! Na, dann werde ich auch nicht singen! Schämt euch, die Begleitung ist ganz leicht!

Nach langem Streit setzten sich zwei Damen an den Flügel: die eine schlug die Tasten, die andere sang die Romanze »Sag nicht, die Jugend hättest du zerstört«. Pavel Sergeič runzelte die Stirn und legte die Feder weg. Nachdem er eine Weile zugehört hatte, runzelte er die Stirn noch mehr, sprang auf und lief zur Tür.

– Sophie, du singst falsch! – rief er. – Du greifst zu hoch, und Sie, Nadežda Petrovna, spielen so schnell, als schlüge man Ihnen auf die Finger. Es geht so: tram-tram ... ta ... ta ... Pavel Sergeič schwenkte die Arme und stampfte mit dem Fuß, um zu zeigen, wie zu singen und zu spielen sei. Fünf Minuten später ging er, singend seine Frau begleitend, in sein Kabinett zurück und fuhr zu schreiben fort.

»Ušakov und Winkel waren jung, beinahe gleichen Alters, und beide dienten in ein und derselben Kanzlei. Ušakov war weibisch, zart, nervös und zaghaft, Winkel dagegen, im Gegensatz zu seinem Freunde, genoß die Reputation eines groben, animalischen, hemmungslosen Menschen, unermüdlich in der Befriedigung seiner Leidenschaften. Er war ein so seltener und ausschließlicher Egoist, daß ich gern denjenigen glaube, die ihn für psychisch abnorm hielten. Ušakov und Winkel waren befreundet. Was diese beiden gegensätzlichen Charaktere aneinander zu binden vermochte, verstehe ich entschieden nicht. Gemeinsam hatten sie nur das eine – den Reichtum. Ušakov war einziger Sohn einer reichen Mutter, Winkel galt als Erbe seiner Tante, einer Generalswitwe, die ihn liebte wie ihren eigenen Sohn. In menschlichen Beziehungen dient Geld als schönes bindendes Prinzip. Die Möglichkeit, Geld nach links und rechts zum Fenster hinauszuwerfen, sich die schönsten Frauen zu kaufen, mit der Mode zu gehen, in Trojken zu fliegen, allgemeinen Neid zu erwecken, war denn vielleicht auch jener Zement, der die beiden dummen Knaben aneinanderband.

Die Freundschaft zwischen Ušakov und Winkel währte nicht lang. Sie wurden zu unversöhnlichen Feinden, als sich beide gleichzeitig in die Modistin Kasatkina verliebten, eine nichtswürdige, aber sehr pikante Frau, berühmt für ihr prächtiges Haar. Gern gab sie sich für Geld den beiden Freunden hin. Die pikante Frau war lasterhaft und so praktisch veranlagt, daß sie es vermochte, in beiden Knaben die Eifersucht zu wecken, denn nichts bereichert Frauen mehr als die Eifersucht ihrer Liebhaber. Der zaghafte und schüchterne Ušakov ertrug den Nebenbuhler schweren Herzens, der animalische und lasterhafte Winkel dagegen ließ, wie zu erwarten war, seinem Gefühl freien Lauf.«

– Pavel Sergeič! – rief man plötzlich im Salon. – Kommen Sie mal her!

Pavel Sergeič sprang auf und lief zu den Damen.

– Sing mit Michel das Duett! – sagte seine Frau. – Du singst die erste und er singt die zweite Stimme.

– In Ordnung! Bitte den Ton!

Pavel Sergeič schwenkte die Feder, an der noch die Tinte blitzte, stampfte mit dem Fuß und sang, nachdem er eine Leidensmiene aufgesetzt hatte, mit dem Studenten die »Wahnsinnsnächte«.

– Bravo! – lachte er, als sie zu Ende gesungen hatten, und faßte den Studenten um die Taille. – Wie gut wir beide es doch können! Wir könnten noch etwas singen, aber der Teufel solls holen, ich muß schreiben!

– Ach, lassen Sie es doch! Was macht das schon für Spaß!

– Nichts-nichts-nichts … Ich habe es versprochen! Und führen Sie mich nicht in Versuchung! Noch heute muß die Geschichte fertig sein!

Pavel Sergeič winkte mit beiden Händen ab, lief zu sich ins Zimmer und fuhr zu schreiben fort:

»Eines Tages, gegen 10 Uhr abends, als Ušakov in der Kanzlei Dienst hatte, drang Winkel in das Zimmer des Diensthabenden ein, schlich sich von hinten an seinen Nebenbuhler an und schlug ihm mit einer kleinen Axt auf den Kopf. Wie animalisch und außer sich er im Moment des Mordes gewesen sein muß, ist daraus zu ersehen, daß die ärztlichen Experten an Ušakovs Kopf elf Wunden fanden. Der Verbrecher bewahrte kühlen Kopf weder während des Mordes noch danach. Als er den Nebenbuhler erledigt hatte, stieg er, blutbespritzt, wie er war, ohne die Axt aus der Hand zu legen, auf den Dachboden, zwängte sich durch die Dachluke, und die Kanzleiwächter hörten noch lange, wie jemand über das Blechdach schritt und darauf herumkletterte. Vom Dach des staatlichen Gebäudes ließ Winkel sich am Abflußrohr hinab auf das Dach des Nachbarhauses, von diesem Haus kletterte er auf ein anderes und irrte auf diese Weise über die Dächer, bis man ihn festnahm.

Den ermordeten Ušakov beerdigte die ganze Stadt mit Kränzen und Musik. Die öffentliche Meinung war gegen den Mörder in einem Maße aufgebracht, daß das Volk in Scharen zum Gefängnis strömte, um die Mauern zu sehen, hinter denen Winkel schmachtete, und schon zwei-drei Tage nach der Beerdigung stand auf dem Grab des Ermordeten ein Kreuz mit der rächenden Inschrift: ›Gemeuchelt von Mörderhand‹. Auf niemanden aber hatte der Tod Ušakovs eine solche Wirkung wie auf seine Mutter. Die unglückliche Alte, als sie vom Tod ihres einzigen Sohnes erfuhr, verlor beinahe den Verstand ...«

Pavel Sergeič schrieb noch eine Seite, rauchte zwei Papyrosy hintereinander, lag eine Weile auf der Chaiselongue, dann setzte er sich wieder an den Tisch und fuhr fort:

»Die alte Ušakova wurde an den Armen in den Gerichtssaal geführt und machte ihre Aussagen in einem Sessel sitzend. Ihre Aussagen bestanden darin, daß sie am ganzen Körper zitterte, sich zum Angeklagten umwandte und, ihm mit den Fäusten drohend, schrie:

– Du hast meinen Sohn ermordet! Du!

– Das bestreite ich ja gar nicht ... – knurrte Winkel mürrisch.

– Du wirst dich unterstehen, das zu bestreiten! – fuhr die Alte fort, ohne auf den Vorsitzenden zu hören. – Du hast ihn ermordet!

Winkels Tante, die alte Generalswitwe, vor Kummer abgestumpft, blickte, bevor sie ihre Aussagen machte, drei Minuten lang mit leeren Augen auf ihren Neffen und fragte dann in einem Ton, der das ganze Gericht zusammenzucken ließ:

– Nikolaj, was hast du getan?

Weitersprechen konnte sie nicht. Der Auftritt der beiden alten Frauen machte auf das Publikum einen niederschmetternden Eindruck. Man erzählt, daß sich beide, als sie einander auf dem Korridor des Gerichts begegneten, eine Szene machten, die sogar die Gerichtskuriere zu Tränen empörte. Die alte Ušakova, verbittert vor Kummer, ging auf die Generalswitwe los und überschüttete sie mit Beschimpfungen. Sie duzte sie, machte ihr Vorwürfe, schimpfte, drohte mit Gott und dgl. Winkels Tante hörte zuerst schweigend, in ergebener Demut zu und sagte nur:

– Seien Sie barmherzig! Er und ich, wir sind schon genug gestraft!

Danach aber hielt sie es nicht länger aus und beantwortete die Beschimpfungen mit Beschimpfungen.

– Hätten Sie keinen Sohn gehabt, – schrie sie, – säße mein Kolja jetzt nicht hier! Ihr Sohn hat ihn zugrunde gerichtet! – usw.

Man brachte sie kaum auseinander … Mit dem Urteil der Geschworenen wurde Winkel zu zehn Jahren Katorga verurteilt.«

– Nikonov hat einen sehr schönen Baß! – hörte Pavel Sergeič die Stimme seiner Frau. – Einen sehr schönen, tiefen, satten Baß … Ich verstehe nicht, Liebste, weshalb er nicht zur Oper geht!

Pavel Sergeič machte große Augen und sprang auf.

– Du sagst, Nikonov hätte einen schönen Baß? – fragte er, mit einem Blick in den Salon. – Nikonov hätte einen schö-önen Baß?

– Ja, Nikonov.

– Na, Mütterchen, also hast du keine Ahnung … – breitete Pavel Sergeič die Arme aus. – Dein Nikonov ist eine Kuh! Er brüllt, keucht, als würden ihm die Därme aus dem Leib gerissen, und die Stimme vibriert und zittert wie der Korken in einer leeren Flasche! Ich ertrage ihn nicht! Und Gehör hat dein Nikonov soviel wie dieser Divan!

– Nikonov ein Sänger! – empörte er sich, als er fünf

Minuten später an den Tisch zurückkehrte und sich ans Schreiben setzte. – Mein Gott, was für ein Geschmack! Dieser Nikonov sollte unter die Straßensänger gehn, aber nicht an die Oper!

Noch immer empört, tunkte er zornig die Feder ein und begann zu schreiben:

»Die Generalswitwe fuhr nach Petersburg, um sich darum zu kümmern, daß man ihren Neffen nicht an den Schandpfahl stelle. Während sie auf Reisen war, gelang es Winkel, aus dem Gefängnis zu fliehen.«

– Was für ein herrliches Wetter! – seufzte im Salon der Student.

»Man fand ihn, – fuhr Pavel Sergeič fort, – auf dem Bahnhof unter einem Güterwaggon, unter dem man ihn nur mit großer Mühe hervorziehen konnte. Der Mensch wollte offenbar noch ein wenig leben … Der Unglückliche lachte den Begleitsoldaten hämisch ins Gesicht und brach, als man ihn ins Gefängnis zurückbrachte, in bittere Tränen aus.«

– Jetzt ist es schön, draußen vor der Stadt! – sagte Sofja Vasiljevna. – Pavel, laß das Schreiben sein, wirklich!

Pavel Sergeič kratzte sich nervös im Genick und fuhr fort:

»Der Fürsprache der Tante war kein Erfolg beschieden … Winkel mußte vor der Abreise aus seiner Heimatstadt unausweichlich den Schandpfahl erleiden, aber die stolze Tante beharrte auf ihrem Willen: am Abend vor dem bürgerlichen Tod nahm Winkel Gift. Man beerdigte ihn vor der Friedhofsmauer, dort, wo man die Selbstmörder verscharrte …«

Pavel Sergeič blickte durchs Fenster in den Sternenhimmel, krächzte und ging in den Salon.

– Ja, jetzt wäre es schön, vor die Stadt hinauszufahren! – sagte er und ließ sich in einen Sessel sinken. – Das Wetter ist geradezu – antique!

– Also dann? Fahren wir! – rief seine Frau aufgeregt. – Herrschaften, fahren wir!

– Ach, zum Teufel! Ich muß die Geschichte zu Ende schreiben! Kaum die Hälfte habe ich geschrieben ... Obwohl, es wäre schon schön, ein Pärchen Trojken zu bestellen ... die Kutscher zum Teufel zu jagen, sich auf den Bock zu setzen und ajda!, ab die Post! Ach, zum Teufel, wie sie rasen! Aber zuerst müßte man sich zu Hause etwas hinter die Binde kippen.

– Na wunderbar! Also, fahren wir!

– Nichts-nichts ... um nichts in der Welt! Ich rühre mich nicht vom Fleck, ehe ich die Geschichte nicht zu Ende habe! Da hilft kein Bitten und kein Beten!

– Dann gehen Sie und schreiben Sie sie schnell zu Ende! Bis die Trojken und der Vodka hier sind, können Sie sie fünfmal zu Ende bringen ...

Die Damen umringten Pavel Sergeič und bestürmten ihn. Er winkte ab und willigte ein. Der Student lief los, um die Trojken und den Vodka zu besorgen, die Damen eilten geschäftig hin und her. Pavel Sergeič lief in sein Zimmer, griff zur Feder und schlug mit der Faust auf das Manuskript, dann fuhr er fort:

»Jeden Tag fuhr die alte Ušakova zum Grab ihres Sohnes. Bei jedem Wetter, ob es regnete oder ein böser Schneesturm wütete, jeden Morgen gegen zehn Uhr standen ihre

Pferde am Friedhofstor, und sie selbst saß am Grab, weinte und blickte begierig, beinahe genießerisch auf die Inschrift: ›Gemeuchelt von Mörderhand‹.«

Als der Student zurückkehrte, trank Pavel Sergeič ein Glas auf ex und schrieb:

»Fünf Jahre fuhr sie so zum Friedhof, ohne auch nur einen einzigen Tag auszulassen. Der Friedhof wurde ihr zweites Zuhause. Im sechsten Jahr erkrankte sie an einer Lungenentzündung und fuhr einen ganzen Monat lang nicht zum Friedhof.«

– Genug jetzt! – drängte man Pavel Sergeič zur Eile. – Lassen Sie es endlich sein! Hier, trinken Sie noch einen!

– Gleich, gleich ... Ich bin gerade an der interessantesten Stelle ... Wartet, ihr Lieben, bringt mich nicht aus dem Konzept ...

»Nach der Krankheit wieder auf den Friedhof gekommen, – fuhr Pavel Sergeič fort, – bemerkte die Alte zu ihrem Entsetzen, daß sie vergessen hatte, wo sich das Grab ihres Sohnes befand ... Sie irrte über den Friedhof, versank bis zum Gürtel im Schnee, flehte die Wächter an ... Die Wächter konnten ihr die Stelle, wo ihr Sohn begraben lag, nur annähernd zeigen, da zum Unglück der Alten während ihrer langen Abwesenheit das Kreuz gestohlen worden war von Bettlern, die mit Grabkreuzen Handel trieben.

– Wo ist er? – lief die Alte hin und her. – Wo ist mein Sohn? Man hat mir meinen Sohn zum zweiten Mal genommen!«

– Kommst du irgendwann zu Ende oder nicht? – rief Sofja Vasiljevna. – Wie gewissenlos, fünf auf einen einzigen warten zu lassen! Laß es endlich sein!

– Gleich, gleich, – murmelte Pavel Sergeič, trank sein Glas aus und runzelte die Stirn. – Gleich … Ach, du hast mich aus dem Konzept gebracht!

Pavel Sergeič rieb sich heftig die Stirn, streifte die andern mit einem stumpfen Blick, stampfte nervös mit dem Absatz und schrieb:

»Da sie das teure Grab nicht finden konnte, begab sich die Alte bleich, barhaupt, kaum auftretend und vor Erschöpfung wieder und wieder die Augen schließend, zum Tor, um nach Hause zu fahren. Doch bevor sie sich in die Equipage setzen konnte, sollte sie eine weitere Unannehmlichkeit erleben. Am Friedhofstor begegnete ihr Winkels Tante.«

– Mit solchen Herrschaften geht es nicht anders! – sagte eine der Damen und nahm das Manuskript vom Schreibtisch. – Fahren wir!

Pavel Sergeič hatte protestieren wollen, winkte dann aber ab, zerriß das Manuskript, schimpfte aus irgendeinem Grunde auf den Redakteur und sprang, vor sich hin pfeifend, auf den Flur hinaus, um den Damen beim Ankleiden zu helfen.

Tausend und eine Leidenschaft
oder
Eine schreckliche Nacht
Roman in einem Teil mit einem Epilog

Victor Hugo gewidmet

Vom Turm der Hl. Einhundertsechsundvierzig Märtyrer schlug es Mitternacht. Ich erbebte. Die Zeit war gekommen. Ich packte Theodor krampfhaft am Arm und ging mit ihm auf die Straße. Der Himmel dunkel wie Druckerschwärze. Es war dunkel wie unter dem Hut, den man auf dem Kopfe trägt. Die dunkle Nacht ist der Tag in der Nußschale. Wir hüllten uns in unsere Mantillen und machten uns auf den Weg. Heftiger Wind fuhr uns durch Mark und Bein. Regen und Schnee – diese nassen Brüder – schlugen uns schrecklich in die Gesichter. Ungeachtet der Winterzeit, durchfurchte der Blitz den Himmel. Der Donner, grausamer, mächtiger Begleiter des wie das Zwinkern blauer Augen reizenden, gedankenschnellen Blitzes, erschütterte, Entsetzen verbreitend, die Luft. An Theodors Ohren zuckte Elektrizität. Elmsfeuer flogen krachend über unseren Köpfen. Ich blickte nach oben. Ich erbebte. Wer erbebt nicht angesichts der majestätischen Natur? Am Himmel flogen blitzende Meteore vorüber. Ich begann sie zu zählen und zählte 28. Ich zeigte sie Theodor.

– Ein schlechtes Vorzeichen! – murmelte er, bleich wie ein Standbild aus carrarischem Marmor.

Der Wind stöhnte, heulte, schluchzte ... Das Stöhnen des Windes ist das Stöhnen des Gewissens, das versunken war in schrecklichen Verbrechen. Zu unserer Seite zerstörte und verbrannte er ein achtstöckiges Haus. Ich hörte Wehklagen, das aus ihm geflogen kam. Wir gingen vorüber. Stand mir der Sinn nach einem brennenden Haus, da in meiner Brust ein anderthalbes Hundert Häuser brannten? Irgendwo im Raum läutete trostlos, langsam, monoton eine Glocke. Es war ein Kampf der Elemente. Unbekannte Kräfte hatten sich der entsetzlichen Harmonie der Elemente bemächtigt. Wer sind diese Kräfte? Wird der Mensch sie je erkennen?

Ein schrecklicher, aber dreister Traum!!!

Wir riefen einen cocher. Wir setzten uns in den Wagen und rasten davon. Der cocher ist der Bruder des Windes. Wir rasten, schnell wie ein kühner Gedanke in den geheimnisvollen Windungen des Gehirns. Ich steckte dem cocher einen Beutel voll Gold zu. Das Gold half der Peitsche, die Geschwindigkeit der Beine der Pferde zu verdoppeln.

– Antonio, wohin fährst du mich? – stöhnte Theodor. – Du siehst aus wie der Genius des Bösen ... In deinen schwarzen Augen funkelt die Hölle ... Ich fange an mich zu fürchten ...

Erbärmlicher Feigling!! Ich schwieg. Er liebte sie. Sie liebte ihn leidenschaftlich ... Ich mußte ihn töten, denn er liebte sie mehr als sein Leben. Ich liebte sie und haßte ihn. Er mußte sterben in dieser schrecklichen Nacht und für seine Liebe mit dem Tode bezahlen. In mir brodelten Liebe und Haß. Er war meine zweite Existenz. Diese beiden Geschwister, die in einer Hülle lebten, stiften Verwüstung: sie sind geistige Vandalen.

– Halt! – sagte ich zum cocher, als die Kutsche das Ziel erreicht hatte.

Theodor und ich sprangen aus dem Wagen. Hinter den Wolken blickte kalt der Mond auf uns herab. Der Mond ist der leidenschaftslose, schweigsame Zeuge der süßen Augenblicke der Liebe und der Rache. Er mußte Zeuge des Todes eines von uns beiden werden. Vor uns lag ein Schlund, ein bodenloser Abgrund, wie das Faß der verbrecherischen Töchter Danaens. Wir standen am Rande des Kraters eines erloschenen Vulkans. Über diesen Vulkan leben im Volke schreckliche Legenden. Ich machte eine Kniebewegung, und Theodor flog hinab in den schrecklichen Schlund. Der Krater des Vulkans ist die Rache der Erde.

– Verflucht sollst du sein!!! – schrie er als Antwort auf meinen Fluch.

Ein starker Mann, der seinen Feind wegen der schönen Augen einer Frau in den Krater eines Vulkans stößt, ist ein majestätisches, grandioses und lehrreiches Bild! Es fehlte nur die Lava.

Der *cocher*. Der cocher ist eine Statue, die das Schicksal der Dummheit errichtet hat. Fort mit der Routine! Der cocher folgte Theodor. Ich spürte, daß in meiner Brust nur mehr die Liebe geblieben war. Ich fiel mit dem Gesicht zu Boden und fing vor Begeisterung an zu weinen. Tränen der Begeisterung sind das Resultat einer göttlichen Reaktion, ausgelöst im Schoße eines liebenden Herzens. Die Pferde wieherten fröhlich. Wie lästig und beschwerlich ist es doch, kein Mensch zu sein! Ich befreite sie von ihrem tierischen

Dulderleben. Ich tötete sie. Der Tod ist Fessel und Befreiung von der Fessel.

Ich ging ins Gasthaus »Zum violetten Hippopotamus« und trank fünf Gläser guten Weins.

Drei Stunden nach meiner Rache stand ich vor der Tür ihrer Wohnung. Der Dolch, der Freund des Todes, hatte mir geholfen, über Leichen zu ihrer Tür vorzudringen. Ich begann zu horchen. Sie schlief nicht. Sie träumte. Ich horchte. Sie schwieg. Das Schweigen währte vier Stunden. Vier Stunden sind für einen Verliebten vier neunzehnte Jahrhunderte! Schließlich rief sie die Zofe. Die Zofe ging an mir vorüber. Sie fing meinen Blick auf. Der Verstand verließ sie. Ich tötete sie. Besser der Tod als ein Leben ohne Verstand.

– Annette! – rief sie. – Warum kommt Theodor nicht? Sehnsucht nagt an meinem Herzen. Eine böse Vorahnung würgt mich. Oh, Annette! geh ihn suchen. Er treibt sich jetzt wahrscheinlich herum mit diesem gottlosen, entsetzlichen Antonio! … O Gott, wen seh ich?! Antonio!

Ich trat ein. Sie erbleichte.

– Scheren Sie sich fort! – rief sie, und Entsetzen verzerrte ihre edlen, schönen Züge.

Ich blickte sie an. Der Blick ist das Schwert der Seele. In meinem Blick sah sie alles: Theodors Tod, dämonische Leidenschaft, Tausende menschlicher Wünsche … Meine Pose war die Majestät. In meinen Augen zuckte Elektrizität. Meine Haare gerieten in Bewegung und standen zu Berge. Sie sah einen Dämon in irdischer Hülle. Ich sah, daß sie sich meiner erfreute. Vier Stunden währte das Grabesschweigen und gegenseitige Betrachten. Der Donner erdröhnte, und sie sank an meine Brust. Die Brust des Mannes ist die Festung der Frau. Ich preßte sie in meine Arme. Beide schrien wir auf. Ihre Knochen knackten. Ein galvanischer Strom durchfuhr unsere Körper. Ein heißer Kuß …

Sie verliebte sich in den Dämon in mir. Ich wollte, daß sie in mir den Engel liebte. »Anderthalb Millionen gebe ich den Armen!« – sagte sie. Sie verliebte sich in den Engel in mir und fing an zu weinen. Ich fing ebenfalls an zu weinen. Was waren das für Tränen!!! Einen Monat später fand in der Kirche des Hl. Titus und der Hl. Hortensie die feierliche Trauung statt. Ich wurde ihr angetraut. Sie wurde mir angetraut. Die Armen segneten uns. Sie bat mich, meinen Feinden zu vergeben, die ich getötet hatte. Ich vergab ihnen. Mit meiner Ehefrau ging ich nach Amerika. Meine liebende junge Ehefrau war der Engel der jungfräulichen Wälder Amerikas, der Engel, vor dem sich die Löwen und Tiger verneigten. Ich wurde zum jungen Tiger. Drei Jahre nach unserer Hochzeit trug der alte Sam bereits einen lokkigen kleinen Jungen auf dem Arm. Der Junge sah der Mutter ähnlicher als mir. Das weckte meinen Zorn. Gestern ist mein zweiter Sohn geboren worden … und ich konnte mich vor Freude kaum lassen … Mein zweites Söhnchen streckt seine kleinen Händchen nach dem Leser aus und bittet ihn, seinem Papa nicht zu glauben, weil sein Papa nicht nur keine Kinder hat, sondern nicht mal eine Ehefrau. Sein Papa fürchtet die Heirat wie das Feuer. Mein Söhnchen lügt nicht. Er ist noch ein kleines Kind. Glauben Sie ihm. Kindesalter ist heiliges Alter. Nichts von alledem ist je geschehen … Gute Nacht!

Ein Weiberreich

I
Vorabend

Da das dicke Geldpaket. Es ist aus der Forstvilla, vom Verwalter. Er schreibt, er schicke anderthalbtausend Rubel, die er gegen jemanden gerichtlich eingetrieben habe, der Prozess sei in zweiter Instanz gewonnen. Anna Akimovna liebte Wörter wie eintreiben und Prozess gewinnen nicht und fürchtete sie. Sie wusste, dass es ohne Rechtsprechung nicht ging, doch aus irgendeinem Grunde, wenn Werksdirektor Nazaryč oder der Verwalter der Villa, die oft vor Gericht zogen, zu ihren Gunsten irgendeinen Prozess gewannen, wurde ihr unheimlich, und ihr schlug gleichsam das Gewissen. Auch jetzt war es ihr unheimlich und peinlich geworden, und sie hätte diese Anderthalbtausend gern irgendwohin, weit weg gelegt, um sie nicht mehr zu sehen.

Sie dachte verärgert: ihre Altersgenossinnen – sie stand im sechsundzwanzigsten Lebensjahr – kümmern sich jetzt um den Haushalt, sind erschöpft und werden fest schlafen und morgen früh in Feiertagsstimmung erwachen; viele von ihnen sind längst verheiratet und haben Kinder. Nur sie ist aus irgendeinem Grunde verpflichtet, wie eine alte Frau über diesen Briefen zu sitzen, Vermerke darauf zu machen, Antworten zu schreiben, dann den ganzen Abend bis Mitternacht nichts zu tun und zu warten, bis sie der Schlaf ankommt, und morgen wird man sie den lieben langen Tag beglückwünschen und sie anbetteln, und übermorgen wird es im Werk unweigerlich einen Skandal geben, – man wird einen verprügeln, oder jemand stirbt am Vodka, und sie wird aus irgendeinem Grunde das Gewissen quälen; und nach den Feiertagen wird Nazaryč an die zwanzig Mann wegen Nichterscheinens entlassen, und alle diese zwanzig werden sich barhaupt vor ihrer Freitreppe herumdrücken, und sie wird sich schämen, zu ihnen hinauszugehen, und man wird sie wie Hunde davonjagen. Und alle ihre Bekannten werden hinter ihrem Rücken darüber reden und ihr in anonymen Briefen schreiben, sie sei Millionärin, Ausbeuterin, sie zerstöre fremdes Leben und sauge den Arbeitern das Blut aus.

Hier auf der Seite liegt ein Packen gelesener und schon weggelegter Briefe. Sie sind von Bittstellern. Da sind Hungernde, Trunksüchtige, mit vielköpfigen Familien Beladene, Kranke, Erniedrigte, Verkannte … Anna Akimovna hatte bereits auf jedem Brief vermerkt, wer drei Rubel bekommen sollte, wer fünf; diese Briefe gehen noch heute ans Kontor, und morgen wird dort die Verteilung der Beihilfen erfolgen oder, wie die Angestellten sagen, die Raubtierfütterung.

In kleinen Summen verteilt werden auch 470 Rubel – Zinsen aus dem Kapital, das der verstorbene Akim Ivanyč den Bettlern und Armen vermacht hatte. Es wird ein ungeheures Gedränge geben. Vom Werkstor bis zur Tür des

Kontors wird sich im Gänsemarsch eine lange Reihe irgendwelcher fremder Menschen mit Raubtiergesichtern dahinziehen, Menschen in Lumpen, frierend, hungrig und schon betrunken, die mit heiseren Stimmen Mütterchen-Wohltäterin Anna Akimovna und deren Eltern anrufen; die hinteren werden gegen die vorderen drücken, und die vorderen – schimpfen mit hässlichen Wörtern. Der Kontorist, dem der Lärm, das Geschimpfe und die Wehklagen auf die Nerven fallen, wird herausgesprungen kommen und, zum allgemeinen Vergnügen, den Erstbesten ohrfeigen. Und ihre Leute, die Arbeiter, die zum Feiertag nichts bekommen haben außer ihrem Lohn, und schon alles bis auf die letzte Kopeke ausgegeben haben, werden auf dem Werkshof stehen, zuschauen und sich lustig machen – die einen neidisch, die andern ironisch.

»Kaufleute, besonders Kaufmannsfrauen lieben Bettler mehr als ihre eigenen Arbeiter, – dachte Anna Akimovna. – Das ist immer so.«

Ihr Blick fiel auf das Geldpaket. Es wäre gut, morgen dieses überflüssige, widerwärtige Geld an die Arbeiter zu verteilen, aber das geht nicht, denn gibt man dem Arbeiter etwas umsonst, fängt er ein andermal gleich an zu betteln. Und was bedeuten schon diese Anderthalbtausend, wenn es im Werk über tausendachthundert Arbeiter gibt, ihre Frauen und Kinder nicht mitgezählt? Sollte sie nicht einen der Bittsteller auswählen, die ihr diese Briefe geschrieben hatten, irgendeinen Unglücklichen, der die Hoffnung auf ein besseres Leben längst verloren hatte, und ihm die Anderthalbtausend geben? Den armen Schlucker würde dieses Geld treffen wie der Donner, und vielleicht würde er sich zum ersten Mal im Leben glücklich fühlen. Dieser Gedanke erschien Anna Akimovna originell und amüsant und heiterte sie auf. Sie zog aufs Geratewohl einen Brief aus dem Packen und las. Ein gewisser Gouvernementssekretär Čalikov, seit langem ohne Stellung, krank, wohnhaft im Haus Guščin; die Frau schwindsüchtig, fünf minderjährige Töchter. Das vierstöckige Guščinsche Haus, in dem Čalikov wohnte, kannte Anna Akimovna sehr gut. Ach, ein hässliches, vor sich hin faulendes, ungesundes Haus!

– Ich gebe sie diesem Čalikov, – entschied sie. – Schicken werde ich sie ihm nicht, besser ich überbringe sie selbst, um überflüssiges Gerede zu vermeiden. Ja, – meinte sie, die Anderthalbtausend in die Tasche steckend, – ich schaue mir das an und bringe ja vielleicht die Mädchen irgendwo unter.

Ihr wurde heiter zumute, sie klingelte und befahl anzuspannen.

Als sie sich in den Schlitten setzte, war es die siebte Abendstunde. Die Fenster in allen Werkskomplexen waren hell erleuchtet, und deshalb wirkte der riesige Werkshof besonders dunkel. Am Tor und tief im Hintergrund des Hofs, bei den Lagern und Arbeiterbaracken brannten elektrische Laternen.

Diese dunklen, mürrischen Komplexe, Lager und Baracken, in denen die Arbeiter lebten, liebte Anna Akimovna nicht und fürchtete sie. Im Hauptkomplex war sie seit dem Tod ihres Vaters nur ein einziges Mal gewesen. Die hohen Decken mit den Eisenträgern, die Menge der riesigen, sich schnell drehenden Räder, Treibriemen und Hebel, das durchdringende Zischen, das Kreischen des Stahls, das Klirren der Loren, der grausame Atem des Dampfs, die bleichen oder roten oder von Kohlenstaub schwarzen Gesichter, die schweißnassen Hemden, der Glanz von Stahl, Kupfer und Feuer, der Geruch von Öl und Kohle und der bald heiße, bald kalte Wind hatten auf sie den Eindruck der Hölle gemacht. Ihr schien, als versuchten sich die Räder, Hebel und glühenden, zischenden Zylinder aus ihren Verankerungen zu reißen, um die Menschen zu vernichten, während die Menschen, mit besorgten Gesichtern, ohne einander zu hören, laufen und um die Maschinen herum hasten und versuchen, ihre beängstigende Bewegung aufzuhalten. Man zeigte Anna Akimovna das eine oder andere und erklärte es ihr ehrerbietig. Sie erinnert sich, wie man in der Schmiedeabteilung ein glühendes Stück Eisen aus dem Ofen zog und wie ein alter Mann mit einem Riemen um den Kopf und ein anderer – junger, in dunkelblauer Bluse, mit einem Kettchen auf der Brust und mit zornigem Gesicht, wohl ein Vorarbeiter, mit Hämmern auf das Stück Eisen einschlugen, und wie nach allen Seiten goldene Funken sprühten, und wie man, wenig später, mit einem riesigen Stück Stahlblech vor ihr donnerte; der Alte stand stramm und lächelte, der Junge wischte sich mit dem Ärmel das nasse Gesicht und erklärte ihr etwas. Und sie erinnert sich auch, wie in einer anderen Abteilung ein einäugiger Alter an einem Stück Eisen sägte, und die Eisenfeilspäne stoben, und wie ein Rothaariger, mit dunkler Brille und Löchern im Hemd, an der Drehbank arbeitete und etwas aus einem Stück Stahl fertigte; die Bank heulte und kreischte und pfiff, und Anna Akimovna wurde übel von diesem Geräusch, ihr schien, als bohrte man in ihren Ohren. Sie sah hin, hörte zu, verstand nichts, lächelte wohlwollend und schämte sich. Sich ernähren und Hunderttausende verdienen an einer Sache, von der man nichts versteht, und die man nicht lieben kann – wie sonderbar!

In den Arbeiterbaracken dagegen war sie kein einziges Mal gewesen. Dort, sagt man, sei es feucht, da gebe es Wanzen, Laster, Chaos. Erstaunlich: für die Instandhaltung der Baracken werden jährlich Tausende von Rubeln ausgegeben, doch die Lage der Arbeiter wird, glaubt man den anonymen Briefen, mit jedem Jahr schlechter und schlechter ...

»Zu Vaters Zeiten herrschte mehr Ordnung, – dachte Anna Akimovna, als sie vom Hof fuhr, – denn er war selber Arbeiter und wusste, was gebraucht wurde. Ich dagegen weiß nichts und mache nichts als Dummheiten.«

Wieder wurde ihr unbehaglich, und sie war nicht mehr froh, losgefahren zu sein, und der Gedanke an den Glückspilz, über den aus heiterem Himmel anderthalbtausend Rubel hereinbrechen sollten, erschien ihr nicht mehr originell und amüsant. Zu einem Čalikov fahren, während zu Hause schrittweise ein Millionenunternehmen zerfällt und darniedergeht und die Arbeiter in ihren Baracken schlechter leben als Häftlinge, – das heißt Dummheiten machen und sein Gewissen betrügen. Entlang der Chaussee und über die Felder ringsum gingen, auf die Lichter der Stadt zu, scharenweise Arbeiter aus den benachbarten Fabriken – der Kattun- und der Papierfabrik. In der frostigen Luft ertönten Gelächter und heiteres Stimmengewirr. Anna Akimovna schaute auf die Frauen und Minderjährigen und sehnte sich plötzlich nach Einfachheit, Grobheit, Enge. Deutlich stellte sie sich jene ferne Zeit vor, als man sie Anjutka nannte und sie, noch klein, mit der Mutter unter einer

Bettdecke lag und nebenan, im andern Zimmer die Untermieterin, eine Waschfrau, Wäsche wusch, und aus den Nachbarwohnungen, durch die dünnen Wände, Gelächter, Geschimpfe, Kinderweinen, Harmonikaklänge, das Surren der Drehbänke und Nähmaschinen zu hören waren, während der Vater, Akim Ivanyč, der fast jedes Handwerk beherrschte, ohne auf die Enge und den Lärm zu achten, etwas am Ofen lötete oder zeichnete oder etwas hobelte. Und wie gern hätte sie gewaschen, gebügelt, wie gern wäre sie in den Laden oder in die Schenke gelaufen, wie sie es jeden Tag getan hatte, als sie noch bei der Mutter lebte. Arbeiterin hätte sie sein sollen, nicht Besitzerin! Ihr großes Haus mit den Kronleuchtern und Bildern, der Lakai Mišenjka im Frack und mit dem samtenen Schnurrbärtchen, die prächtige Varvara und die schmeichlerische Agafjuška, und diese jungen Leute beiderlei Geschlechts, die beinahe jeden Tag zu ihr kommen und sie um Geld anbetteln und vor denen sie sich aus irgendeinem Grunde jedes Mal schuldig fühlt, und diese Beamten, Ärzte und Damen, die auf ihre Kosten wohltätig sind, ihr schmeicheln und sie insgeheim verachten wegen ihrer niederen Herkunft, – wie langweilig und fremd war ihr das alles!

Da war schon der Bahnübergang mit der Schranke; es begannen Häuser, abwechselnd mit Gemüsegärten; da war endlich auch die breite Straße mit dem berühmten Haus Guščin. Auf der gewöhnlich stillen Straße war heute am Vorabend der Feiertage große Bewegung. In den Wirtshäusern und Porterstuben wurde gelärmt. Wenn jetzt jemand, der nicht von hier war, sondern im Zentrum der Stadt lebte, durch die Straße gefahren wäre, er hätte nur schmutzige, betrunkene und fluchende Leute bemerkt, doch Anna Akimovna, die von Kind an in dieser Gegend lebte, erkannte jetzt in der Menge bald ihren verstorbenen Vater, bald ihre Mutter, bald ihren Onkel. Ihr Vater war eine weiche, fließende Seele gewesen, ein wenig Phantast, sorglos und leichtsinnig; er hatte keine Vorliebe für Geld, keine für Ehren und keine für Macht; er sagte immer, ein arbeitender Mensch habe keine Zeit, sich um Feiertage zu kümmern und in die Kirche zu gehen; und wenn seine Frau nicht gewesen wäre, hätte er nie das Abendmahl genommen und hätte an den Fastentagen Fleisch gegessen. Ihr Onkel dagegen, Ivan Ivanyč, war wie Feuerstein; in allem, was mit Religion, Politik und Sittlichkeit zu tun hatte, war er hart und unerbittlich, und er beobachtete nicht nur sich selbst, sondern auch alle Angestellten und Bekannten. Gott behüte, sein Zimmer zu betreten, ohne sich zu bekreuzigen! Die Luxusgemächer, in denen Anna Akimovna heute lebt, hielt er verschlossen und öffnete sie nur an großen Feiertagen für wichtige Gäste, er selbst lebte im Kontor, in einem mit Ikonen vollgehängten Zimmerchen. Es zog ihn zum alten Glauben, und ständig empfing er bei sich altgläubige Bischöfe und Popen, obwohl er nach dem Ritus der rechtgläubigen Kirche getauft und getraut worden war und auch seine Frau nach diesem Ritus beerdigt hatte. Seinen Bruder Akim, den einzigen Erben, liebte er nicht wegen dessen Leichtsinns, den er Einfalt und Dummheit nannte, und wegen dessen Gleichgültigkeit in Glaubensfragen. Er hielt ihn kurz, wie einen Arbeiter, und zahlte ihm 16 Rubel im Monat. Akim sagte zu seinem Bruder »Sie« und verneigte sich am Versöhnungstag vor ihm mit seiner ganzen

Familie bis zum Boden. Doch drei Jahre vor seinem Tode wurde Ivan Ivanyč nachsichtiger, vergab ihm und befahl, für Anjutka eine Gouvernante anzustellen.

Die Toreinfahrt zum Hause Guščin ist dunkel, tief und stinkt; zu hören ist, wie entlang der Mauern Männer husten. Den Schlitten auf der Straße abgestellt, trat Anna Akimovna auf den Hof und fragte, wie man zu Nummer 46, zum Beamten Čalikov komme. Man wies ihr die hinterste Tür rechts, im zweiten Stockwerk. Sowohl auf dem Hof als auch an der hintersten Tür, sogar auf der Treppe war derselbe widerliche Geruch wie unter der Toreinfahrt. In ihrer Kindheit, als Anna Akimovnas Vater noch ein einfacher Arbeiter gewesen war, hatte sie in solchen Häusern gelebt, dann, als sich die Umstände geändert hatten, besuchte sie sie oft in ihrer Eigenschaft als Wohltäterin; die schmale Steintreppe mit hohen Stufen, schmutzig, ist auf jedem Stockwerk durch einen Absatz unterbrochen; die schmierige Laterne im Treppenschacht; der Gestank, auf den Absätzen vor den Türen Tröge, Krüge, Lumpen, – all das war ihr längstens bekannt … Eine Tür war geöffnet, und in ihr zu sehen war, wie jüdische Schneider in Pelzmützen auf Tischen saßen und nähten. Auf der Treppe begegnete Anna Akimovna Menschen, doch kam ihr nicht in den Sinn, dass man ihr etwas antun könnte. Arbeiter und Bauern, nüchtern oder betrunken, fürchtete sie ebenso wenig wie ihre gebildeten Bekannten.

Die Wohnung N° 46 hatte keinen Flur, sie begann mit der Küche. Gewöhnlich riecht es in Wohnungen von Fabrikarbeitern und Handwerkern nach Lack, Harz, Leder, Rauch, je nach dem Beruf des Hausherrn; Wohnungen verarmter Adeliger und Beamter erkennt man an ihrem strengen, säuerlichen Geruch. Dieser widerliche Geruch umfing Anna Akimovna auch jetzt, kaum dass sie die Schwelle überschritten hatte. In der Ecke am Tisch, mit dem Rücken zur Tür, saß ein Mann im schwarzen Rock, wohl Čalikov selbst, und mit ihm die fünf Mädchen. Das älteste, breitgesichtig und mager, mit einem Kämmchen im Haar, war dem Aussehen nach etwa fünfzehn Jahre alt, das jüngste, mollig, mit Haaren wie ein Igel, – nicht älter als drei. Alle sechs aßen. Neben dem Ofen, den Schürhaken in der Hand, stand eine kleine, sehr magere, gelbgesichtige Frau in Rock und weißer Bluse, schwanger.

– Ich hätte nicht von dir erwartet, Lizočka, dass du so ungehorsam bist, – sagte der Mann vorwurfsvoll. – Oi, oi!, dass du dich nicht schämst! Du willst also, dass Papa dich verprügelt, ja?

Als sie auf der Schwelle die unbekannte Dame erblickte, fuhr die schmächtige Frau zusammen und legte den Schürhaken weg.

– Vasilij Nikitič! – rief sie nicht gleich, mit dumpfer Stimme, als traue sie ihren Augen nicht.

Der Mann blickte sich um und sprang auf. Er war ein knochiger, schmalschultriger Mensch, mit eingefallenen Schläfen und flacher Brust. Seine Augen waren klein, tief liegend, mit dunklen Ringen, die Nase lang, vogelartig und ein bisschen nach rechts gebogen, der Mund breit. Sein Bart war geteilt, den Schnurrbart rasierte er, und deshalb glich er eher einem Lakaien, den man zum Ausreiten mitnimmt, als einem Beamten.

– Wohnt hier ein Herr Čalikov? – fragte Anna Akimovna.

– So ist es, – antwortete Čalikov streng, doch sofort hatte er Anna Akimovna erkannt und schrie auf: – Frau Glagoleva! Anna Akimovna! – und plötzlich fing er an zu keuchen und schlug die Hände ineinander, so als sei er furchtbar erschrocken. – Wohltäterin!

Stöhnend lief er auf sie zu und, muhend wie ein Paralytiker, – in seinem Bart hing Kohl, und er roch nach Vodka, – fiel er mit der Stirn auf ihren Muff und schien wie erstorben.

– Das Händchen! Das heilige Händchen! – sagte er keuchend. – Ein Traum! Ein schöner Traum! Kinder, weckt mich!

Er wandte sich zum Tisch und sagte mit schluchzender Stimme, die Fäuste schüttelnd:

– Die Vorsehung hat uns erhört! Unsere Erlöserin ist gekommen, unser Engel! Wir sind gerettet! Kinder, auf die Knie! Auf die Knie!

Frau Čalikova und die Mädchen, außer dem kleinsten, begannen, zu irgendeinem Zweck, schnell den Tisch abzuräumen.

– Sie schrieben, Ihre Frau sei sehr krank, – sagte Anna Akimovna, und peinlich wurde ihr und ärgerlich.

»Die Anderthalbtausend gebe ich ihm nicht«, – dachte sie.

– Hier ist sie, meine Frau! – sagte Čalikov mit hoher Fistelstimme, als schnürten ihm Tränen die Kehle zu. – Hier ist die Unglückliche! Mit einem Bein im Grabe! Doch wir, gnädige Frau, wir murren nicht. Lieber sterben, als so zu leben. Stirb, Unglückliche!

»Was soll das Theater? – dachte Anna Akimovna verärgert. – Man sieht sofort, dass er oft mit Kaufleuten zu tun hat.«

– Sprechen Sie mit mir bitte wie ein Mensch, – sagte sie. – Ich liebe keine Komödien.

– Jawohl, gnädige Frau, fünf Waisenkinder um den Sarg der Mutter, beim Schein der Totenkerzen – das ist eine Komödie! Ach! – sagte Čalikov mit Bitterkeit und wandte sich ab.

– Schweig! – flüsterte seine Frau und zupfte ihn am Ärmel. – Bei uns ist nicht aufgeräumt, gnädige Frau, – sagte sie, an Anna Akimovna gewandt, – Sie müssen entschuldigen … Wie es in Familien eben so zugeht, Sie wissen ja. Eng, aber gemütlich.

»Denen gebe ich die Anderthalbtausend nicht«, – dachte Anna Akimovna wieder.

Und um so schnell wie möglich von diesen Leuten und dem sauren Geruch loszukommen, zückte sie ihr Portemonnaie und entschied, 25 Rubel dazulassen – nicht mehr; doch wurde ihr plötzlich peinlich, dass sie so weit gefahren war und diese Leute mit Lappalien behelligte.

– Wenn Sie mir Papier und Tinte geben, schreibe ich gleich an einen Arzt, einen guten Bekannten, damit er Sie aufsucht, – sagte sie errötend. – Er ist ein sehr guter Arzt. Und ich lasse Ihnen etwas für Arzneien da.

Frau Čalikova stürzte, um den Tisch abzuwischen.

– Hier ist es nicht sauber! Wo willst du hin? – zischte Čalikov und sah sie böse an. – Bring sie zum Untermieter! Belieben gnädige Frau, sich zu unserm Untermieter zu begeben, – wandte er sich an Anna Akimovna. – Dort ist es sauber.

– Osip Iljič hat verboten, in sein Zimmer zu gehen! – sagte eines der Mädchen streng.

Doch schon führte man Anna Akimovna aus der Küche durch ein schmales Durchgangszimmer, zwischen zwei Betten hindurch; an der Anordnung der Betten war zu sehen, dass in dem einen zwei der Länge nach schliefen, in dem anderen drei quer. Im darauffolgenden Zimmer des Untermieters war es tatsächlich sauber. Ein reinliches Bett mit roter Wolldecke, das Kopfkissen mit weißem Bezug, sogar ein Pantoffel für die Uhr, ein Tisch mit Wachstuch bedeckt, und darauf ein milchweißes Tintenfass, Federn, Papier, Fotografien in kleinen Rahmen, alles wie es sich gehört, und ein zweiter Tisch, schwarz, und darauf in peinlicher Ordnung Uhrmacherwerkzeug und eine zerlegte Uhr. An den Wänden aufgehängt waren Hämmerchen, Zangen, kleine Bohrer, Stecheisen, Flachzangen usw., dort hingen auch drei Wanduhren, die tickten; die eine Uhr riesig, mit dicken Gewichten, wie man sie in Wirtshäusern hat.

Als sie mit dem Brief begann, erblickte Anna Akimovna vor sich auf dem Tisch das Porträt ihres Vaters und ihr eigenes Porträt. Das wunderte sie.

– Wer wohnt hier bei Ihnen? – fragte sie.

– Ein Untermieter, gnädige Frau, Pimenov. Er arbeitet bei Ihnen im Werk.

– Ja? Ich dachte, er ist Uhrmacher.

– Mit Uhren beschäftigt er sich privat, wenn er freihat. Aus Liebhaberei.

Nach einigem Schweigen, da nur zu hören war, wie die Uhren tickten und die Feder über das Papier kratzte, seufzte Čalikov und sagte spöttisch und missmutig:

– Es ist wahr, wenn man sagt: Aus Adelstitel und Beamtenrang näht man sich keinen Pelz. Die Kokarde auf der Stirn und den Adelstitel, aber nichts zu essen. Meine Meinung ist, wenn ein Mensch niederer Herkunft den Armen hilft, ist er bei weitem adeliger als ein Čalikov, der versackt ist in Armut und Laster.

Um Anna Akimovna zu schmeicheln, sagte er noch einige abfällige Sätze über seinen Adel, und klar war, dass er sich nur deshalb erniedrigte, weil er sich für höherstehend hielt. Sie hatte unterdessen den Brief beendet und versiegelt. Der Brief wird weggeworfen und das Geld nicht für eine Behandlung ausgegeben, – das wusste sie, dennoch legte sie 25 Rubel auf den Tisch und, nach kurzem Nachdenken, noch zwei rote Scheine. Die hagere gelbe Hand der Frau Čalikova, einer Hühnerkralle ähnlich, zuckte vor ihren Augen vorüber und presste das Geld in die kleine Faust.

– Sie belieben uns Geld für Arzneien zu geben, – sagte Čalikov mit bebender Stimme, – doch reichen Sie die Hand der Hilfe auch mir … und den Kindern, – fügte er aufschluchzend hinzu, – den unglücklichen Kindern! Ich fürchte nicht um mich, um meine Töchter fürchte ich! Die Hydra des Lasters fürchte ich!

Beim Versuch, das Portemonnaie zu öffnen, dessen Verschluss kaputt war, wurde Anna Akimovna verlegen, errötete. Sie schämte sich, dass die Leute vor ihr standen, ihr auf die Hände schauten und warteten und sie vermutlich, in der Tiefe ihrer Seele, auslachten. In diesem Moment betrat jemand die Küche und schlug die Füße aneinander, um den Schnee abzuklopfen.

– Der Untermieter ist gekommen, – sagte Frau Čalikova.

Anna Akimovna wurde noch verlegener. Sie wollte nicht, dass jemand von den Werkarbeitern sie in ihrer lächerlichen Lage antraf. Der Untermieter kam ausgerechnet in dem Augenblick in sein Zimmer, als sie den Verschluss endlich aufgebrochen hatte und Čalikov einige Scheine reichte, während Čalikov, muhend wie ein Paralytiker, mit den Lippen suchte, wohin er sie küssen könnte. In dem Untermieter erkannte sie den Arbeiter, der seinerzeit in der Schmiedeabteilung mit dem Stahlblech gedonnert und ihr Erklärungen gegeben hatte. Offensichtlich kam er jetzt direkt aus dem Werk: sein Gesicht war dunkel von Rauch, und eine Wange nahe der Nase rußbeschmiert. Die Hände völlig schwarz, und die gürtellose Bluse glänzte von öligem Schmutz. Er war ein Mann um die dreißig, von mittlerem Wuchs, schwarzhaarig, breitschultrig und offenbar sehr kräftig. Anna Akimovna hatte in ihm vom ersten Augenblick an einen Vorarbeiter gesehen, der mindestens 35 Rubel im Monat erhielt, einen strengen, der die Arbeiter anschrie und ins Gesicht schlug, das war zu sehen an der Art, wie er stand, an der Pose, die er unwillkürlich einnahm, als er in seinem Zimmer eine Dame sah, und vor allem daran, dass er die Hose über den Stiefeln trug, Taschen auf der Brust hatte und ein spitzes, schön geschnittenes Bärtchen. Ihr verstorbener Vater, Akim Ivanyč, war Bruder des Besitzers gewesen, hatte sich aber vor Vorarbeitern wie diesem Untermieter immer gefürchtet und sich bei ihnen angebiedert.

– Entschuldigen Sie, wir haben uns in Ihrer Abwesenheit hier niedergelassen, – sagte Anna Akimovna.

Der Arbeiter betrachtete sie erstaunt, lächelte verwirrt und schwieg.

– Sie müssen lauter sprechen, gnädige Frau … – sagte Čalikov leise. – Herr Pimenov, wenn er abends aus dem Werk kommen, hören schwer.

Doch Anna Akimovna war froh, dass sie hier nichts mehr zu tun hatte, nickte kurz und ging schnell hinaus. Pimenov ging sie begleiten.

– Arbeiten Sie schon lange bei uns? – fragte sie laut, ohne sich nach ihm umzudrehen.

– Seit dem neunten Lebensjahr. Ich habe noch unter Ihrem Herrn Onkel angefangen.

– Wie lang das doch her ist! Onkel und Vater haben alle Arbeiter beim Namen gekannt, und ich kenne fast niemanden. Ich habe Sie früher schon gesehen, wusste aber nicht, dass Ihr Name Pimenov ist.

Anna Akimovna verspürte den Wunsch, sich vor ihm zu rechtfertigen, den Anschein zu erwecken, als habe sie das Geld soeben nicht im Ernst, sondern im Scherz gegeben.

– Ach, diese Armut! – seufzte sie. – Wir tun gute Werke, feiertags wie werktags, und doch hat alles keinen Sinn. Mir scheint, solchen wie diesem Čalikov zu helfen ist nutzlos.

– Natürlich ist es nutzlos –, stimmte Pimenov zu. – Wie viel Sie dem auch geben, er versäufts. Und jetzt werden sich Mann und Frau die ganze Nacht lang das Geld wegnehmen und sich prügeln, – fügte er hinzu und lachte.

– Ja, man muss zugeben, unsere Philanthropie ist nutzlos, langweilig und lächerlich. Aber geben Sie zu, man kann doch auch nicht nur die Hände in den Schoß legen, man muss doch etwas tun. Zum Beispiel, was macht man mit diesen Čalikovs?

Sie drehte sich zu Pimenov um und blieb, in Erwartung

seiner Antwort, stehen; er blieb ebenfalls stehen und zuckte langsam und schweigend die Schultern. Offenbar wusste er, was man mit den Čalikovs machen sollte, aber das war so grob und unmenschlich, dass er es nicht einmal aussprechen wollte. Und die Čalikovs waren für ihn in einem solchen Grade uninteressant und nichtswürdig, dass er schon einen Augenblick später nicht mehr an sie dachte; während er Anna Akimovna in die Augen sah, lächelte er vor Vergnügen, und sein Gesicht war so, als träume er von etwas sehr Schönem. Anna Akimovna sah erst jetzt, als sie nahe vor ihm stand, an seinem Gesicht, besonders an den Augen, wie erschöpft er war und wie gern er schlafen wollte.

»Ihm sollte man die Anderthalbtausend geben!« – dachte sie, doch dieser Gedanke erschien ihr aus irgendeinem Grunde unpassend und für Pimenov beleidigend.

– Ihnen tut sicher von der Arbeit der ganze Körper weh, und Sie begleiten mich auch noch, – sagte sie, die Treppe hinabsteigend. – Gehen Sie nach Hause.

Doch er hörte nicht. Als sie auf die Straße traten, lief er voraus, knöpfte die Überdecke auf, half Anna Akimovna in den Schlitten und sagte:

– Wünsche ein frohes Fest!

II
Morgen

– Man hat längst abgeläutet! Eine Strafe des Herrn. Sie schaffen es nicht mal mehr zum Ende der Messe! Stehen Sie auf!

– Zwei Pferde laufen, laufen … – sagte Anna Akimovna und erwachte; vor ihr mit einer Kerze in Händen stand ihr Dienstmädchen, die rothaarige Maša. – Was ist? Was willst du?

– Die Andacht ist längst vorüber! – sagte Maša verzweifelt. – Schon zum dritten Male wecke ich Sie! Schlafen Sie von mir aus bis zum Abend, aber Sie haben doch selbst befohlen, Sie zu wecken!

Anna Akimovna hob sich auf den Ellbogen und blickte zum Fenster. Draußen war es noch ganz dunkel, nur der untere Rand des Fensterrahmens schimmerte weiß von Schnee. Zu hören war ein dumpfes, tiefes Läuten, aber da läutete man nicht in der Pfarrkirche, sondern irgendwo weiter weg. Die Uhr auf dem Tischchen zeigte drei Minuten nach sechs.

– Gut, Maša … In drei Minuten … – sagte Anna Akimovna mit flehentlicher Stimme und zog sich die Decke über den Kopf.

Sie stellte sich den Schnee an der Freitreppe vor, den Schlitten, den dunklen Himmel, die Menge in der Kirche und den Wacholdergeruch, und ihr wurde unheimlich, dennoch entschied sie, sofort aufzustehen und zur Frühmesse zu fahren. Und während sie sich im Bett wärmte und gegen den Schlaf ankämpfte, der ausgerechnet immer dann erstaunlich süß ist, wenn man nicht schlafen darf, und während ihr vor Augen bald ein riesiger Garten auf einem Berg aufschien, bald das Haus Guščin, beunruhigte sie die ganze Zeit der Gedanke, dass sie umgehend aufstehen und in die Kirche fahren solle.

Als sie aufstand, war es schon ganz hell, und die Uhr

zeigte halb zehn. Über Nacht war viel Neuschnee gefallen, die Bäume waren ganz in Weiß gekleidet, und die Luft war so ungewöhnlich hell, durchsichtig und zärtlich, dass Anna Akimovna, als sie zum Fenster hinausschaute, vor allem den Wunsch verspürte, tief-tief zu seufzen. Und als sie sich wusch, regte sich in ihrer Brust plötzlich ein Rest des kindlichen Gefühls, – die Freude, dass heute Weihnachten ist, und danach wurde ihr leicht, frei und rein in der Seele, als hätte sich auch die Seele gewaschen oder sei in den weißen Schnee eingetaucht. Maša kam herein, herausgeputzt und stark geschnürt, und wünschte ein frohes Fest; dann frisierte sie sie lange und half ihr, das Kleid anzulegen. Der Geruch und das Gefühl des neuen, prächtigen, schönen Kleids auf der Haut, sein leichtes Rascheln und der Geruch frischen Parfums erregten Anna Akimovna.

– Also Weihnachten, – sagte sie heiter zu Maša. – Jetzt werden wir die Zukunft befragen.

– Voriges Jahr ist für mich herausgekommen, dass ich einen alten Mann heirate. Dreimal ist das herausgekommen.

– Nun, Gott ist gnädig.

– Was soll ich sagen, Anna Akimovna? Ich denke so: Besser ein kleiner Fisch als gar nichts auf dem Tisch, dann eben einen alten Mann, – sagte Maša traurig und seufzte. – Ich werde schon bald einundzwanzig, ohne Spaß.

Alle im Hause wussten, dass die rothaarige Maša in den Lakaien Mišenjka verliebt war, aber es waren nun schon drei Jahre, dass diese tiefe, leidenschaftliche, aber hoffnungslose Liebe währte.

– Ach, lass den Unsinn, – tröstete Anna Akimovna. – Ich bin bald dreißig, und heirate trotzdem einen Jungen.

Während sich die Herrin ankleidete, ging Mišenjka, im neuen Frack und Lackstiefeln, im Saal und Salon auf und ab und wartete, dass sie herauskäme, um ihr ein frohes Fest zu wünschen. Er ging immer irgendwie auf besondere Art, weich und sanft auftretend; wenn man seine Beine, Arme und die Neigung des Kopfes sah, hätte man meinen können, er ginge nicht einfach, sondern studiere die erste Figur der Quadrille ein. Trotz seinem schmalen, samtweichen Schnurrbärtchen und seinem schönen Äußeren, das sogar etwas von einem Falschspieler hatte, war er gesetzt, bedächtig und fromm wie ein alter Mann. Er betete immer mit Verbeugungen bis zum Boden und liebte es, in seinem Zimmer Weihrauch zu schwenken. Reiche und Angesehene achtete und verehrte er, arme Schlucker und Bittsteller dagegen verachtete er mit der ganzen Kraft seiner reinen Lakaienseele. Unter seinem gestärkten Hemd war noch ein Flanellhemd, das er im Winter wie im Sommer trug, sehr um seine Gesundheit besorgt; die Ohren waren mit Watte verstopft.

Als Anna Akimovna und Maša durch den Saal gingen, neigte er den Kopf nach unten und ein wenig zur Seite und sagte mit seiner angenehmen, honigsüßen Stimme:

– Habe die Ehre, Anna Akimovna, Ihnen Glück zu wünschen zum hochfestlichen Feiertag der Geburt Christi.

Anna Akimovna gab ihm fünf Rubel, die arme Maša dagegen erstarrte. Sein festliches Äußeres, seine Pose, seine Stimme und das, was er gesagt hatte, bestürzten sie durch all die Schönheit und Eleganz; während sie weiter ihrem Fräulein folgte, dachte und sah sie nichts mehr und lächelte nur, bald beseligt, bald bitter.

Das obere Stockwerk im Haus hieß die saubere oder adlige Hälfte oder die Gemächer, das untere dagegen, in dem Tantchen Tatjana Ivanovna wirtschaftete, nannte man das Kaufmanns-, das Altenteil oder einfach die Weiberhälfte. Im Ersteren empfing man gewöhnlich die Adeligen und Gebildeten, im Letzteren – die einfacheren Besucher und die persönlichen Bekannten von Tantchen. Schön, wohlgenährt, gesund, noch jung und frisch, auf der Haut das prächtige Kleid spürend, von dem, wie ihr schien, ein Strahlen nach allen Seiten ausging, stieg Anna Akimovna ins untere Stockwerk. Hier empfing man sie mit Vorwürfen, dass sie, die Gebildete, Gott vergessen, die Frühmesse verschlafen hatte und zum Ende der Fasten nicht nach unten gekommen war, und alle klatschten in die Hände und sagten aufrichtig, sie sei schön, ungewöhnlich, und sie glaubte dem, lachte, küsste sich mit allen und steckte manch einem einen Rubel zu, dem andern drei oder fünf, je nachdem. Ihr gefiel es unten. Wohin man blickte – Heiligenschreine, Ikonen, Lampadki, Porträts geistlicher Würdenträger, es riecht nach Mönchen, in der Küche klopfen die Messer, und schon zieht durch alle Zimmer der Geruch einer sehr schmackhaften Fleischspeise. Die gelbgestrichenen Böden strahlen, und von den Türen verlaufen zu den vorderen Ecken schmale, hellblau gestreifte Läufer, und die Sonne sticht zu den Fenstern herein.

Im Esszimmer sitzen irgendwelche fremde alte Frauen; in Varvaruškas Zimmer ebenfalls alte Frauen, und bei ihnen eine taubstumme Jungfer, die sich die ganze Zeit für etwas schämt und sagt: »bly, bly …« Zwei hagere Mädchen, die man über die Feiertage aus dem Asyl zu sich genommen hatte, traten auf Anna Akimovna zu, um das Händchen zu küssen, und blieben vor ihr stehen, bestürzt von der Pracht ihres Kleids; sie bemerkte, dass eines der Mädchen leicht schielte, und mitten in dieser heiteren Feiertagsstimmung krampfte sich ihr schmerzlich das Herz zusammen bei dem Gedanken, dass die jungen Männer dieses Mädchen vernachlässigen würden und es nie heiraten würde. Im Zimmer der Köchin Agafjuška saßen um den Samowar fünf riesige Männer in neuen Hemden, doch das waren keine Arbeiter aus dem Werk, sondern Küchenverwandtschaft. Als sie Anna Akimovna erblickten, sprangen die Männer von den Plätzen und hörten anstandshalber auf zu kauen, obwohl sie volle Münder hatten; ins Zimmer kam aus der Küche der Koch Stepan, in weißer Kochmütze und mit einem Messer in der Hand, und wünschte frohes Fest, die Hausknechte kamen in Filzstiefeln und wünschten ebenfalls ein frohes Fest. Herein schaute der Wasserfahrer mit Eiszapfen im Bart, wagte aber nicht einzutreten.

Anna Akimovna ging durch die Zimmer, gefolgt von ihrem ganzen Staat: Tantchen, Varvaruška, Nikandrovna, der Näherin Marfa Petrovna, der unteren Maša. Varvaruška, mager, schlank, groß gewachsen, größer als alle im Haus, ganz in Schwarz gekleidet, nach Zypressen und Kaffee riechend, bekreuzigte sich in jedem Zimmer vor den Ikonen und verbeugte sich tief bis zum Gürtel, und bei ihrem Anblick fiel einem aus irgendeinem Grunde jedes Mal ein, dass sie für ihre Todesstunde schon das Leichenhemd bereitgelegt hatte und dass in derselben Truhe, in der dieses Leichenhemd liegt, auch ihre Gewinnlose versteckt sind.

– Du, Anjutinjka, sei gnädig, es ist Feiertag, – sagte sie,

die Tür zur Küche öffnend. – Vergib ihm, Gott mit ihm! Dass ihm doch!

Mitten in der Küche kniete der Kutscher Pantelej, schon im November wegen Trunksucht entlassen. Er war ein guter Mensch, doch im Rausch wurde er ungestüm und konnte einfach nicht einschlafen, sondern ging in die Werkskomplexe und schrie dort in drohendem Ton: »Mir ist alles bekannt!« Jetzt war an seinem dicklippigen aufgedunsenen Gesicht und den blutunterlaufenen Augen zu sehen, dass er von November an bis zu den Feiertagen ununterbrochen getrunken hatte.

– Vergeben Sie mir, Anna Akimovna! – sagte er mit heiserer Stimme, schlug mit der Stirn auf den Fußboden, wobei er seinen Stiernacken zeigte.

– Dich hat Tantchen entlassen, also bitte sie darum.

– Was heißt Tantchen? – sagte Tantchen, die schwer atmend in die Küche kam; sie war sehr dick, und auf ihrer Brust hätten ein Samovar und das Tablett mit den Tassen Platz gefunden. – Was heißt Tantchen? Du bist hier die Herrin im Haus, triff du deine Anordnungen, wenn es nach mir ginge, bräuchte es diese Halunken hier gar nicht mehr zu geben. Steh auf, fettes Schwein! – schrie sie Pantelej an, weil sie es nicht mehr aushielt. – Geh mir aus den Augen! Ein letztes Mal vergebe ich dir, aber kommt die Sünde noch einmal vor – dann bitte nicht um Gnade!

Danach ging man zum Kaffeetrinken ins Esszimmer. Doch kaum hatte man sich zu Tisch gesetzt, kam Hals über Kopf die untere Maša hereingestürzt und sagte entsetzt: »Die Sänger!« – und lief wieder hinaus. Man hörte Leute sich schneuzen, tief im Bass husten und das Trappsen von

Schritten, so als führe man frisch beschlagene Pferde in den Flur vor dem Saal. Für eine halbe Minute war alles still … Plötzlich brüllten die Sänger los, und zwar so laut, dass alle zusammenfuhren. Während sie sangen, kam der Pope des Armenasyls, mit ihm der Diakon und der Küster. Das Epitrachelion anlegend, erzählte der Pope langsam, heute Nacht, als man zur Mitternachtsmesse läutete, habe es geschneit und sei nicht kalt gewesen, gegen Morgen aber habe der Frost angezogen, Gott mit ihm, und jetzt seien es wohl an die zwanzig Grad.

– Viele behaupten allerdings, der Winter sei für den Menschen gesünder als der Sommer, – sagte der Diakon, verlieh seinem Gesicht aber sofort einen strengen Ausdruck und sang mit dem Priester: »Deine Geburt, Christus unser Gott! …«

Bald kam der Pope aus dem Schwerarbeiterkrankenhaus mit seinem Diakon, dann die Gemeindeschwestern, die Kinder aus dem Asyl, und beinahe ununterbrochen war Gesang zu hören. Sie sangen, aßen etwas und gingen.

Mit Glückwünschen kamen die Werksangestellten, etwa zwanzig Mann. Es waren nur die Bessergestellten, Mechaniker, ihre Gehilfen, Modellierer, der Buchhalter und dgl., – alle wohlanständig, in neuen schwarzen Röcken. All das waren Prachtkerle, wie ausgesucht, jeder wusste, was er wert war, d. h. er wusste, dass man ihn, verlöre er heute seine Stelle, morgen mit Vergnügen in einem anderen Werk einstellen würde. Tantchen liebten sie offenbar, denn sie benahmen sich in ihrem Beisein frei und rauchten sogar, und der Buchhalter, als sie geschlossen zu Tisch gingen, fasste sie um ihre breite Taille. Ungezwungen waren sie teilweise vielleicht auch deshalb, weil Varvaruška, die unter den Alten große Macht besessen und die Sittlichkeit der Angestellten überwacht hatte, heute im Haus keinerlei Rolle mehr spielte, vielleicht auch deshalb, weil viele von ihnen sich noch an die Zeit erinnerten, als Tantchen Tatjana Ivanovna, die von ihren Brüdern streng gehalten wurde, gekleidet war wie ein einfaches Weib, wie Agafjuška, und als Anna Akimovna, wenn sie zwischen den Werkskomplexen über den Hof lief, von allen noch Anjutka gerufen wurde.

Die Angestellten aßen, sprachen und schauten Anna Akimovna verwundert an: wie erwachsen, wie schön sie geworden war! Doch diese elegante, von Gouvernanten und Hauslehrern erzogene junge Dame war ihnen schon fremd, unbegreiflich, sie hielten sich unwillkürlich an Tantchen, die sie mit »du« anredete, ihnen ununterbrochen etwas vorsetzte und, da sie mit ihnen anstoßen musste, selbst schon zwei Gläschen Eberesche getrunken hatte. Anna Akimovna fürchtete immer, man könnte von ihr denken, sie sei stolz, eine Frau Neureich oder Krähe in Pfauenfedern; und jetzt, während sich die Angestellten um den Imbisstisch scharten, verließ sie nicht das Esszimmer und mischte sich ins Gespräch. Ihren gestrigen Bekannten Pimenov fragte sie:

– Wieso haben Sie in Ihrem Zimmer so viele Uhren?

– Ich nehme sie in Reparatur, – antwortete er. – Das mache ich, wenn ich freihabe, an Feiertagen, oder wenn ich nicht schlafen kann.

– Das heißt, wenn meine Uhr kaputtgeht, kann ich sie Ihnen in Reparatur geben? – fragte Anna Akimovna, lachend.

– Ja nun? Mit Vergnügen, – sagte Pimenov, und sein Gesicht drückte Rührung aus, als sie, selbst nicht wissend wozu, vom Mieder ihre kostbare kleine Uhr abnestelte und sie ihm gab: schweigend untersuchte er sie und gab sie zurück. – Ja nun? Mit Vergnügen, – wiederholte er. – Taschenuhren repariere ich nicht mehr. Meine Augen sind schlecht, und der Doktor hat mir Feinarbeit verboten. Aber für Sie kann ich eine Ausnahme machen.

– Ärzte reden Unsinn, – sagte der Buchhalter; alle lachten. – Glaub ihnen nicht, – fuhr er, geschmeichelt von dem Gelächter, fort. – Voriges Jahr, während der Fasten, ist von einer Trommel ein Zahn abgesprungen und hat den alten Kalmykov heftig am Kopf getroffen, so dass man das Gehirn sehen konnte, und der Arzt sagte, er würde sterben; aber er lebt bis heute und arbeitet, nur dass er nach der Geschichte zu stottern angefangen hat.

– Sie reden Unsinn, Unsinn, die Ärzte, aber nicht sehr –, seufzte Tantchen. – Pëtr Andreič der Verstorbene hat das Augenlicht verloren. Genau wie du hat er den lieben langen Tag im Werk am glühenden Ofen gearbeitet und ist erblindet. Das Auge verträgt keine Hitze. Aber wozu darüber reden? – fuhr sie auf. – Trinken wir einen! Alles Gute zum Fest, ihr meine Lieben. Ich trinke sonst mit niemandem, aber mit euch trinke ich Sünderin. Mit Gott!

Anna Akimovna schien es, als verachte sie Pimenov nach dem gestrigen Vorfall als Philanthropin, sei aber bezaubert von ihr als Frau. Sie schaute ihn an und fand, er benehme sich sehr nett und sei anständig gekleidet. Zwar seien die Rockärmel ein wenig zu kurz und die Taille sitze zu hoch, die Hosenbeine seien unmodern, nicht weit genug, doch dafür sei die Krawatte lässig und mit Geschmack gebunden, und nicht so schreiend wie die der anderen. Und offenbar ist er ein gutmütiger Mensch, denn er isst ergeben alles, was Tantchen ihm auf den Teller legt. Sie erinnerte sich, wie schwarz er gestern gewesen war, und wie müde, und diese Erinnerung rührte sie aus irgendeinem Grunde.

Als die Angestellten zum Gehen aufbrachen, gab Anna Akimovna Pimenov die Hand, wollte ihm sagen, er solle doch einfach einmal zu Besuch kommen, brachte es aber nicht über sich: irgendwie gehorchte ihr die Zunge nicht; und damit niemand dachte, dass Pimenov ihr gefalle, gab sie auch all seinen Kollegen die Hand.

Dann kamen die Schüler der Schule, an der sie Kuratorin war. Sie alle waren kurzgeschoren und in gleichförmige graue Blusen gekleidet. Der Lehrer, – ein hochaufgeschossener Mann, noch ohne Schnurrbart, mit roten Flecken im Gesicht, – merklich erregt, stellte die Schüler in einer Reihe auf; die Knaben sangen harmonisch, aber mit scharfen, unangenehmen Stimmen. Werksdirektor Nazaryč, ein kahlköpfiger, scharfäugiger Altgläubiger, kam nie gut aus mit Lehrern, diesen jedoch, der da so hastig mit den Armen herumfuchtelte, verachtete und hasste er, ohne selbst zu wissen wofür. Er behandelte ihn von oben herab und grob, hielt das Gehalt zurück und mischte sich in den Unterricht ein, und um ihn endgültig hinauszuekeln, hatte er ein-zwei Wochen vor den Feiertagen als Wächter einen entfernten Verwandten seiner Frau an der Schule untergebracht, einen Trunkenbold, der dem Lehrer nicht gehorchte und ihm im Beisein der Schüler Frechheiten sagte.

Anna Akimovna war dies alles bekannt, doch helfen

konnte sie nicht, denn sie fürchtete Nazaryč. Jetzt wollte sie zu dem Lehrer zumindest freundlich sein, ihm sagen, sie sei sehr mit ihm zufrieden, doch als er nach dem Singen schrecklich verlegen wurde und sich für irgendetwas zu entschuldigen begann, und als Tantchen, die ihn mit »du« anredete, ihn familiär an den Tisch zog, wurde ihr unbehaglich und peinlich; sie befahl, den Kindern Bonbons zu geben, und ging zu sich nach oben.

– In diesen Feiertagszeremonien liegt viel Grausamkeit, – sagte sie wenig später, wie zu sich selbst, als sie vom Fenster aus die Knaben sah, wie sie vom Haus zum Tor gingen und, sich krümmend vor Kälte, ihre Pelze und Mäntel überzogen. – An Feiertagen möchte man ausruhen, zu Hause sitzen mit den Verwandten, aber die armen Jungen, der Lehrer, die Angestellten sind aus irgendeinem Grunde verpflichtet, durch den Frost zu stapfen, frohes Fest zu wünschen, Ehrerbietung zu erweisen, verlegen zu werden …

Mišenjka, der hier im Saal an der Tür stand und das hörte, sagte:

– Das hat nicht mit uns angefangen, und wird mit uns auch nicht enden. Natürlich bin ich ungebildet, Anna Akimovna, aber ich sehe das so: die Armen müssen immer die Reichen ehren. Es ist gesagt: alle Diebe werden von hier ausgefegt. In den Kerkern, in den Nachtasylen und Schenken sind immer nur die Armen, anständige Menschen, wenn Sie bemerken wollen, sind immer reich. Über die Reichen ist gesagt: eine Tiefe ruft die andere.

– Sie, Miša, drücken sich immer so langweilig und unverständlich aus, – sagte Anna Akimovna und ging ans andere Ende des Saals.

Die zwölfte Stunde war eben erst angebrochen. Die Stille der riesigen Räume, nur bisweilen gestört durch Gesang, der aus dem unteren Stockwerk heraufdrang, war zum Gähnen. Die Bronzebüsten, die Alben und die Bilder, die das Meer mit kleinen Schiffchen, eine Wiese mit kleinen Kühen und Rheinlandschaften darstellten, waren in einem Grade unoriginell, dass der Blick nur über sie hinwegglitt und sie nicht bemerkte. Die Feiertagsstimmung begann bereits zu langweilen. Anna Akimovna fühlte sich schön, gütig und ungewöhnlich wie zuvor, doch schon schien ihr, dass niemand dies brauche; ihr schien, auch dieses teure Kleid hätte sie angelegt, ohne zu wissen, für wen und wozu. Und schon begann, wie an allen Feiertagen zuvor, die Einsamkeit sie zu peinigen sowie der unabweisliche Gedanke, dass ihre Schönheit, Gesundheit, ihr Reichtum ein einziger Betrug seien, dass sie überflüssig sei auf dieser Welt, dass niemand sie brauche, niemand sie liebe. Sie ging durch alle Räume, vor sich hin trällernd und aus den Fenstern schauend. Im Saal stehen geblieben, konnte sie nicht an sich halten und begann ein Gespräch mit Mišenjka.

– Ich weiß nicht, Miša, was Sie von sich denken, – sagte sie und seufzte. – Wirklich, dafür wird sogar Gott Sie bestrafen.

– Wovon sprechen Sie?

– Sie wissen genau, wovon. Entschuldigen Sie, dass ich mich in Ihre persönlichen Angelegenheiten mische, aber mir scheint, Sie richten Ihr Leben aus Starrsinn zugrunde. Geben Sie zu, es ist höchste Zeit für Sie zu heiraten, und sie ist eine schöne, würdige junge Frau. Eine bessere als sie werden Sie niemals finden. Eine Schönheit, klug, sanft, ergeben … Und ihr Äußeres! Gehörte sie zu unserem oder einem höheren Kreis, alle würden sich in sie verlieben, schon wegen ihrer wunderschönen roten Haare. Sehen Sie doch, wie gut ihre Haare zu ihrer Gesichtsfarbe passen. Ach, mein Gott, nichts begreifen Sie und wissen selbst nicht, was Sie brauchen, – sagte Anna Akimovna bitter, und Tränen traten ihr in die Augen. – Das arme Mädchen, es tut mir so leid! Ich weiß, Sie wollen eine mit Geld, aber ich habe Ihnen schon so oft gesagt: Maša bekommt von mir eine Mitgift.

Seine künftige Gattin konnte Mišenjka sich in seiner Vorstellung nicht anders ausmalen als in Gestalt einer hochgewachsenen, fülligen, soliden und gottesfürchtigen Frau mit dem Gang einer Pfauenhenne und aus irgendeinem Grunde mit einem langen Schal um die Schultern, Maša dagegen war mager und zart, in ein Korsett geschnürt, und hatte einen trippelnden Gang, vor allem aber war sie zu verführerisch und gefiel Mišenjka zuweilen sogar sehr, doch das taugte, wie er meinte, nicht für die Ehe, sondern führte nur zu schlechtem Benehmen. Als Anna Akimovna ihm eine Mitgift versprochen hatte, hatte er eine Zeitlang geschwankt; doch irgendwann hatte ein armer Student im braunen Mantel über der Uniform, der mit einem Brief zu Anna Akimovna gekommen war, nicht an sich gehalten und Maša vor Entzücken unten in der Garderobe umarmt, und sie hatte leicht aufgeschrien; Miša, oben auf der Treppe stehend, hatte es gesehen und hegte seitdem gegenüber Maša ein angewidertes Gefühl. Ein armer Student! Wer weiß, wenn ein reicher Student sie umarmt hätte, oder ein Offizier, dann wären die Folgen andere gewesen …

– Wieso wollen Sie denn nicht? – fragte Anna Akimovna. – Was brauchen Sie denn noch?

Mišenjka schwieg und blickte regungslos, die Brauen hochgezogen, auf einen Sessel.

– Lieben Sie eine andere?

Schweigen. Herein kam die rothaarige Maša mit Briefen und Visitenkarten auf einem Tablett. Da sie erriet, dass die Rede von ihr war, errötete sie bis zu Tränen.

– Die Postboten sind gekommen, – murmelte sie. – Und dann ein Beamter Čalikov, und wartet unten. Er sagt, Sie hätten ihm befohlen, heute wegen etwas zu kommen.

– So eine Frechheit! – erboste sich Anna Akimovna. – Nichts habe ich ihm befohlen. Sagen Sie, er soll sich fortscheren, ich bin nicht zu Hause!

Man hörte es klingeln. Das waren die Priester der eigenen Pfarrei; sie empfing man immer in der vornehmen Hälfte, das heißt oben. Nach den Popen kamen Werksdirektor Nazaryč und der Fabriksarzt zu Besuch, dann meldete Mišenjka den Volksschulinspektor. Der Empfang der Besucher hatte begonnen.

Wenn freie Minuten anfielen, setzte sich Anna Akimovna im Salon in einen tiefen Sessel, schloss die Augen und dachte daran, dass ihre Einsamkeit etwas ganz Natürliches sei, denn sie hatte nicht geheiratet und würde nie heiraten. Doch nicht sie war daran schuld. Das Schicksal selbst hatte sie aus dem einfachen Arbeitermilieu, wo es, wollte man den Erinnerungen trauen, so wohlig und behaglich war, hierher in diese riesigen Räume verschlagen, wo ihr einfach nicht einfiel, was sie mit sich machen sollte und weshalb so viele Menschen an ihr vorüberzogen; das, was gerade geschah, erschien ihr nichtswürdig, überflüssig, denn es brachte ihr nicht für eine Minute Glück und konnte auch keins bringen.

»Mich verlieben sollte ich, – dachte sie, sich rekelnd, und allein von diesem Gedanken wurde ihr warm ums Herz. – Mich befreien von diesem Werk ...« – träumte sie, wobei in ihrer Vorstellung die Last dieser Werkskomplexe, die Baracken, die Schule von ihrem Gewissen abfielen ... Dann erinnerte sie sich ihres Vaters und dachte, er hätte sie, hätte er länger gelebt, gewiss einem einfachen Mann zur Frau gegeben, zum Beispiel Pimenov. Er hätte ihr befohlen, ihn zu heiraten – und Schluss. Und es wäre gut gewesen: dann wäre das Werk in die richtigen Hände geraten.

Sie stellte sich seinen kraushaarigen Kopf vor, das kühne Profil, die schmalen spöttischen Lippen und die Kraft, die schreckliche Kraft seiner Schultern, seine Arme und Brust, und die Rührung, mit der er heute ihre kleine Uhr untersucht hatte.

– Ja nun? – sagte sie. – Es wäre gut ... Ich würde ihn heiraten.

– Anna Akimovna! – rief Mišenjka sie an, der unhörbar in den Salon gekommen war.

– Wie haben Sie mich erschreckt! – sagte sie, mit dem ganzen Körper zusammenzuckend. – Was wollen Sie?

– Anna Akimovna! – wiederholte er, die Hand aufs Herz gelegt und die Brauen hochgezogen. – Sie sind meine Herrin und Wohltäterin, und nur Sie können mich unterweisen, was die Ehe betrifft, denn Sie sind für mich wie die leibliche Mutter ... Aber befehlen Sie, dass man mich unten nicht auslacht und hänselt. Man lässt mir keine Ruhe!

– Und wie hänselt man Sie?

– Sie sagen in einem fort: Mašenjkas Mišenjka.

– Pfui, was für ein Unsinn! – empörte sich Anna Akimovna. – Wie dumm ihr alle seid! Wie dumm Sie sind, Miša! Wie Sie mir auf die Nerven fallen! Ich will Sie nicht mehr sehen!

III
Das Festessen

Wie im vergangenen Jahr kamen als letzte Besucher der Wirkliche Staatsrat Krylin und der bekannte Rechtsanwalt Lysevič. Sie kamen, als es draußen schon dunkel wurde. Krylin, ein alter Mann jenseits der sechzig, mit breitem Mund und grauem Backenbart um die Ohren, im Gesicht einem Luchs ähnlich, war in Uniform mit dem Band des Annenordens und in weißen Hosen. Lange hielt er Anna Akimovnas Hand in seinen beiden Händen, blickte ihr eindringlich ins Gesicht, bewegte die Lippen und sagte schließlich gedehnt, mit Pausen, in einem und demselben Ton:

– Ich achtete Ihren Herrn Onkel … und Vater, und erfreute mich ihres Wohlwollens. Heute halte ich es, wie Sie sehen, für die angenehme Pflicht, beider verehrte Erbin zu beglückwünschen … ungeachtet meiner Krankheit und der beträchtlichen Entfernung … Und bin überaus erfreut, Sie bei guter Gesundheit zu sehen.

Rechtsanwalt Lysevič, ein hochgewachsener schöner blonder Mann, an Schläfen und Bart leicht ergraut, zeichnet sich durch ungewöhnlich elegante Manieren aus. Leicht sich wiegend tritt er ein, verneigt sich wie gegen seinen Willen und bewegt beim Sprechen die Schultern, und all das mit der trägen Grazie eines stallmüden verwöhnten Pferdes. Er ist satt, überaus gesund und reich; einmal hat er sogar vierzigtausend gewonnen, dies vor seinen Bekannten aber verheimlicht. Er isst gern gut, besonders Käse, Trüffeln, geriebenen Rettich mit Hanföl, und in Paris hat er, seinen Worten zufolge, gebratene ungewaschene Därme gegessen. Er spricht bündig, flüssig, ohne zu stocken, und nur aus Koketterie gestattet er sich bisweilen steckenzubleiben und mit den Fingern zu schnippen, so als suche er nach dem passenden Wort. An all das, was er vor Gericht zu sagen hat, glaubt er längst nicht mehr oder, vielleicht, glaubt er es auch, misst ihm aber keinerlei Bedeutung bei, – alles ist längst bekannt, alt, gewöhnlich … Er glaubt einzig an das Originelle und Nichtalltägliche. Eine verlogene Moral, in origineller Form vorgetragen, rührt ihn zu Tränen. Seine beiden Notizbücher sind vollgeschrieben mit ungewöhnlichen Ausdrücken, die er sich bei verschiedenen Autoren abschreibt, und wenn er irgendeinen Ausdruck finden muss, wühlt er nervös in beiden Büchlein und findet ihn gewöhnlich nicht. Noch der verstorbene Akim Ivanyč hatte ihn in einer fröhlichen Minute aus Prahlsucht eingeladen, Anwalt des Werks zu werden, und ihm ein Gehalt von zwölftausend ausgesetzt. Alles, was er für das Werk zu tun hatte, bestand in zwei-drei kleineren Prozessen, die Lysevič seinen Assistenten übertrug.

Anna Akimovna wusste, dass er für das Werk nichts zu tun hatte, aber ihm zu kündigen brachte sie nicht über sich: ihr fehlte der Mut, außerdem war sie an ihn gewöhnt.

Sich selbst nannte er Juriskonsult, und sein Gehalt, das er pünktlich am Monatsersten abholen ließ – die rauhe Prosa. Anna Akimovna war bekannt, dass man nach Vaters Tod ihren Wald für Eisenbahnschwellen verkauft und Lysevič an diesem Verkauf über fünfzehntausend verdient hatte, die er sich mit Nazaryč teilte. Als sie von diesem Verkauf erfuhr, weinte sie bitterlich, gewöhnte sich dann aber daran.

Nachdem er sie beglückwünscht und ihr beide Hände geküsst hatte, maß er sie mit einem Blick und runzelte die Stirn.

– Nicht doch! – sagte er aufrichtig bekümmert. – Ich sagte, Geliebte, nicht doch!

– Wovon sprechen Sie, Viktor Nikolaič?

– Ich sagte, nicht zunehmen sollen Sie. In Ihrer Familie haben alle die unglückliche Neigung zu Körperfülle. Nicht doch, – wiederholte er mit flehentlicher Stimme und küsste ihr die Hand. – Sie sind so schön! Sie sind so prachtvoll! Hier, Euer Exzellenz, – wandte er sich an Krylin, – darf ich vorstellen: die einzige Frau auf der Welt, die ich einmal ernstlich geliebt habe.

– Das nimmt nicht wunder. In Ihrem Alter mit Anna Akimovna bekannt zu sein und sie nicht zu lieben, ist unmöglich.

– Ich bete sie an! – fuhr der Anwalt völlig aufrichtig, aber mit seiner gewohnten trägen Grazie fort. – Ich liebe sie, nicht weil ich ein Mann bin und sie eine Frau; wenn ich mit ihr zusammen bin, so scheint sie eines dritten Geschlechts zu sein, ich eines vierten, und beide entfleuchen wir ins Reich der feinsten Farbschattierungen und verschmelzen dort zu einem Spektrum. Am besten definiert solche Beziehungen Leconte de Lisle. Bei ihm gibt es eine vorzügliche Stelle, eine wunderbare Stelle.

Lysevič wühlte in dem einen Büchlein, dann in dem andern, und da er den Ausspruch nicht fand, beruhigte er sich. Man begann vom Wetter zu sprechen, von der Oper, davon, dass bald die Duse kommen würde. Anna Akimovna fiel ein, dass Lysevič und, wie es schien, auch Krylin im vergangenen Jahr bei ihr gesessen hatten, und jetzt, als sie sich anschickten zu gehen, begann sie aufrichtig und mit flehentlicher Stimme darzulegen, dass sie, da es für weitere Besuche schon zu spät sei, bei ihr zum Essen bleiben müssten. Nach einigem Schwanken willigten sie ein.

Neben dem Essen, das aus Ščі, Spanferkel, Gans mit Äpfeln und dgl. bestand, bereitete man in der Küche an hohen Feiertagen noch das sogenannte französische oder Diner des Kochs zu für den Fall, dass jemand von den Gästen im oberen Stockwerk davon zu speisen wünsche. Als man im Esszimmer anfing, mit Geschirr zu klappern, befiel Lysevič eine merkliche Erregung; er rieb sich die Hände, zuckte mit den Schultern, blinzelte und erzählte voller Gefühl, was für Diners die Alten einst gegeben hatten und was für eine wunderbare Matelote aus Aalraupe der hiesige Koch zuzubereiten versteht, – keine Matelote, sondern eine Offenbarung! Er schmeckte das Essen voraus, aß bereits in Gedanken und genoss. Als Anna Akimovna ihn untergehakt ins Esszimmer führte und er, endlich, ein Gläschen Vodka trank und ein Stückchen Lachs in den Mund schob, schnurrte er geradezu vor Vergnügen. Er kaute laut, widerlich, irgendwelche Laute durch die Nase ausstoßend, und seine Augen wurden dabei ölig und heißhungrig.

Die Zakuska war üppig. Unter anderem gab es frische Steinpilze in Smetana und sauce provençale aus gebratenen Austern und Krebshälsen, stark gewürzt mit bitteren Pickles. Das Essen selbst bestand aus erlesenen Feiertagsgerichten, und die Weine waren wunderbar. Mišenjka bediente bei Tisch wie im Rausch. Wenn er ein neues Gericht auf den Tisch brachte und von der glänzenden Kasserolle den Deckel abnahm oder Wein nachschenkte, so tat er dies mit dem Ernst eines Professors für schwarze Magie, und wenn er sein Gesicht und seinen Gang sah, ähnlich der ersten Figur der Quadrille, dachte der Anwalt einige Male: »Was für ein Dummkopf!«

Nach dem dritten Gang sprach Lysevič, an Anna Akimovna gewandt:

– Die Frau des fin de siècle, – ich verstehe darunter eine junge und, natürlich, reiche, – muss unabhängig sein, klug, elegant, intelligent, kühn und ein bisschen verrucht. Verrucht mit Maßen, nur ein bisschen, denn, geben Sie zu, Sattheit ist bereits Ermüdung. Sie, meine Geliebte, dürfen nicht dahinvegetieren, nicht leben wie alle andern, sondern müssen das Leben auskosten, und eine leichte Verruchtheit ist die Sauce des Lebens. Vergraben Sie sich in Blumen mit betörendem Duft, berauschen Sie sich an Moschus, essen Sie Haschisch, und vor allem, lieben Sie, lieben Sie, lieben Sie … Fürs Erste würde ich mir an Ihrer Stelle sieben Männer zulegen, je einen für jeden Tag, und nennen würde ich den einen Montag, den zweiten Dienstag, den dritten Mittwoch, damit jeder weiß, an welchem Tag er dran ist.

Dieses Gespräch erregte Anna Akimovna. Sie aß nichts und trank nur ein Gläschen Wein.

– Lassen Sie endlich auch mich etwas sagen! – sprach sie. – Für mich persönlich verstehe ich die Liebe nicht ohne Familie. Ich bin einsam, einsam wie der Mond am Himmel, dazu noch der abnehmende, und was immer Sie mir sagen mögen, ich bin überzeugt, dass dieses Abnehmen nur aufgefüllt werden kann durch Liebe im gewöhnlichen Sinne. Mir scheint, dass diese Liebe meine Pflichten, meine Arbeit bestimmen, meine Weltanschauung aufhellen würde. Ich will von der Liebe den Frieden meiner Seele, Ruhe, ich will möglichst weit fort von Moschus und all den Spiritismen und dem fin de siècle ... mit einem Wort, – geriet sie durcheinander, – ich will Mann und Kinder.

– Heiraten wollen Sie? Ja nun, auch das ist möglich, – willigte Lysevič ein. – Sie müssen alles ausprobieren: die Ehe, die Eifersucht, die Süße der ersten Untreue, sogar Kinder ... Aber beeilen Sie sich zu leben, beeilen Sie sich, Liebste, die Zeit vergeht, sie wartet nicht.

– Dann werde ich eben heiraten! – sagte sie und sah zornig in sein sattes, zufriedenes Gesicht. – Ich heirate auf die allergewöhnlichste, die trivialste Weise und werde strahlen vor Glück. Und stellen Sie sich vor, ich heirate einen einfachen Arbeiter, irgendeinen Mechaniker oder Zeichner.

– Auch das ist nicht übel. Herzogin Josiane verliebte sich in Gwynplaine, und das war ihr erlaubt, weil sie Herzogin war; Ihnen ist ebenfalls alles erlaubt, weil Sie eine ungewöhnliche Frau sind. Liebste, wenn Sie Lust haben, einen Neger oder Araber zu lieben, genieren Sie sich nicht, verschreiben Sie sich einen Neger. Versagen Sie sich nichts. Sie müssen ebenso kühn sein wie Ihre Wünsche. Bleiben Sie hinter ihnen nicht zurück.

– Bin ich denn so schwer zu verstehen? – fragte Anna Akimovna verwundert, und in ihren Augen glänzten Tränen. – Verstehen Sie endlich, ich habe ein riesiges Werk am Hals, zweitausend Arbeiter, für die ich vor Gott verantwortlich bin. Menschen, die für mich arbeiten, erblinden und taub werden. Ich habe Angst zu leben, Angst! Ich leide, und Sie besitzen die Grausamkeit und erzählen mir was von irgendwelchen Negern … und lächeln auch noch! – Anna Akimovna schlug mit der Faust auf den Tisch. – So weiterleben wie bisher, oder einen genauso untätigen, unfähigen Menschen heiraten, wie ich einer bin, wäre einfach ein Verbrechen. Ich kann nicht länger so leben, – sagte sie hitzig, – ich kann es nicht!

– Wie schön sie ist! – sagte Lysevič, von ihr entzückt. – Mein Gott, wie schön sie ist! Aber warum denn so zornig, Liebste? Meinetwegen habe ich unrecht, aber meinen Sie denn, wenn Sie im Namen von Ideen, die ich übrigens zuhöchst achte, sich langweilen und sich die Lebensfreude versagen, dass die Arbeiter es davon leichter haben? Nicht im mindesten! Nein, Verruchtheit! Verruchtheit! – sagte er entschieden. – Sie müssen verrucht sein, unbedingt, es ist Ihre Pflicht! Strengen Sie Ihr Hirn an, Liebste, strengen Sie Ihr Hirn an!

Anna Akimovna war froh, sich ausgesprochen zu haben, und heiterte auf. Ihr gefiel, dass sie so gut gesprochen hatte und so ehrenhaft und schön denkt, und sie war sich schon sicher, dass, wenn, zum Beispiel, Pimenov sich in sie verlieben würde, sie ihn mit Vergnügen heiraten würde.

Mišenjka begann Champagner einzuschenken.

– Sie machen mich böse, Viktor Nikolaič, – sagte sie,

mit dem Anwalt anstoßend. – Mich ärgert, dass Sie andern Ratschläge erteilen, aber selbst das Leben ganz und gar nicht kennen. Ihrer Meinung nach ist ein Mechaniker oder Zeichner unbedingt gleich Bauer und Flegel. Aber das sind äußerst kluge Menschen! Ungewöhnliche Menschen!

– Ihren Herrn Papa und Ihren Onkel … habe ich gekannt und geachtet, – sagte gedehnt, mit Pausen Krylin, der, ausgebreitet, dasaß wie ein Götzenbild und die ganze Zeit, ununterbrochen, aß, – sie waren Menschen von bedeutendem Verstande und … und hohen seelischen Qualitäten.

– Schön, diese Qualitäten kennen wir, – murmelte der Anwalt und bat um Erlaubnis zu rauchen.

Als das Essen beendet war, führte man Krylin zur Ruhe. Lysevič rauchte die Zigarre zu Ende und folgte, vor Sattheit schwankend, Anna Akimovna in deren Kabinett. Abgeschiedene Eckchen mit Fotografien, mit Fächern an den Wänden und mit der unvermeidlichen rosa oder hellblauen Laterne an der Decke liebte er nicht, das war für ihn Ausdruck eines welken, unoriginellen Charakters; außerdem waren Erinnerungen an einige seiner Romane, deren er sich heute schämte, an diese Laterne gebunden. Anna Akimovnas Kabinett hingegen mit seinen kahlen Wänden und den geschmacklosen Möbeln gefiel ihm außerordentlich. Er saß weich und gemütlich auf dem türkischen Divan und schaute auf Anna Akimovna, die gewöhnlich auf dem Teppich vor dem Kamin saß und, die Arme um die Knie geschlungen, ins Feuer blickte und über etwas nachdachte, und ihm schien, als spiele in ihr das altgläubige Bauernblut.

Jedes Mal nach dem Essen, wenn man Kaffee und Liqueure reichte, lebte er auf und erzählte ihr irgendwelche literarischen Neuigkeiten. Er sprach hochtrabend, inspiriert, begeisterte sich selbst an seiner Erzählung, und sie hörte ihm zu und dachte jedes Mal, dass man für solch ein Vergnügen nicht zwölftausend, sondern das Dreifache zahlen könne, und verzieh ihm alles, was ihr an ihm missfiel. Es kam vor, dass er ihr den Inhalt von Novellen, sogar von Romanen erzählte, und dann vergingen zwei oder drei Stunden unmerklich, wie Minuten. Diesmal begann er irgendwie säuerlich, mit geschwächter Stimme und geschlossenen Augen.

– Ich, Liebste, habe seit langem nichts gelesen, – sagte er, als sie ihn bat, etwas zu erzählen. – Übrigens, manchmal lese ich Jules Verne.

– Und ich dachte, Sie würden mir etwas Neues erzählen.

– Hm … etwas Neues, – murmelte Lysevič schläfrig und drückte sich noch tiefer in die Ecke des Divans. – Die ganze neue Literatur, meine Liebe, taugt nicht mehr für uns beide. Natürlich muss sie so sein, wie sie ist, und sie nicht anerkennen würde bedeuten, die natürliche Ordnung der Dinge nicht anzuerkennen, ich erkenne sie ja auch an, aber …

Lysevič schien eingeschlafen zu sein. Doch eine Minute später war wieder seine Stimme zu hören:

– Die ganze neue Literatur stöhnt und heult wie der Herbstwind im Schornstein: »Ach, Unglücklicher! ach, dein Leben ist zu vergleichen mit einem Gefängnis! ach, was ist es dir im Gefängnis so dunkel und feucht! ach, du wirst unweigerlich zugrunde gehen, und es gibt für dich keine Rettung!« Sehr schön, aber ich zöge eine Literatur vor, die mich belehrt, wie ich aus dem Gefängnis fliehen kann. Von allen modernen Schriftstellern lese ich, übrigens, nur hin und wieder Maupassant. – Lysevič öffnete die Augen. – Ein guter Schriftsteller, ein vorzüglicher Schriftsteller! – Lysevič rutschte auf dem Divan hin und her. – Ein wunderbarer Künstler! Ein schrecklicher, ungeheuerlicher, übernatürlicher Künstler. – Lysevič stand vom Divan auf und hob den rechten Arm in die Höhe. – Maupassant! – sagte er begeistert. – Liebste, lesen Sie Maupassant! Eine Seite von ihm gibt Ihnen mehr als alle Reichtümer der Erde! Jede Zeile ein neuer Horizont. Die weichsten, zärtlichsten Regungen der Seele wechseln ab mit heftigen, stürmischen Empfindungen, Ihre Seele verwandelt sich unter dem Druck von vierzigtausend Atmosphären in ein nichtswürdiges Stückchen eines Stoffes von unbestimmter, rosiger Farbe, der, wie mir scheint, wenn man ihn auf die Zunge legte, einen herben, wollüstigen Geschmack abgäbe. Welch Ungestüm der Übergänge, Motive, Melodien! Sie ruhen auf Maiglöckchen und Rosen, und plötzlich fliegt ein Gedanke auf Sie zu, ein schrecklicher, schöner, unabweislicher Gedanke, wie eine Lokomotive, und umfängt Sie mit heißem Rauch und betäubt Sie wie ein Pfiff. Lesen Sie, lesen Sie Maupassant! Liebste, ich verlange es!

Lysevič fing an, mit den Armen zu fuchteln, und ging in heftiger Erregung von einer Ecke in die andere.

– Nein, es ist unmöglich! – sagte er, als sei er verzweifelt. – Seine letzte Sache hat mich erschöpft, berauscht! Doch ich fürchte, Sie wird sie gleichgültig lassen. Um sich dafür zu begeistern, muss man sie auskosten, den Saft aus jeder Zeile in sich aufsaugen, austrinken ... Trinken muss man sie!

Nach dem langen Vorwort, in dem viele solcher Wörter vorkamen wie dämonische Wollust, Netz feinster Nerven, Samum, Kristall usw., begann er schließlich, den Inhalt des Romans zu erzählen. Er erzählte nicht mehr so hochtrabend, dafür sehr detailliert, wobei er ganze Beschreibungen und Gespräche auswendig aufführte; die Personen des Romans entzückten ihn, und wenn er sie charakterisierte, nahm er Posen ein, änderte den Ausdruck von Gesicht und Stimme, wie ein rechter Schauspieler. Vor Begeisterung lachte er bald im Bass, bald mit hoher Fistelstimme, klatschte in die Hände oder fasste sich mit einem Ausdruck an den Kopf, als wolle der gleich platzen. Anna Akimovna hörte entzückt zu, obgleich sie in diesem Roman bereits las, doch in der Erzählung des Anwalts erschien er ihr bei weitem schöner und komplizierter als im Buch. Er lenkte ihre Aufmerksamkeit auf verschiedene Feinheiten und unterstrich die geglückten Ausdrücke und tiefen Gedanken, doch sie sah nur das Leben, das Leben, das Leben und sich selbst, so als sei sie in dem Roman eine handelnde Person; ihre Laune hob sich, und laut lachend, in die Hände klatschend, dachte sie nun selbst, dass so zu leben unmöglich sei, dass nicht notwendig sei, schlecht zu leben, wenn man schön leben könne; ihr fielen ihre Worte und Gedanken vom Esstisch ein, und sie war stolz auf sie, und als in ihrer Vorstellung plötzlich Pimenov erschien, war ihr froh zumute und sie hätte sich gewünscht, dass er sich in sie verliebe.

Mit seiner Erzählung zu Ende, setzte sich Lysevič ermattet auf den Divan.

– Wie sind Sie prachtvoll! wie schön! – begann er wenig später mit schwacher Stimme, wie ein Kranker. – Ich,

Liebste, bin glücklich, wenn ich in Ihrer Nähe bin, und trotzdem, warum bin ich zweiundvierzig, und nicht dreißig Jahre alt? Unsere Geschmäcker stimmen nicht überein: Sie müssen der Verruchtheit leben, ich bin über diese Phase längst hinaus und will eine verfeinerte Liebe, keine materielle, eine Liebe wie ein Sonnenstrahl, das heißt, vom Gesichtspunkt einer Frau Ihres Alters tauge ich keinen Teufel mehr.

Er liebte, seinen Worten zufolge, Turgenev, den Sänger der jungfräulichen Liebe, der Reinheit, Jugend und der traurigen russischen Natur, selbst aber liebte er jungfräuliche Liebe nicht aus der Nähe, sondern vom Hörensagen, als etwas Abstraktes, das jenseits des wirklichen Lebens existierte. Jetzt versicherte er sich selbst, dass er Anna Akimovna platonisch liebe, idealistisch, obwohl er selbst nicht wusste, was das bedeutet. Doch ihm war wohlig, gemütlich, warm, Anna Akimovna erschien ihm bezaubernd, originell, und er dachte, das angenehme Selbstgefühl, das diese Umgebung in ihm weckte, sei eben das, was man platonische Liebe nennt.

Er schmiegte die Wange an ihre Hand und sagte in einem Ton, in dem man kleine Kinder zu liebkosten pflegt:

– Liebes, wofür haben Sie mich gestraft?

– Ich? Wann?

– Ich habe zum Feiertag keine Gratifikation von Ihnen erhalten.

Anna Akimovna hatte noch nie gehört, dass man dem Anwalt zum Feiertag eine Gratifikation geschickt hätte, und befand sich nun in einer schwierigen Lage: wie viel sollte sie ihm geben? Aber etwas geben musste sie, denn darauf wartete er, auch wenn er sie mit Augen voller Liebe ansah.

– Sicher hat Nazaryč es vergessen, – sagte sie. – Aber es ist nicht zu spät, das nachzuholen.

Plötzlich fielen ihr die gestrigen anderthalbtausend ein, die jetzt bei ihr im Schlafzimmer lagen, im Toilettentischchen. Und als sie ihm dieses unsympathische Geld brachte und der Anwalt es mit träger Grazie in die Seitentasche steckte, geschah dies alles irgendwie freundlich und natürlich. Das unverhoffte Erinnern an die Gratifikation und diese Anderthalbtausend standen dem Anwalt gut zu Gesicht.

– Merci, – sagte er und küsste ihr einen Finger.

Krylin trat ein mit verschlafenem, seligem Gesicht, aber schon ohne seine Orden.

Er und Lysevič saßen noch eine Weile, tranken ein Glas Tee und machten sich auf den Weg. Anna Akimovna war ein wenig verlegen … Sie hatte völlig vergessen, wo Krylin diente und ob man ihm Geld geben musste oder nicht, und wenn, ob man es ihm jetzt geben oder in einem Couvert schicken sollte.

– Wo dient er? – flüsterte sie Lysevič zu.

– Weiß der Teufel, – murmelte der Anwalt, gähnend.

Sie sagte sich, dass, wenn Krylin bei ihrem Onkel und Vater verkehrt und sie geachtet habe, dann gewiss nicht umsonst: offenbar tat er auf ihre Kosten gute Werke, im Dienst irgendeines Wohltätigkeitsvereins. Sie drückte ihm zum Abschied dreihundert Rubel in die Hand; er schien verwundert und schaute sie eine Minute lang mit bleiernen Augen an, doch dann schien er begriffen zu haben und sagte:

– Aber eine Quittung, hochverehrte Anna Akimovna, können Sie nicht vor Neujahr erhalten.

Lysevič war schon ganz erschlafft und schwer, schwankte, als Mišenjka ihm in den Pelz half. Und während er völlig erschöpft nach unten ging, war zu sehn, dass er, kaum dass er im Schlitten saß, sofort einschlafen würde.

– Euer Exzellenz, – sagte er zu Krylin matt, mitten auf der Treppe stehen bleibend, – haben Sie jemals das Gefühl gehabt, dass eine unsichtbare Kraft Sie in die Länge zieht, Sie strecken und strecken sich immer weiter, bis Sie sich am Ende verwandelt haben in einen ganz-ganz dünnen Draht? Subjektiv äußert sich das in einem unvergleichlich wollüstigen Gefühl, das sich mit nichts vergleichen lässt.

Anna Akimovna, die oben stand, sah, wie beide Mišenjka je einen Geldschein gaben.

– Vergessen Sie uns nicht! Auf Wiedersehen! – rief sie ihnen nach und lief zu sich ins Schlafzimmer.

Schnell warf sie das Kleid ab, das sie schon beengte, zog das Capot über und lief nach unten. Und während sie die Treppe hinunterlief, lachte sie und trappste mit den Füßen, wie ein kleiner Junge. Sie hatte große Lust, Unfug zu treiben.

IV
Der Abend

Tantchen in einer weiten Kattunbluse, Varvaruška und noch zwei alte Frauen saßen im Esszimmer und aßen zu Abend. Vor ihnen auf dem Tisch lagen ein großes Stück Pökelfleisch, ein Schinken und verschiedene gesalzene Zakuski, und von dem sehr fetten und schmackhaft aussehenden Pökelfleisch stieg Dampf auf bis zur Decke. Im unteren Stockwerk trank man keine Weine, dafür gab es vielerlei Schnäpse und Liqueure. Die Köchin Agafjuška, wohlbeleibt, weiß, satt, stand in der Tür, die Arme gekreuzt, und unterhielt sich mit den zwei alten Frauen, während die untere Maša, eine Brünette mit ponceaurotem Band im Haar, die Gerichte entgegennahm und auftrug. Die Alten waren noch vom Morgen satt und hatten eine Stunde zuvor Tee zu süßer Butterteigpirogge getrunken und aßen deshalb nur mit Mühe, wie aus Pflichtgefühl.

– Och, Mütterchen! – ächzte Tantchen, als plötzlich Anna Akimovna ins Esszimmer gelaufen kam und sich auf den Stuhl neben sie setzte. – Ich bin zu Tode erschrocken!

Im Hause liebte man es, wenn Anna Akimovna gut gelaunt und zu Dummheiten aufgelegt war; das erinnerte jedes Mal daran, dass die Alten schon tot sind und die alten Frauen im Haus keinerlei Macht mehr haben und jeder leben darf, wie es ihm gefällt, ohne befürchten zu müssen, dass man ihn dafür streng bestraft. Nur die zwei unbekannten alten Frauen schielten befremdet nach Anna Akimovna: sie sang, aber bei Tisch zu singen ist Sünde.

– Unser Mütterchen, unsere Schönheit, du Bild wie gemalen! – begann Agafjuška süßlich zu trällern. – Unser kostbarer Deamant! ... Volk, so viel Volk ist heute gekommen, um unsre Königin zu sehn – Herr, es ist dein Wille! Generäle, Offiziere, feine Herrn ... Hab zum Fenster rausgeschaut und geschaut, gezählt und gezählt, dann hab ichs bleiben lassen.

– Wenns nach mir ginge, bräuchten sie überhaupt nicht zu kommen, die Halunken! – sagte Tantchen; traurig schaute sie auf ihre Nichte und fügte hinzu: – Nur die Zeit vertrödelt haben sie meinem armen Waisenkind.

Anna Akimovna hatte Hunger, denn sie hatte seit dem Morgen nichts gegessen. Man schenkte ihr einen sehr bitteren Liqueur ein, sie trank ihn und aß dazu Pökelfleisch mit Senf und fand es ungewöhnlich schmackhaft. Dann trug die untere Maša den Truthahn auf, eingelegte Äpfel und Stachelbeeren. Auch das schmeckte ihr, nur eines war unangenehm: vom Kachelofen her wehte es heiß, es war stickig, und allen glühten die Wangen. Nach dem Abendessen nahm man die Decke vom Tisch und stellte darauf Teller mit Pfefferminzplätzchen, Haselnüssen und Rosinen.

– Setz du dich auch, was ist schon dabei! – sagte Tantchen zur Köchin.

Agafjuška seufzte und setzte sich an den Tisch; Maša stellte auch ihr ein Liqueurgläschen hin, und Anna Akimovna schien es schon, als wehe es vom Ofen ebenso heiß wie von Agafjuškas weißem Hals. Alle sprachen darüber, wie schwer es heutzutage sei zu heiraten, dass Männer in früheren Zeiten wenn nicht durch Schönheit, so doch durch Geld anzulocken waren, während man heutzutage nicht schlau draus würde, was sie eigentlich wollten, und früher seien nur die Buckligen und Lahmen sitzengeblieben, heute nähme man nicht mal mehr die Schönen und Reichen. Tantchen begann das mit der Unsittlichkeit zu erklären und damit, dass die Menschen nicht mehr gottesfürchtig seien, doch plötzlich fiel ihr ein, dass ihr Bruder Ivan Ivanyč und Varvaruška – beide von frommem Lebenswandel – gottesfürchtig waren, und dennoch heimlich Kinder in die Welt gesetzt und sie ins Findelhaus geschickt hatten; sie stockte und brachte das Gespräch darauf, was sie einmal für einen Bräutigam gehabt habe, einen Werksarbeiter, und wie sehr sie ihn geliebt habe, dass die Brüder sie aber gezwungen hätten, einen Witwer, einen Ikonenmaler, zu heiraten, der, Gott sei Dank, zwei Jahre später gestorben war. Die untere Maša setzte sich ebenfalls an den Tisch und erzählte mit geheimnisvoller Miene, dass seit einer Woche schon jeden Morgen ein unbekannter Mann mit schwarzem Schnurrbart und in einem Mantel mit Schafspelzkragen auf den Hof käme: er kommt auf den Hof, schaut zu den Fenstern des großen Hauses auf und geht weiter – zu den Werkskomplexen; ein Mann – nicht übel, stattlich …

Von allen diesen Erzählungen bekam Anna Akimovna plötzlich aus irgendeinem Grunde Lust zu heiraten, große Lust, heftig bis zur Sehnsucht; ein halbes Leben und ihr ganzes Vermögen hätte sie gegeben, wenn sie nur wüsste, dass es im oberen Stockwerk einen Menschen gibt, der ihr nähersteht als alle auf der Welt, der sie heftig liebt und sich nach ihr sehnt; und der Gedanke an diese entzückende, nicht in Worten auszudrückende Nähe erregte ihre Seele. Und der Instinkt der Gesundheit und Jugend schmeichelte und log ihr vor, die wahre Poesie des Lebens sei noch nicht gekommen, sondern liege noch vor ihr, und sie glaubte es und, sich im Stuhl zurückwerfend (wobei sich ihre Haare lösten), begann sie zu lachen, und als die andern sie so sahen, lachten auch sie. Und im Esszimmer verstummte lange nicht ein grundloses Gelächter.

Man meldete, die Stechfliege sei zum Übernachten gekommen. Das war die Pilgerin Paša oder Spiridonovna, eine magere kleine Frau um die fünfzig, im schwarzen Kleid und mit weißem Kopftuch, scharfäugig, spitznasig, mit spitzem Kinn; ihre Augen waren schlau, tückisch, und sie blickte mit einem Ausdruck, als durchschaue sie alle. Ihre Lippen bildeten ein Herzchen. Wegen ihrer Tücke und Gehässigkeit nannte man sie in Kaufmannshäusern die Stechfliege.

Als sie ins Esszimmer kam, begab sie sich, ohne jemanden anzublicken, zu den Ikonen und sang mit tiefem Alt »Deine Geburt«, dann sang sie »Jungfrau heute«, dann »Christ ist geboren«, danach drehte sie sich um und durchbohrte alle mit ihrem Blick.

– Frohes Fest! – sagte sie und küsste Anna Akimovna auf die Schulter. – Mit Ach und Krach hab ich es geschafft bis zu euch, meine Wohltäter. – Sie küsste Tantchen auf die Schulter. – Bin heute Morgen schon zu euch aufgebrochen, aber bei guten Menschen eingekehrt, um auszuruhen. »Bleib doch, bleib noch, Spiridonovna« – da hab ich nicht gesehn, wie es Abend wurde.

Da sie kein Fleisch zu sich nahm, gab man ihr Kaviar und Lachs. Sie aß, blickte alle misstrauisch an, und trank drei Gläschen Vodka. Als sie sich satt gegessen hatte, betete sie und verneigte sich vor Anna Akimovna bis zum Boden.

Wie im vorigen und im vorvorigen Jahr begann nun das Könige-Spiel, und alle Dienstboten, so viele ihrer in beiden Stockwerken waren, drängten sich in der Tür, um bei dem Spiel zuzuschauen. Anna Akimovna schien es, als sei in der Menge der Frauen und Männer zweimal auch Mišenjka mit einem herablassenden Lächeln vorbeigehuscht. Als Erste wurde Stechfliege König, und Anna Akimovna als Soldat zahlte ihr Tribut, dann wurde Tantchen König, und Anna Akimovna rutschte unter die Bauern oder die »Kätzchen«, was allgemeine Begeisterung hervorrief, und Agafjuška wurde Prinz und schämte sich vor Vergnügen. Am andern Ende des Tisches kam eine weitere Partie zusammen: beide Mašas, Varvaruška und die Näherin Marfa Petrovna, die man eigens fürs Spiel geweckt hatte und deren Gesicht verschlafen, böse war.

Während des Spiels ging das Gespräch über Männer, darüber, wie schwer es heute sei, einen guten Menschen zu heiraten, und darüber, wer das bessere Los habe – Jungfrau oder Witwe.

– Du bist ein schönes, gesundes, kräftiges Mädchen, – sagte Stechfliege zu Anna Akimovna. – Nur will mir einfach nicht in den Kopf, Mutter, für wen du dich aufbewahrst.

– Was tun, wenn mich niemand nimmt?

– Oder hast du vielleicht ein Gelübde abgelegt, Jungfrau zu bleiben? – fuhr Stechfliege fort, als habe sie nicht gehört. – Ja nun, gut, dann bleib es ... Bleib es, – wiederholte sie, aufmerksam und boshaft in ihre Karten blickend. – Ja, Mädchen, bleib es ... ja ... Nur, Jungfrauen, selbst die ehrwürdigsten, gibt es verschiedene, – seufzte sie und spielte den König aus. – Oh, sehr verschiedene, Mutter! Die einen führen sich tatsächlich auf wie Nonnen, und kein schwarzes Fleckchen, und wenn sich eine mal versündigt, quält sie sich, die Ärmste, schrecklich, ein Sünder, wer sie verurteilt. Dann aber gibt es andre Mädchen, die gehn in schwarzen Kleidern und nähn sich Leichenhemden, lieben aber heimlich alte Männer mit Geld. Ja-a, ihr meine Kanarienvögelchen. Manch eine Schelmin verhext einen alten Mann und beherrscht ihn, ihr meine Täublein, herrscht, verdreht und verdreht ihm den Kopf, und wenn sie genug Geld und Gewinnlose beisammenhat, verhext sie ihn, bis er tot ist.

Als Antwort auf diese Anspielungen seufzte Varvaruška nur und blickte zur Ikone auf. Auf ihrem Gesicht lag christliche Demut.

– Ich hab da so eine Bekannte, so ein Mädchen, meine üble Feindin, – fuhr Stechfliege fort und blickte alle triumphierend an. – Die seufzt auch in einem fort, und schaut in einem fort zur Ikone, die Teufelin. Die hat ihren Alten beherrscht, und wenn du zu ihr kommst, wirft sie dir einen Brocken hin und befiehlt, dich bis zum Boden zu verneigen, und spricht: »In der Geburt hast du die Jungfräulichkeit bewahrt« … Am Feiertag den Brocken, und werktags macht sie ihn dir zum Vorwurf. Nun, aber jetzt hab ich meine Freude an ihr! Soviel ich Lust hab, freu ich mich, ihr Deamanten!

Varvaruška blickte wieder zur Ikone auf und bekreuzigte sich.

– Ja, aber mich nimmt ja niemand, Spiridonovna, – sagte Anna Akimovna, um das Thema zu wechseln. – Was tun?

– Bist selber schuld, Mutter. Wartest in einem fort auf Adlige und Gebildete, heirat lieber deinesgleichen, einen Kaufmann.

– Nein, ja keinen Kaufmann! – sagte Tantchen und rutschte auf dem Stuhl hin und her. – Rette uns, Himmelskönigin! Der Adlige verschleudert dein Geld, dafür aber hat er Mitleid mit dir, Dummchen. Der Kaufmann dagegen wird solche Strenge einführen, dass du im eignen Haus keinen Platz mehr für dich findest. Du willst zärtlich sein, er – schneidet Coupons, und setzt du dich mit ihm zu Tisch, macht er dir das Stück Brot zum Vorwurf, der Holzkopf! … Heirate du einen Adligen.

Alle fingen gleichzeitig an zu sprechen, sich gegenseitig laut unterbrechend, und Tantchen klopfte mit dem Nussknacker auf den Tisch und sagte, rot und zornig im Gesicht:

– Keinen Kaufmann, ja keinen Kaufmann! Bringst du einen Kaufmann ins Haus, gehe ich ins Altenasyl!

– Psch … Stille! – schrie Stechfliege; als alle still geworden waren, kniff sie ein Auge zusammen und sagte: – Weißt du was, Annuška, Schwälbchen? Richtig heiraten, wie alle, das brauchst du doch nicht. Du bist ein reicher, freier Mensch, bist deine eigne Königin; aber auch alte Jungfer bleiben ist nichts für dich, Kindchen. Ich werd schon jemand für dich finden, weißt du, so ein klappriges und einfältiges Männlein, das nimmst du zum Schein vor dem Gesetz, und dann – tobst du dich aus, Kleines! Deinem Mann steckst du fünf- oder zehntausend zu, und er soll hingehen, wo er hergekommen ist, und du bist Herrin im eigenen Haus, – liebe, wen du willst, und niemand kann dich verurteilen. Dann lieb deine Adeligen und Gebildeten. Ach, das wird kein Leben, das wird jeden Tag ein Fest! – Stechfliege schnippte mit den Fingern und pfiff dazu: – Tob dich aus, Kleines!

– Das ist Sünde! – sagte Tantchen.

– Ach was, Sünde, – feixte Stechfliege. – Sie ist gebildet, sie versteht. Einen Menschen erstechen oder einen alten Mann verhexen – ist Sünde, das stimmt, aber einen lieben Freund lieben ist alles andere als Sünde. Was soll das schon, wirklich! Es gibt keine Sünde! Das haben sich alles die

Frömmlerinnen ausgedacht, um dem einfachen Volk Sand in die Augen zu streuen. Ich sage ja auch überall: Sünde, ja, Sünde, und weiß selber nicht, Sünde warum. – Stechfliege trank ihren Liqueur aus und krächzte. – Tob dich aus, Kleines! – sagte sie, dieses Mal offensichtlich an sich selbst gewandt. – Dreißig Jahre, ihr meine Schmetterlinge, hab ich immerfort gedacht: Sünde und mich gefürchtet, heute sehe ich: alles habe ich verpasst, verschlafen! Ach, dummes Weib, dummes Weib! – seufzte sie. – Weiberleben ist kurz, jeder Tag muss dir teuer sein. Du, Annuška, bist sehr schön, sehr reich, aber bist du erst fünfunddreißig oder vierzig, dann kannst auch du dein Leben abschreiben. Hör auf niemanden, Mädchen, lebe, tob dich aus bis vierzig, dann kannst du immer noch Abbitte leisten und hast noch genug Zeit für tiefe Verbeugungen und Leichenhemden. Dem lieben Gott eine Kerze, und dem Teufel den Schürhaken! Wirf alles auf den einen Haufen! Ja nun? Willst du einem Männlein die Wohltat erweisen?

– Ja, – lachte Anna Akimovna. – Mir ist es jetzt egal, ich würde auch einen einfachen heiraten.

– Ja nun, ist doch gut! Uch, und was wirst du dir da für einen Prachtkerl nehmen! – Stechfliege zwinkerte und wiegte den Kopf. – Uuch!

– Ich sag ihr ja auch immer wieder: einen Adligen wirst du nicht kriegen, aber heirate bloß keinen Kaufmann, sondern lieber was möglichst Einfaches, – sagte Tantchen. – Dann hätten wir wenigstens einen Herrn im Haus. Und gibt es denn so wenig anständige Leute? Nehmen wir nur unsre Werksarbeiter. Lauter nüchterne, solide Leute …

– Und ob! – stimmte Stechfliege zu. – Feine Jungs. Wenn

du willst, Tante, freie ich für Annuška zum Beispiel Lebedinskij Vasilij?

– Nein, Vasja hat zu lange Beine, – sagte Tantchen im Ernst. – Zu dürr. Sieht nach nichts aus.

In der Menge an der Tür wurde gelacht.

– Dann Pimenov. Willst du Pimenov heiraten? – fragte Stechfliege Anna Akimovna.

– Gut. Freie um Pimenov.

– Wirklich?

– Tu es! – sagte Anna Akimovna entschieden und schlug auf den Tisch. – Ehrenwort, ich heirate ihn.

– Wirklich?

Anna Akimovna schämte sich plötzlich, dass ihre Wangen glühten und alle sie anschauten, sie warf auf dem Tisch die Karten durcheinander und lief hinaus, und als sie die Treppe hinauflief und dann nach oben kam und sich im Salon an den Flügel setzte, drang aus dem unteren Stockwerk Stimmengewirr, so als rausche das Meer; wahrscheinlich sprach man über sie und Pimenov, und vielleicht beleidigte Stechfliege, ihre Abwesenheit nutzend, Varvaruška, ohne sich natürlich mehr in ihrer Ausdrucksweise zu mäßigen.

Im ganzen oberen Stockwerk brannte nur eine Lampe im Saal, und ihr schwaches Licht drang durch die Tür in den Salon. Es war die zehnte Stunde, nicht später. Anna Akimovna spielte einen Walzer, dann einen zweiten, einen dritten, – sie spielte ununterbrochen. Sie schaute in die dunkle Ecke hinter dem Flügel, lächelte, rief in Gedanken nach jemandem, und ihr kam in den Sinn: sollte sie nicht sofort in die Stadt fahren, zum Beispiel zu Lysevič, und ihm erzählen, was eben in ihrer Seele geschah? Sie wollte sprechen, ohne Pause, lachen, Dummheiten machen, doch die dunkle Ecke hinter dem Flügel schwieg mürrisch, und ringsumher, in allen Zimmern des oberen Stockwerks war es still, menschenleer.

Sie liebte gefühlvolle Romanzen, hatte aber eine rohe, nicht ausgebildete Stimme, deshalb spielte sie nur die Begleitung und sang kaum hörbar, nur mit dem Atem. Flüsternd sang sie Romanze um Romanze, mehr und mehr über Liebe, über Trennung, verlorene Hoffnung, und stellte sich vor, wie sie ihm die Hände entgegenstrecken und bittend, unter Tränen zu ihm sagen würde: »Pimenov, nehmen Sie diese Last von mir!« Und dann, so als seien ihr die Sünden vergeben, würde es in ihrer Seele leicht und froh, dann würde ein freies und, vielleicht, glückliches Leben anbrechen. In sehnsüchtiger Erwartung beugte sie sich über die Tasten, und wollte leidenschaftlich, dass die Veränderung in ihrem Leben sofort geschehe, unverzüglich, und es graute ihr bei dem Gedanken, ihr bisheriges Leben könnte noch eine Zeitlang so weitergehen. Dann spielte sie wieder und sang kaum hörbar, und ringsumher war es still. Aus der unteren Etage drang kein Stimmengewirr mehr herauf: dort hatte man sich wohl schlafen gelegt. Schon lange hatte es zehn geschlagen. Es nahte eine lange, einsame, langweilige Nacht.

Anna Akimovna ging durch alle Räume, lag eine Weile auf dem Divan, las bei sich im Kabinett die am Abend erhaltenen Briefe. Es waren zwölf Glückwunschbriefe und drei anonyme, ohne Unterschrift. In einem beschwerte sich ein einfacher Mann mit einer entsetzlichen, kaum entzifferbaren Handschrift darüber, dass man den Arbeitern im Werksladen bitteres Fastenöl verkaufe, das nach Kerosin rieche; im zweiten meldete jemand ehrerbietig, dass Nazaryč auf der letzten Auktion, als er Eisen einkaufte, ein Schmiergeld von tausend Rubel angenommen habe; im dritten beschimpfte man sie wegen ihrer Unmenschlichkeit.

Die feiertägliche Erregung war bereits im Abklingen, und um sie aufrechtzuerhalten, setzte sich Anna Akimovna wieder an den Flügel und spielte still einen neuen Walzer, dann fiel ihr ein, wie klug und ehrenhaft sie heute beim Essen gesprochen habe. Sie blickte auf die dunklen Fenster und Wände mit den Bildern ringsum, auf das schwache Licht, das aus dem Saal drang, und fing unversehens an zu weinen, und ärgerte sich, dass sie so einsam war, dass sie niemanden hatte, mit dem sie hätte sprechen, mit dem sie sich hätte beraten können. Um sich aufzumuntern, versuchte sie sich in ihrer Vorstellung Pimenov auszumalen, doch das wollte ihr nicht mehr gelingen.

Es schlug zwölf. Mišenjka trat ein, nicht mehr im Frack, sondern im Jackett, und zündete schweigend zwei Kerzen an; danach ging er hinaus und kehrte eine Minute später mit einem Tablett zurück, auf dem eine Tasse Tee war.

– Worüber lachen Sie? – fragte sie, da sie auf seinem Gesicht ein Lächeln bemerkte.

– Ich war unten und habe gehört, wie Sie dort über Pimenov gescherzt haben … – sagte er und bedeckte den lachenden Mund mit der Hand. – Hätten Sie den vorhin mit Viktor Nikolaevič und mit dem General an einen Tisch gesetzt, er wäre vor Angst gestorben. – Mišenjkas Schultern zuckten vor Lachen. – Er kann wahrscheinlich nicht einmal die Gabel halten.

Das Lachen des Lakaien, seine Worte, das Jackett und

das Schnurrbärtchen erzeugten in Anna Akimovna den Eindruck von Unsauberkeit. Sie schloss, um ihn nicht sehen zu müssen, die Augen und stellte sich, ohne es zu wollen, Pimenov, Lysevič und Krylin am Tisch vor, und seine schüchterne, unintelligente Gestalt erschien ihr kläglich, hilflos, und sie verspürte Ekel. Und erst jetzt, zum ersten Mal an diesem ganzen Tag, wurde ihr klar, dass alles, was sie über Pimenov und die Ehe mit einem einfachen Arbeiter gedacht und gesagt hatte, – Unsinn, Dummheit und Selbstbetrug gewesen war. Um sich vom Gegenteil zu überzeugen, um den Ekel zu überwinden, wollte sie sich der Worte erinnern, die sie bei Tisch gesagt hatte, konnte sie aber nicht mehr finden; Scham für ihre Gedanken und Handlungen, und die Angst, heute, vielleicht, etwas Überflüssiges gesagt zu haben, und der Ekel über ihre Feigheit stürzten sie in äußerste Verwirrung. Sie nahm eine Kerze und ging schnell, als würde sie von jemandem verfolgt, nach unten, weckte Spiridonovna und begann sie zu versichern, alles sei nur Scherz gewesen. Dann ging sie zu sich ins Schlafzimmer. Die rothaarige Maša, die im Sessel neben dem Bett schlummerte, sprang auf und begann, die Kissen aufzuschütteln. Ihr Gesicht war erschöpft, verschlafen, und die wunderbaren Haare nach einer Seite verrutscht.

– Heute Abend war der Beamte Čalikov wieder da, – sagte sie, gähnend, – aber ich habe nicht gewagt, ihn zu melden. Er war schon sehr betrunken. Er sagt, er käme morgen wieder.

– Was will er von mir? – erboste sich Anna Akimovna und schleuderte einen Kamm zu Boden. – Ich will ihn nicht sehen! Ich will nicht!

Sie entschied, ihr sei in ihrem Leben nichts mehr geblieben außer diesem Čalikov, er werde nicht mehr aufhören, sie zu verfolgen, und sie jeden Tag daran erinnern, wie uninteressant und absurd ihr Leben sei. War sie doch nur dazu fähig, den Armen zu helfen! Oh, wie war das dumm!

Ohne sich auszukleiden, legte sie sich hin und schluchzte vor Scham und Langeweile. Am ärgerlichsten und dümmsten schien ihr, dass ihre heutigen Träumereien, Pimenov betreffend, zwar ehrlich, erhaben und vornehm gewesen waren, doch zugleich spürte sie, dass ihr Lysevič und Krylin näherstanden als Pimenov und alle Arbeiter zusammengenommen. Sie dachte jetzt, wenn es möglich wäre, den eben erlebten Tag auf einem Bild darzustellen, dass dann alles Hässliche und Triviale, wie zum Beispiel das Essen, die Worte des Anwalts, das Könige-Spiel die Wahrheit wären, ihre Träume von Pimenov und ihr Gerede hingegen sich von dem Ganzen abheben würden als falsche Stelle, als Überspanntheit. Auch dachte sie, es sei für sie schon zu spät, vom Glück zu träumen, als sei für sie alles schon verloren und als sei in jenes Leben zurückzukehren, in dem sie mit ihrer Mutter unter einer Decke geschlafen hatte, oder sich irgendein neues, besonderes Leben auszudenken schon unmöglich.

Die rothaarige Maša kniete vor dem Bett und schaute sie traurig an, dann fing sie selbst an zu weinen und schmiegte das Gesicht an ihre Hand; und ohne Worte war zu begreifen, weshalb ihr so bitter zumute war.

– Dumme Weiber sind wir beide, – sagte Anna Akimovna, weinend und lachend. – Dumme Weiber sind wir! Ach, was für dumme Weiber!

Standhafte Liebe

I

Es war Mittag … Die untergehende Sonne vergoldete mit ihren purpursprühenden Strahlen die Wipfel der Kiefern, Eichen und Tannen … Es war still; nur die Vögel in der Luft sangen, und irgendwo in der Ferne heulte traurig ein hungriger Wolf … Der Kutscher drehte sich um und sagte:

– Frisch geschneit hats, gnädiger Herr!

– Was?

– Ich sage, es hat frisch geschneit …

– Ah!

Vladimir Sergeevič Tabačkin, von dem hier die Rede ist, hob ein letztes Mal den Blick zur Sonne und starb.

*

Eine Woche war vergangen … Über dem frischen Grab flogen zwitschernd die Vögel und Wachteln dahin … Die Sonne schien … Die junge Witwe stand tränenüberströmt daneben und weinte vor Kummer ein ganzes Taschentuch naß …

N. Zacharjeva

Vanjka

Es war die zweite Nachtstunde.

Kommerzienrat Ivan Vasiljevič Kotlov kam aus dem Restaurant »Slavjanskij bazar« und schleppte sich die Nikolskaja entlang, zum Kreml. Die Nacht war schön, sternenklar ... Hinter den Wolkenfetzen und -fragmenten blinkten heiter die Sterne hervor, so als sei es ihnen angenehm, auf die Erde zu blicken. Die Luft war still und durchsichtig.

»In der Nähe des Restaurants sind die Droschken teuer, – dachte Kotlov, – besser, ich gehe ein Stück weiter ... Weiter weg sind sie billiger ... Außerdem muß ich mir die Füße vertreten: ich habe zuviel gegessen und bin betrunken.«

Am Kreml nahm er eine nächtliche Droschke.

– In die Jakimanka! – kommandierte er.

Vanjka, ein Bursche um die Fünfundzwanzig, schnalzte mit der Zunge und zog träge die Zügel straff. Sein Pferdchen fuhr an und schleppte sich in kurzem schlechten Trab vorwärts ... Kotlov hatte den echtesten, typischen Vanjka erwischt ... Schaut man ihm in das verschlafene, dickhäutige, picklige Gesicht – erkennt man in ihm sofort den Droschkenkutscher.

Sie fuhren durch den Kreml.

– Wie spät wird es sein? – fragte der Kutscher.

– Bald zwei, – antwortete der Kommerzienrat.

– So … Und wärmer ists geworden! Wir hatten Frost, aber jetzt ist es wieder wärmer geworden … Du lahmst, gemeines Biest! Ä-ä-äh … Zuchthäusler!

Der Kutscher erhob sich ein wenig und zog dem Pferd die Knute über den Rücken.

– Der Winter! – fuhr er fort, sich bequemer setzend und an den Fahrgast gewandt. – Ich mag ihn nicht! Ich bin so schrecklich verfroren! Ich stehe im Frost und erstarre am ganzen Körper, zittere … Weht der Frost, schwillt mir gleich das ganze Gesicht … Meine Gesundheit! Ich bins nicht gewöhnt!

– Gewöhn dich dran … Du, Freundchen, hast einen Beruf, da mußt du dich dran gewöhnen …

– Der Mensch kann sich an alles gewöhnen, das stimmt, Euer Wohlgeboren … Aber bis du dich gewöhnt hast, bist du zwanzigmal erfroren … Ich bin ein zarter Mensch, Euer Wohlgeboren, verzärtelt … Mich haben Vater und Mutter verzärtelt. Sie dachten nicht, daß ich einmal Droschke fahren würde. Nur Zartheit haben sie mir angetan. Gott schenk ihnen das Himmelreich! Als sie mich geboren hatten auf dem warmen Ofen, haben sie mich bis ins zehnte Jahr nicht runtergeholt. Ich lag auf dem Ofen und fraß Piroggen wie ein Schwein … Ihr Liebling war ich … Sie zogen mir die besten Kleider an und brachten mir aus Zartheit das Schreiben bei. Manchmal durfte ich nicht barfuß gehen: »Du erkältest dich, Liebster!« Als wäre ich kein Bauer, sondern ein Barin. Schlägt mich der Vater, weint die Mutter … Schlägt mich die Mutter – tuts dem Vater weh. Fährst du mit dem Vater um Reisig in den Wald, wickelt dich die Mutter in drei Pelze, als gings nach Moskau oder nach Kiev ...

– Waren sie reich?

– Nommal, sie lebten auf Bauernart ... War der Tag vorüber, dann danke Gott. Reich warn sie nicht, litten aber Gott sei Dank keinen Hunger. Wir lebten, Barin, in Familje ... als Familje, mein ich ... Damals war mein Großvater noch am Leben, und er hatte zwei Söhne. Der eine Sohn, ich mein, mein Vater war verheiratet, der andre nicht. Und ich war der einzige Sohn, die Freude der ganzen Familje – und sie haben mich verwöhnt. Mein Großvater auch ...

Großvater, weißt du, hatte Geld versteckt, und er wollte, daß ich kein Bauer würde ... »Dir, – sagt er, – Petrucha, dir mach ich einen Kaufladen auf. Wenn du groß bist.« Zartheit haben sie mir angetan, mich gehegt und gepflegt, aber dann kam das Mißverständnis, das mit Zartheit nichts zu tun hatte ... Mein Onkel, Großvaters Sohn und Vaters Bruder, hat Großvater das Geld gestohlen ... Zweitausend ... Und wie er es gestohlen hatte, war es der Anfang vom Ende ... Sie verkauften die Pferde, die Kühe ... Vater und Großvater verdingten sich als Knechte ... Man weiß ja, wie das unter Bauern geht ... Und mich Knecht Gottes zu den Hirten ... Da war es mit der Zartheit vorbei!

– Und dein Onkel? Was ist mit dem?

– Dem geht es gut ... wie sichs gehört ... Der pachtete an der Großen Straße eine Schenke und lebte in Saus und Braus ... Fünf Jahre später hat er eine reiche Kleinbürgersfrau aus Serpuchov geheiratet. Achttausend hat er für sie genommen ... Nach der Hochzeit ist die Schenke abgebrannt ... Laß sie doch brennen, wenn sie in der Gesellschaft versichert ist. So gehört sichs ... Und nach dem Brand ist er nach Moskau gegangen und hat dort einen Konjalwarenladen gepachtet ... Reich geworden ist er, sagt man, und läßt niemand an sich ran ... Unsre Bauern, aus Chabarovsk, ham ihn hier gesehn, sagen sie ... Ich nicht ... Er heißt Kotlov, Ivan Vasiljev ... Haben Sie nicht von ihm gehört?

– Nein ... Mach schon, fahr schneller!

– Gekränkt hat uns Ivan Vasiljev, uch, wie sehr gekränkt! Er hat uns an den Bettelstab gebracht ... Wäre er nicht gewesen, würde ich dann hier frieren, bei all meiner zarten Gesundheit, meiner Schwäche? Ich würde es mir wohl sein lassen bei mir im Dorf ... Achch! Da läutet es zur Frühmesse ... Ich würd so gern zum Herrgott beten, daß er ihm alle meine Qualen heimzahlt ... Na, Gott mit ihm! Gott soll ihm vergeben! Wir halten schon durch!

– Rechts zu der Einfahrt!

– Zu Befehl ... So, da wärn wir ... Aber für die Geschichte gehörte sich ein Fünfer ...

Kotlov zog ein Fünfzehnkopekenstück in Silber aus der Tasche und gab es dem Kutscher.

– Was drauflegen sollten Sie! Ich habe Sie doch gut gefahren! Und es war meine erste Fahrt heute ...

– Hör schon auf!

Der Barin zog an der Klingelschnur und verschwand einen Augenblick später hinter der geschnitzten Eichentür.

Der Droschkenkutscher aber sprang auf den Bock und fuhr langsam zurück ... Es wehte ein eisiger Wind ... Der Kutscher runzelte die Stirn und steckte die verfrorenen Hände in die zerschlissenen Ärmel.

Er war die Kälte nicht gewöhnt ... der Verzärtelte ...

In der Nacht auf Weihnachten

Eine junge Frau von dreiundzwanzig Jahren, mit schrecklich bleichem Gesicht, stand am Ufer des Meeres und blickte in die Ferne. Von ihren kleinen Füßchen, die in Samtstiefeletten staken, führte eine baufällige schmale Treppe mit einem morschen Geländer ans Meer hinunter.

Die Frau blickte in die Ferne, wo der Raum gähnte, erfüllt von tiefer, undurchdringlicher Finsternis. Zu sehen waren weder Sterne noch das schneebedeckte Meer, noch Lichter. Es regnete heftig …

»Was ist dort?« – dachte die Frau, in die Ferne starrend, und hüllte sich gegen Wind und Regen in ihren durchnäßten Halbpelz und Schal.

Irgendwo dort, in der undurchdringlichen Finsternis, etwa fünf bis zehn Verst oder sogar noch weiter, mußte um diese Zeit ihr Ehemann sein, der Gutsbesitzer Litvinov, mit seiner Truppe von Fischern. Wenn der Schneesturm der letzten zwei Tage Litvinov und seine Fischer nicht verschüttet hat, so eilen sie jetzt ans Ufer. Das Meer ist aufgewühlt, und bald wird das Eis brechen. Das Eis kann diesem Wind nicht standhalten. Werden es ihre Fischerschlitten mit ihren unförmigen Flügeln, die schwer sind und unbeweglich, schaffen, das Ufer zu erreichen, ehe die bleiche Frau das Brüllen des erwachten Meeres zu hören bekommt?

Die Frau zog es leidenschaftlich nach unten. Das Geländer schwankte unter ihrer Hand, naß, schlüpfrig entglitt es ihren Händen, wie eine Aalraupe. Sie hockte sich auf die Stufen und begann, auf allen vieren hinunterzusteigen, wobei sie sich mit den Händen an den kalten schmutzigen Stufen festhielt. Ein Windstoß riß ihren Pelz auf. Feucht blies es ihr auf die Brust.

– Heiliger Wundertäter Nikolaj, diese Treppe nimmt und nimmt kein Ende! – flüsterte die junge Frau, die Stufen berührend.

Die Treppe hatte genau neunzig Stufen. Sie führte nicht in Windungen nach unten, sondern in gerader Linie, im scharfen Winkel zum Felshang. Im Wind schwankte sie hin und her, knirschte wie ein Brett, das gleich bersten wird.

Zehn Minuten später war die Frau unten, am Meeresufer. Auch hier dieselbe Finsternis. Der Wind wehte hier noch böser als oben. Der Regen strömte und schien kein Ende zu nehmen.

– Wer kommt da? – hörte man eine Männerstimme.

– Ich bins, Denis …

Denis, ein hochgewachsener stämmiger Greis mit großem grauen Bart, stand am Ufer, mit einem großen Stock, und blickte ebenfalls in die undurchdringliche Ferne. Er stand und suchte an seiner Kleidung einen trockenen Fleck, um ein Zündholz anzureißen und die Pfeife anzustecken.

– Sind Sie es, Natalja Sergeevna? – fragte er mit zweifelnder Stimme. – Bei diesem Unwetter?! Und was können Sie hier schon tun? In Ihrem Zustand nach der Geburt ist eine Erkältung der sichere Tod. Gehn Sie nach Hause, Mütterchen!

Man hörte eine Frau weinen. Es weinte die Mutter des Fischers Evsej, der mit Litvinov auf Fang gefahren war. Denis seufzte und winkte ab.

– Du hast dein Leben gelebt, Alte, – sagte er in den Raum, – siebzig Jahre auf dieser Welt, und noch immer wie ein kleines Kind, ohne Verstand. Das alles ist Gottes Wille! Bei deiner Altersschwäche solltest du auf dem Ofen liegen und nicht in der Nässe herumsitzen! Geh weg von hier, geh mit Gott!

– Aber es ist doch Evsej, mein Evsej! Mein einziger, Denisuška!

– S ist Gottes Wille! Wenn ihm nicht beschieden ist, sagen wir mal, im Meer zu sterben, dann kann das Eis sogar hundertmal brechen, und er bleibt trotzdem am Leben. Und wenn ihm beschieden ist, diesmal den Tod zu empfangen, haben wir nicht zu richten. Hör auf zu heulen, Alte! Evsej ist nicht allein auf dem Meer! Da ist auch der Barin Andrej Petrovič. Das ist Fedjka, da ist Kuzma, und auch Tarasenkov Alëška.

– Und sind sie am Leben, Denisuška? – fragte mit zitternder Stimme Natalja Sergeevna.

– Wer will das schon wissen, Herrin! Wenn sie gestern und vorgestern der Schneesturm nicht verschüttet hat, sind sie wohl am Leben. Wenn das Eis nicht bricht, dann allemal. Aber ist das ein Wind! Als bekäm er dafür bezahlt, Gott mit ihm!

– Da kommt jemand über das Eis! – sagte plötzlich die junge Frau mit unnatürlich heiserer Stimme, wie erschrokken, und trat einen Schritt zurück.

Denis runzelte die Brauen und horchte.

– Nein, Herrin, da kommt niemand, – sagte er. – Da sitzt Petruša der Narr in Christo im Boot und paddelt mit den Rudern. Petruša! – rief Denis. – Bist dus?

– Ja, Großvater! – hörte man eine schwache, kranke Stimme.

– Hast du Schmerzen?

– Ja, Großvater! Ich kann nicht mehr!

Am Ufer, direkt am Eis lag ein Boot. In dem Boot, direkt auf dem Boden, saß ein hochgewachsener Bursche mit ungewöhnlich langen Armen und Beinen. Das war Petruša, der Narr. Die Zähne zusammengebissen und am ganzen Körper zitternd, blickte er in die dunkle Ferne, ebenfalls bemüht, etwas zu erkennen. Er wartete auf etwas vom Meer. Seine langen Arme hielten sich an den Rudern fest, das linke Bein hatte er unter den Rumpf gezogen.

– Unser Narr hat Schmerzen! – sagte Denis, auf das Boot zugehend. – Das linke Bein tut ihm weh, dem Armen. Auch den Verstand hat er vor Schmerzen verloren. Petruša, geh ins Warme! Hier erkältest du dich noch mehr …

Petruša schwieg. Er zitterte und krümmte sich vor Schmerzen. Die linke Hüfte schmerzte, im Rücken, genau an der Stelle, wo der Nerv verläuft.

– Geh, Petruša! – sagte Denis mit weicher väterlicher Stimme. – Leg dich auf den Ofen, und so Gott will, ist dein Bein bis zur Frühmesse wieder besser!

– Ich höre! – murmelte Petruša, die Kiefer auseinanderbiegend.

– Was hörst du, Narr?

– Das Eis ist gebrochen.

– Von wo hörst du das?

– Ich höre so ein Geräusch. Ein Geräusch ist der Wind, das andre kommt vom Wasser. Außerdem hat der Wind sich geändert: er ist weicher geworden. Zehn Verst von hier bricht es schon.

Der Alte horchte. Er horchte lange, aber im allgemeinen Tosen war nichts zu hören außer dem Heulen des Windes und dem gleichmäßigen Rauschen des Regens.

Eine halbe Stunde verging in Erwartung und Schweigen. Der Wind verrichtete sein Werk. Er wehte immer böser und böser und hatte, so schien es, beschlossen, das Eis um jeden Preis zu brechen und der alten Frau den Sohn Evsej zu nehmen, der bleichen Frau den Ehemann. Der Regen wurde indessen immer schwächer und schwächer. Bald war er so fein, daß man in der Dunkelheit menschliche Gestalten, die Silhouette des Bootes und das Weiß des Schnees unterscheiden konnte. Durch das Heulen des Winds konnte man Glockenläuten hören. Man läutete oben, im Fischerdörfchen, auf dem gebrechlichen Glockenturm. Die Menschen auf dem Meer, die erst der Schneesturm, dann der Regen ereilt hatte, mußten auf dieses Glockenläuten gefahren kommen, – der Strohhalm, nach dem der Ertrinkende greift.

– Großvater, das Wasser ist schon nah! Hörst du?

Der Großvater horchte. Dieses Mal hörte er ein Tosen, das dem Heulen des Windes unähnlich war, auch nicht dem Rauschen der Bäume. Es war kein Zweifel mehr, daß Litvinov mit seinen Fischern nicht an Land zurückkehren würde, um Weihnachten zu feiern.

– Es ist aus! – sagte Denis. – Es bricht!

Die Alte winselte und hockte sich auf den Boden. Die

Herrin, naß und zitternd vor Kälte, trat auf das Boot zu und begann zu horchen. Auch sie hörte das unheilverkündende Tosen.

– Vielleicht ist es doch der Wind! – sagte sie. – Bist du überzeugt, Denis, daß das Eis bricht?

– S ist Gottes Wille! … Für unsere Sünden, gnädige Frau …

Denis seufzte und fügte mit zärtlicher Stimme hinzu:

– Gehn Sie nach oben, gnädige Frau! Sie sind ja pitschnaß!

Und die Menschen, die am Ufer standen, hörten ein stilles Lachen, ein glückliches Kinderlachen … Die bleiche Frau lachte. Denis krächzte. Er krächzte immer, wenn er weinen wollte.

– Sie kommt um ihren Verstand! – flüsterte er der dunklen Silhouette eines Bauern zu.

In der Luft wurde es heller. Der Mond blickte hervor. Jetzt war alles zu sehen: das Meer mit den zur Hälfte geschmolzenen Schneewächten, die Herrin, Denis, der Narr, der sich vor unerträglichen Schmerzen krümmte. Beiseite standen Bauern und hielten Seile in den Händen.

Da ertönte das erste deutliche Krachen in Nähe des Ufers. Bald ertönte ein zweites, ein drittes, die Luft erfüllte ein furchterregendes Krachen. Die unendliche weiße Masse geriet ins Schwanken und färbte sich dunkel. Das Ungeheuer erwachte und begann sein stürmisches Leben.

– Wir müssen nach oben gehn! – rief Denis. – Gleich schwemmt es die Eisschollen ans Ufer. Und gleich beginnt auch die Frühmesse, Kinder! Gehn Sie, Mütterchen Herrin! So hat es Gott nun mal gefallen!

Denis trat auf Natalja Sergeevna zu und nahm sie vorsichtig bei den Ellbogen …

– Kommen Sie, Mütterchen! – sagte er zärtlich, mit einer Stimme voller Mitleid.

Die Herrin schob Denis mit der Hand weg und ging, tapfer den Kopf erhoben, zur Treppe. Sie war nicht mehr so sterbensbleich; auf ihren Wangen spielte eine gesunde Röte, so als habe sich ihr Organismus mit frischem Blut gefüllt; ihre Augen blickten nicht mehr weinend, und die Hände, die über der Brust den Schal zusammenhielten, zitterten nicht mehr wie zuvor … Sie spürte jetzt, daß sie allein, ohne fremde Hilfe, die hohe Treppe würde ersteigen können.

Als sie die dritte Stufe betrat, blieb sie wie angewurzelt stehen. Vor ihr stand ein hochgewachsener stattlicher Mann in hohen Stiefeln und Halbpelz …

– Ich bins, Nataša … Hab keine Angst! – sagte der Mann.

Natalja Sergeevna taumelte. In der hohen Lammfellmütze, dem schwarzen Schnurrbart und den schwarzen Augen erkannte sie ihren Mann, den Gutsbesitzer Litvinov. Ihr Mann hob sie auf die Arme und küßte sie auf die Wange, wobei er sie in Dünste von Jerez und Cognac hüllte. Er war leicht betrunken.

– Freue dich, Nataša! – sagte er. – Ich bin weder im Schnee noch im Wasser ertrunken. Während des Schneesturms haben wir uns mit den Jungs nach Taganrog durchgeschlagen, und von dort bin ich … hierhergekommen …

Er murmelte, sie dagegen, wieder bleich und zitternd, blickte ihn mit zweifelnden, erschrockenen Augen an. Sie glaubte es nicht …

– Wie durchnäßt du bist, wie du zitterst! – flüsterte er, sie an die Brust drückend.

Und über sein vom Glück und Alkohol trunkenes Gesicht ergoß sich ein weiches, kindlich gutes Lächeln … Man hatte in dieser Kälte, zu dieser Nachtzeit auf ihn gewartet! War das nicht Liebe? Und er lachte vor Glück …

Ein durchdringender, herzzerreißender Wehschrei antwortete auf dieses stille, glückliche Lachen. Weder das Brüllen des Meers noch der Wind, nichts war imstande, ihn zu übertönen. Mit ihrem von Verzweiflung entstellten Gesicht hatte die junge Frau nicht die Kraft, diesen Wehschrei zurückzuhalten, er brach aus ihr hervor. In ihm war alles zu hören: die Ehe wider Willen, die unüberwindliche Antipathie ihrem Mann gegenüber, die Schwermut der Einsamkeit und schließlich die zerstobene Hoffnung auf ein freies Leben als Witwe. Ihr ganzes Leben mit seinem Kummer, seinen Tränen und Schmerzen ergoß sich in diesen Wehschrei, den nicht einmal die krachenden Eisschollen übertönten. Der Ehemann begriff diesen Wehschrei sehr wohl, es war auch unmöglich, ihn nicht zu begreifen …

– Du bedauerst, daß der Schnee mich nicht verschüttet oder das Eis nicht erdrückt hat! – murmelte er.

Seine Unterlippe fing an zu zittern, und über sein Gesicht ergoß sich ein bitteres Lächeln. Er stieg die Stufen hinab und ließ seine Frau zu Boden.

– Dann geschehe, was du willst! – sagte er.

Er wandte seiner Frau den Rücken zu und ging zum Boot. Dort zog der Narr Petruša, die Zähne zusammengebissen, zitternd auf einem Bein hüpfend, das Boot zu Wasser.

– Wo willst du hin? – fragte ihn Litvinov.

– Ich hab so Schmerzen, Euer Hochwohlgeboren! Ich will ertrinken … Den Toten tut nichts mehr weh …

Litvinov sprang in das Boot. Der Narr kletterte ihm nach.

– Leb wohl, Nataša! – rief der Gutsbesitzer. – Geschehe, was du willst! Nimm, worauf du hier in der Kälte gewartet hast! Gott befohlen!

Der Narr schwenkte die Ruder, und nachdem das Boot gegen eine große Eisscholle gestoßen war, schwamm es den hohen Wellen entgegen.

– Rudere, Petruša, rudere! – sagte Litvinov. – Weiter, weiter!

Litvinov, der sich am Bootsrand festhielt, schaukelte und blickte zurück. Verschwunden war seine Nataša, verschwunden die Lichter der Schornsteine, verschwunden war schließlich auch das Ufer …

– Komm zurück! – hörte er eine abgerissene Frauenstimme. Und in diesem »Komm zurück«, so schien ihm, war Verzweiflung zu hören.

– Komm zurück!

Litvinov krampfte sich das Herz zusammen … Ihn rief seine Frau; und dann läutete man auch noch zur weihnachtlichen Frühmesse.

– Komm zurück! – wiederholte flehentlich dieselbe Stimme.

Das Echo wiederholte diese beiden Wörter. Diese beiden Wörter krachten die Eisschollen, sie winselte der Wind, und auch das weihnachtliche Glockenläuten sagte: »Komm zurück!«

– Wir kehren um! – sagte Litvinov und zupfte Petruša am Ärmel.

Aber der Narr hörte nicht. Die Zähne vor Schmerzen zusammengebissen und voller Hoffnung in die Ferne blikkend, arbeitete er mit seinen langen Armen … Ihm rief niemand »Komm zurück« zu, und der Schmerz in dem Nerv, den er von Kind an hatte, wurde immer stechender und brennender … Litvinov packte ihn an beiden Armen und zog sie zurück. Aber die Arme waren hart wie Stein und nicht leicht von den Rudern loszureißen. Und es war auch zu spät. Dem Boot entgegen trieb eine riesige Eisscholle. Diese Eisscholle sollte Petruša für immer von seinen Schmerzen erlösen …

Bis zum Morgen stand die bleiche Frau am Ufer des Meeres. Als man sie, halb erfroren und entkräftet von moralischer Qual, nach Hause trug und ins Bett legte, fuhren ihre Lippen noch immer fort zu flüstern: »Komm zurück!«

In der Nacht auf Weihnachten hatte sie ihren Mann lieben gelernt.

Ein Traum

Es gibt ein Wetter, wenn der Winter, gleichsam wütend über die menschliche Ohnmacht, den rauhen Herbst zu Hilfe ruft und mit ihm zusammenarbeitet. In der stockdunklen, nebligen Luft kreisen Schnee und Regen. Der Wind, feucht, kalt, durchdringend, klopft mit unbändiger Wut an Fenster und Dächer. Er heult im Schornstein und weint in der Ventilation. In der wie Ruß finsteren Luft hängt Schwermut … Der Natur wird übel … Es ist feucht, kalt und unheimlich.

Genau solch ein Wetter war in der Nacht auf Weihnachten des Jahres achtzehnhundertzweiundachtzig, als ich noch nicht in der Strafkolonie war, sondern Taxator im Leihhaus des pensionierten Stabshauptmannes Tupaev.

Es war zwölf Uhr. Das Lager, in dem ich nach dem Willen des Besitzers meine Schlafstelle hatte und das Amt des Wachhunds versah, wurde schwach beleuchtet vom blauen Licht des Ikonenlämpchens. Es war ein großer quadratischer Raum, vollgestellt mit Bündeln, Truhen, Etagèren … An den grauen Holzwänden, durch deren Ritzen das gerupfte Werg blickte, hingen Hasenpelze, Westover, Gewehre, Bilder, Armleuchter, eine Gitarre … Ich, der ich verpflichtet war, dieses Gut nachts zu bewachen, lag auf einer großen roten Truhe hinter der Vitrine mit den Wertsachen und blickte nachdenklich in das Licht des Lämpchens …

Aus irgendeinem Grunde verspürte ich Angst. Die Sachen, die in den Lagern von Leihhäusern aufbewahrt werden, machen einem angst … Zur Nachtzeit, beim trüben Licht des Lämpchens, erscheinen sie lebendig … Heute jedoch, da vor dem Fenster der Regen murrte und im Ofen und über der Zimmerdecke der Wind heulte, schien mir, als stießen sie Klagelaute aus. Sie alle hatten, bevor sie hierhergeraten waren, durch die Hände des Taxators gehen müssen, das heißt durch meine, und deshalb wußte ich alles über sie … Ich wußte zum Beispiel, daß für das Geld, das für diese Gitarre ausgehändigt worden war, ein Pulver gegen schwindsüchtigen Husten gekauft wurde … Ich wußte, daß sich mit diesem Revolver ein Trunkenbold erschossen hatte; seine Frau hatte den Revolver vor der Polizei versteckt, ihn bei uns verpfändet und den Sarg gekauft. Das Armband, das mich aus der Vitrine ansah, hatte ein Mensch verpfändet, der es gestohlen hatte … Die zwei Spitzenhemdchen, gekennzeichnet mit N° 178, hatte ein junges Mädchen verpfändet, das einen Rubel brauchte für den Eintritt in den Salon, wo es Geld verdienen wollte … Kurz gesagt, an jeder Sache las ich auswegloses Leid, Krankheit, Verbrechen, käufliches Laster …

In der Nacht auf Weihnachten waren diese Sachen irgendwie besonders beredt.

– Laß uns nach Hause! … – weinten sie, wie mir schien, zusammen mit dem Wind. – Laß uns weg!

Aber nicht allein die Sachen erweckten in mir das Gefühl der Angst. Als ich den Kopf hinter der Vitrine vorstreckte und einen zaghaften Blick auf das dunkle, beschlagene Fenster warf, schien mir, als blickten von draußen Menschen ins Lager.

»Welch ein Blödsinn! – sprach ich mir Mut zu. – Was für dumme Sentimentalitäten!«

Die Sache war die, daß einem Menschen, den die Natur mit den Nerven eines Taxators begabt hatte, in der Nacht auf Weihnachten das Gewissen schlug – ein unwahrscheinliches, ja sogar phantastisches Ereignis. Gewissen gibt es im Leihhaus nur gegen Pfand. Hier wird es verstanden als Gegenstand von Kauf und Verkauf, andere Funktionen werden ihm hier nicht zugestanden. Ich wälzte mich auf meiner harten Truhe von einer Seite auf die andere und versuchte, die Augen zusammengekniffen wegen des flackernden Lämpchens, mit allen Kräften, dieses neue, ungebetene Gefühl in mir zu ersticken. Aber meine Versuche blieben vergeblich ...

Schuld daran war natürlich die physische und moralische Erschöpfung nach einem schweren Arbeitstag. Am Vorabend vor Weihnachten kamen die armen Schlucker in Scharen ins Leihhaus. An einem großen Feiertag, noch dazu bei bösem Wetter, ist Armut zwar kein Laster, aber ein großes Unglück! Um diese Zeit sucht der ertrinkende arme Schlucker im Leihhaus den rettenden Strohhalm und erhält statt dessen einen Stein ... Den ganzen Tag vor Heiligabend waren so viele Menschen bei uns gewesen, daß wir gezwungen waren, drei Viertel der verpfändeten Sachen, weil im Lager kein Platz war, in den Schuppen zu bringen. Vom frühen Morgen bis zum späten Abend, ohne einen Augenblick der Unterbrechung, hatte ich mit den zerlumpten Gestalten herumgefeilscht, hatte ihnen Groschen und Kopeken abgepreßt, Tränen gesehen, vergebliches Flehen mit angehört … Gegen Ende des Tages konnte ich mich kaum noch auf den Beinen halten: erschöpft waren Seele und Körper. Kein Wunder, daß ich jetzt nicht schlafen konnte, mich von einer Seite auf die andere wälzte und mir unheimlich war …

Jemand klopfte vorsichtig an meine Tür … Nach dem Klopfen hörte ich die Stimme des Besitzers:

– Schlafen Sie, Pëtr Demjanyč?

– Noch nicht, warum?

– Wissen Sie, ich überlege, ob wir morgen früh nicht öffnen sollten. Der große Feiertag, das Wetter scheußlich. Die Armut wird sich auf uns stürzen wie die Fliege auf den Honig. Gehen Sie morgen also nicht zur Frühmesse, sondern setzen Sie sich an die Kasse … Geruhsame Nacht!

»Deshalb ist mir so unheimlich, – sagte ich mir, nachdem der Besitzer gegangen war, – weil das Lämpchen flackert … Ich muß es löschen …«

Ich stand vom Bett auf und ging in die Ecke, in der das Lämpchen hing. Das blaue Licht, schwach auflodernd und flackernd, kämpfte sichtlich mit dem Tode. Jedes Auflodern beleuchtete für einen Augenblick die Ikone, die Wände, die Bündel, das dunkle Fenster … Und in dem Fenster zwei bleiche Gesichter, an die Scheiben gepreßt, die ins Lager blickten.

»Da ist niemand … – sagte ich mir. – Das kommt mir nur so vor.«

Und als ich, nachdem das Lämpchen gelöscht war, mich tastend auf mein Bett zubewegte, kam es zu einem Zwischenfall, der keinen geringen Einfluß auf meine weitere Stimmung haben sollte … Über meinem Kopf ertönte plötzlich, unverhofft, ein lautes, ungestüm winselndes Krachen, das nicht länger als eine Sekunde währte. Etwas war geplatzt und hatte, da es großen Schmerz verspürte, laut aufgewinselt.

Gerissen war die fünfte Saite der Gitarre, aber ich, von panischer Angst ergriffen, hielt mir die Ohren zu und lief, wie wahnsinnig über die Truhen und Bündel stolpernd, zu meinem Bett … Ich steckte den Kopf unter das Kissen und begann, kaum atmend, vor Angst ersterbend, zu horchen.

– Laß uns raus! – heulte der Wind, zusammen mit den Sachen. – Dem Feiertag zuliebe laß uns raus! Du bist doch selbst ein armer Schlucker, du verstehst das doch! Du hast selber Hunger und Kälte erlebt! Laß uns raus!

Ja, ich war selbst ein armer Schlucker und wußte, was Hunger und Kälte bedeuten. Die Armut hatte mich auf diesen verfluchten Platz des Taxators gesetzt, die Armut hatte mich gezwungen, um des Stückchens Brotes willen, Leid und Tränen zu verachten. Wenn die Armut nicht gewesen wäre, hätte ich dann etwa den Mut gehabt, Dinge als Groschenwerte zu schätzen, die Gesundheit, Wärme und Feiertagsfreuden kosten? Wessen beschuldigt mich der Wind, wofür zerreißt mich das Gewissen?

Aber sosehr mein Herz auch schlug, sosehr die Angst und die Gewissensbisse an mir rissen, die Erschöpfung verlangte das Ihre. Ich schlief ein. Der Schlaf war leicht … Ich hörte, wie noch zweimal der Besitzer bei mir anklopfte, wie zur Frühmesse geläutet wurde … Ich hörte, wie der Wind heulte und der Regen aufs Dach klopfte. Meine Augen waren geschlossen, aber ich sah die Sachen, die Vitrine, das dunkle Fenster, die Ikone. Die Sachen drängten sich um mich und baten, mit den Augen zwinkernd, sie nach Hause zu lassen. An der Gitarre riß mit Gewinsel eine Saite nach der andern, sie rissen ohne Ende ... Zum Fenster herein blickten Bettler, alte Frauen, Prostituierte in der Erwartung, daß ich das Leihhaus öffnete und ihnen ihre Sachen zurückgäbe.

Im Traum hörte ich, wie etwas zu rascheln anfing, wie eine Maus. Es raschelte lange, monoton. Ich wälzte mich auf die andere Seite und erschauderte, weil es mich kalt und feucht anwehte. Während ich mir die Decke überzog, hörte ich ein Rascheln und menschliches Flüstern.

»Was für ein schlechter Traum! – dachte ich. – Wie unheimlich! Wenn ich doch aufwachen könnte!«

Etwas Gläsernes fiel zu Boden und zerschellte. Hinter der Vitrine flackerte ein Flämmchen auf, und Licht begann an der Zimmerdecke zu spielen.

– Traps nicht so! – hörte ich es flüstern. – Du weckst diesen Herodes auf ... Zieh die Stiefel aus!

Jemand trat auf die Vitrine zu, warf einen Blick auf mich und berührte das Vorhängeschloß. Es war ein bärtiger Alter mit einer bleichen, ausgezehrten Physiognomie, in einem ärmlichen zerschlissenen Soldatenröckchen und auf Krükken. Auf ihn zu trat ein langer hagerer Bursche mit entsetzlich langen Armen, im Hemd, das über die Hose hing, und in einem kurzen zerrissenen Jackett. Beide flüsterten etwas und machten sich an der Vitrine zu schaffen.

»Einbrecher!« – flackerte es in meinem Kopf auf.

Obwohl ich träumte, fiel mir ein, daß unter meinem

Kopfkissen immer ein Revolver lag. Ich tastete leise danach und preßte ihn in der Hand. Das Glas der Vitrine klirrte.

– Leise, du weckst ihn auf. Dann müssen wir verduften.

Weiter träumte ich, daß ich mit wilder Bruststimme aufschrie und, vor der eigenen Stimme erschrocken, aufsprang. Der Alte und der junge Bursche stürzten, die Arme ausgebreitet, auf mich zu, als sie aber den Revolver sahen, wichen sie zurück. Ich erinnere mich, daß sie einen Augenblick später vor mir standen, bleich, und mich, weinerlich mit den Lidern zwinkernd, anflehten, sie laufenzulassen. Durch das eingeschlagene Fenster schlug mit voller Kraft der Wind und spielte mit der Flamme der Kerze, die die Einbrecher angezündet hatten.

– Euer Wohlgeboren! – hob jemand unterhalb des Fensters mit weinerlicher Stimme zu sprechen an. – Ihr unser Wohltäter! Seid gnädig!

Ich blickte zum Fenster und sah die Physiognomie einer alten Frau, bleich, abgemagert, vom Regen durchnäßt.

– Rühr sie nicht an! Laß sie laufen! – weinte sie, den flehentlichen Blick auf mich gerichtet. – Es ist doch die Armut!

– Die Armut! – bestätigte der Alte.

– Die Armut! – sang der Wind.

Mir krampfte sich vor Schmerz das Herz zusammen, und um aufzuwachen, kniff ich mich … Aber statt aufzuwachen, stand ich an der Vitrine, holte die Sachen heraus und stopfte sie dem Alten und dem Burschen in die Taschen.

– Nehmt, schnell! – sagte ich atemlos. – Morgen ist Feiertag, und ihr seid Bettler. Nehmt!

Nachdem ich den Bettlern die Taschen gefüllt hatte, verschnürte ich die übrigen Wertsachen zu einem Bündel und warf es der Alten zu. Ich reichte der Alten durchs Fenster den Pelz, das Bündel mit dem schwarzen Frack, die Spitzenhemdchen und, da ich schon dabei war, auch die Gitarre. Es gibt schon seltsame Träume! Danach, erinnere ich mich, krachte die Tür. Wie aus dem Boden gewachsen, standen vor mir der Besitzer und der Revieraufseher. Der Besitzer steht neben mir, und ich, als sähe ich ihn nicht, nehme weiter Bündel um Bündel.

– Was machst du da, Taugenichts?

– Morgen ist Feiertag, – antworte ich. – Sie müssen zu essen haben.

Hier senkt sich der Vorhang, hebt sich erneut, und um mich her sehe ich eine neue Dekoration. Ich bin nicht mehr im Lager des Leihhauses, sondern an einem anderen Ort. Neben mir geht ein Aufseher, stellt mir zur Nacht einen Krug Wasser hin und murmelt: »Ach du! Ach du! Was hast du dir da zum Feiertag einfallen lassen!« Als ich aufwachte, war es schon hell. Der Regen klopfte nicht mehr gegen das Fenster, der Wind heulte nicht mehr. An der Wand spielte heiter die Sonne. Der erste, der mich zum Feiertag beglückwünschte, war der Oberaufseher.

– Und zur neuen Behausung … – fügte er hinzu.

Einen Monat später wurde ich verurteilt. Wofür? Ich versicherte die Richter, daß es ein Traum gewesen, daß es ungerecht sei, einen Menschen für einen Alptraum zu verurteilen. Urteilen Sie selbst, hätte ich aus heiterem Himmel fremde Sachen an Einbrecher und Taugenichtse hergeben können? Und wo hätte man je gesehen, daß man fremde

Sachen hergibt, ohne Geld dafür zu nehmen? Aber das Gericht nahm den Traum für wahr und verurteilte mich. Ich bin, wie Sie sehen, in der Strafkolonie. Könnten nicht Sie, Euer Wohlgeboren, irgendwo ein Wörtchen für mich einlegen? Bei Gott, ich bin unschuldig.

An Weihnachten

I

Was soll ich schreiben? – fragte Egor und tunkte die Feder ein.

Vasilisa hatte ihre Tochter schon vier Jahre lang nicht gesehen. Tochter Efimja war nach der Hochzeit mit ihrem Mann nach Petersburg gefahren, hatte zwei Briefe geschickt und war dann wie ins Wasser gefallen; kein Sterbenswörtchen mehr. Und ob die alte Frau im Morgengrauen die Kuh melkte, ob sie den Ofen heizte, nachts in unruhigem Schlaf lag – immer dachte sie nur an das eine: wie geht es Efimja dort, ist sie am Leben. Man müsste einen Brief schicken, aber der Alte konnte nicht schreiben, und niemand, den sie hätte bitten können.

Doch da kam Weihnachten, und Vasilisa hielt es nicht mehr aus und ging in die Schenke zu Egor, dem Bruder der Wirtin, der, seit er aus dem Dienst entlassen worden war, die ganze Zeit zu Hause saß, in der Schenke, und nichts tat; von ihm sagte man, er könne schöne Briefe schreiben, wenn man ihn gehörig bezahle. Vasilisa sprach in der Schenke mit der Köchin, dann mit der Wirtin, dann mit Egor selbst. Man einigte sich auf fünfzehn Kopeken in Silber.

Und jetzt – dies geschah am zweiten Feiertag in der

Schenke, in der Küche – saß Egor am Tisch und hielt die Feder in der Hand. Vasilisa stand vor ihm, in Gedanken versunken, mit einem Ausdruck von Kummer und Sorge im Gesicht. Mitgekommen war Pëtr, ihr Alter, ein sehr hagerer, hochgewachsener Mann mit brauner Glatze; er stand und blickte regungslos geradeaus, wie ein Blinder. Auf der Herdplatte in einer Kasserolle wurde Schweinefleisch gebraten; es zischte und schnaubte und schien sogar zu sagen: »Flu-flu-flu.« Es war stickig.

– Was soll ich schreiben? – fragte Egor wieder.

– Was schon! – sagte Vasilisa und blickte ihn zornig und misstrauisch an. – Drängel nicht! Schreibst ja nicht umsonst, sondern für Geld! Also, schreib. Unserm lieben Schwiegersohn Andrej Chrisanfyč und unserer einzigen geliebten Tochter Efimja Petrovna in Liebe einen Gruß und den elterlichen Segen auf ewig unverbrüchlich.

– Habe ich. Schieß weiter.

– Und noch wünschen wir Glück zum Feiertag der Geburt Christi, wir sind gesund und munter, was wir euch ebenfalls wünschen vom Herrn ... dem himmlischen Herrscher.

Vasilisa dachte nach und wechselte einen Blick mit dem Alten.

– Was wir euch ebenfalls wünschen vom Herrn ... dem himmlischen Herrscher ... – wiederholte sie und fing an zu weinen.

Weiter konnte sie nichts sagen. Doch vorher, als sie nächtelang nachgedacht hatte, war es ihr so vorgekommen, als könne man alles nicht einmal in zehn Briefen unterbringen. Seit der Zeit, als die Tochter und ihr Mann weggefahren waren, war viel Wasser ins Meer geflossen, hatten die Alten wie Waisen gelebt und in den Nächten tief geseufzt, so als hätten sie die Tochter beerdigt. Und was war während dieser Zeit im Dorf nicht alles geschehen, wie viele Hochzeiten, Todesfälle! Was für lange Winter! Was für lange Nächte!

– Heiß ist es! – sagte Egor, die Weste aufknöpfend. – Sicher siebenzig Grad werden es sein. Also was noch?

Die Alten schwiegen.

– Was macht dein Schwiegersohn dort? – fragte Egor.

– Er war bei den Soldaten, Väterchen, das weißt du, – antwortete mit schwacher Stimme der Alte. – Ist zur selben Zeit wie du vom Dienst entlassen worden. War Soldat, und ist jetzt also in Petersburg in einer Wasserheilanstalt. Der Doktor benetzt die Kranken mit Wasser. So ist er also beim Doktor einer von den Pförtnern.

– Hier steht es geschrieben … – sagte die Alte und holte aus dem Umschlagtuch einen Brief. – Haben wir von Efimja bekommen, Gott weiß vor wie langer Zeit. Vielleicht sind sie ja nicht mehr auf der Welt.

Egor dachte ein wenig nach und begann schnell zu schreiben.

»In der gegenwertigen Zeit, – schrieb er, – wo Ihr Schicksal sich auf die Militerische Walstadt bestimmt hat, so raten wir Ihnen, in die Dissiplinarstrafordnung und das Strafgesetzbuch der Militerbehörde zu blicken, und Sie werden in Jenem Gesetz die Züwilisazjon der Ränge der Militerbehörde erkennen.«

Er schrieb und las das Geschriebene vor, Vasilisa dagegen besann sich, was man noch alles schreiben müsse, welche Not im vergangenen Jahr geherrscht hatte, dass das Getreide nicht einmal bis Weihnachten gereicht hatte, dass man die Kuh hatte verkaufen müssen. Um Geld müsste man bitten, müsste schreiben, dass der Alte oft kränkelt und bald wohl seine Seele Gott befehlen wird … Aber wie das in Worten ausdrücken? Was zuerst sagen und was danach?

»Richten Sie Ihre Aufmerksamkeit, – fuhr Egor zu schreiben fort, – im 5. Band der Militerverordnung. Soldat ist ein Gemeinsamer Name, ein Berühmter. Soldat nennt sich der Allererste General wie der letzte Gemeine …«

Der Alte bewegte die Lippen und sagte leise:

– Die Enkelkinder sehen, das wär nicht schlecht.

– Was für Enkelkinder? – fragte die Alte und sah ihn zornig an. – Die gibt es vielleicht ja gar nicht!

– Enkelkinder? Vielleicht aber doch. Wer will das wissen!

»Und darum können Sie beurteilen, – beeilte sich Egor, – wie es einen Auslendischen Feind gibt und wie einen Inwendigen. Unser Allererster Inwendiger Feind ist: Bachus.«

Die Feder kratzte und vollführte auf dem Papier Schnörkel, die wie Angelhaken aussahen. Egor hatte es eilig und las jede Zeile mehrmals vor. Er saß auf einem Hocker, die Beine weit unter den Tisch gestreckt, satt, gesund, mit breitem Maul, mit rotem Nacken. Es war die Gemeinheit in Person, die grobe, anmaßende, unbezwingliche, stolz darauf, in der Schenke geboren und aufgewachsen zu sein, und Vasilisa begriff sehr wohl, dass das hier eine Gemeinheit war, konnte es aber nicht in Worten ausdrücken, sondern blickte nur zornig und misstrauisch auf Egor. Von seiner

Stimme, den unverständlichen Worten, von der Stickigkeit und Hitze bekam sie Kopfschmerzen, verwirrten sich die Gedanken, und sie sagte nichts mehr, dachte nichts mehr und wartete nur darauf, dass er aufhören würde zu kratzen. Der Alte dagegen blickte in vollstem Vertrauen. Er vertraute der Alten, die ihn hierhergeführt hatte, wie auch Egor; und als er vorhin die Wasserheilanstalt erwähnt hatte, war seinem Gesicht anzusehen gewesen, dass er der Anstalt vertraute wie auch der Heilkraft des Wassers.

Mit dem Schreiben zu Ende, stand Egor auf und las den ganzen Brief von Anfang an vor. Der Alte begriff nichts, nickte aber vertrauensvoll.

– Nicht schlecht, glatt … – sagte er, – Gott schenke dir Gesundheit. Nicht schlecht …

Sie legten die drei Fünfer auf den Tisch und gingen aus der Schenke; der Alte blickte regungslos geradeaus, wie ein Blinder, ihm ins Gesicht geschrieben stand vollstes Vertrauen, Vasilisa dagegen, als sie aus der Schenke kam, trat nach dem Hund und sagte zornig:

– U-uh, Eiterbeule!

Die Alte schlief die ganze Nacht nicht, beunruhigt von ihren Gedanken, bei Morgengrauen stand sie auf, betete und ging zur Bahnstation, um den Brief abzuschicken.

Bis zur Bahnstation waren es elf Verst.

II

Die Wasserheilanstalt Doktor B. D. Moselweisers war auch an Neujahr geöffnet, wie an gewöhnlichen Wochentagen, und nur der Pförtner Andrej Chrisanfyč hatte die Uniform mit den neuen Litzen an, und seine Stiefel glänzten irgendwie besonders; und alle, die kamen, beglückwünschte er zum neuen Jahr.

Es war Morgen. Andrej Chrisanfyč stand an der Tür und las Zeitung. Punkt zehn Uhr kam der General, ein Bekannter und ständiger Besucher, gefolgt vom Postboten. Andrej Chrisanfyč nahm dem General den Uniformmantel ab und sagte:

– Viel Glück zum neuen Jahr, Euer Exzellenz!

– Danke, mein Lieber. Dir auch.

Und während er die Treppe hinaufging, nickte er zu einer Tür und fragte (er fragte das jeden Tag und vergaß es jedes Mal gleich wieder):

– Und was ist in diesem Raum?

– Das Massagekabinett, Euer Exzellenz!

Als die Schritte des Generals verklungen waren, schaute Andrej Chrisanfyč die eingegangene Post durch und fand einen Brief auf seinen Namen. Er entsiegelte ihn, las einige Zeilen, dann ging er ohne Eile, in die Zeitung blickend, in sein Zimmer, das ebenfalls unten war, am Ende des Korridors. Seine Frau Efimja saß auf dem Bett und stillte das Kind; das andere Kind, das älteste, stand daneben, den Lockenkopf auf ihr Knie gelegt, das dritte schlief auf dem Bett.

Als er in sein Zimmer kam, gab Andrej der Frau den Brief und sagte:

– Sicher aus dem Dorf.

Dann ging er wieder hinaus und blieb, ohne den Blick von der Zeitung zu lösen, im Korridor stehen, dicht bei seiner Tür. Er konnte hören, wie Efimja mit zittriger Stimme die ersten Zeilen las. Sie las sie und konnte bald nicht mehr; ihr reichten schon diese Zeilen, sie brach in Tränen aus, umarmte ihren Ältesten, küsste ihn und begann zu sprechen, und nicht zu begreifen war, ob sie weinte oder lachte.

– Das ist von Großmutter, von Großvater … – sagte sie. – Aus dem Dorf … Himmelskönigin, ihr Heiligen. Dort hat es jetzt den Schnee unters Dach geweht … die Bäume sind ganz-ganz weiß. Die Kinder fahren auf kleinen Schlitten … Und der glatzköpfige Großvater auf dem Ofen … und das gelbe Hündchen … Ach, ihr meine Lieben!

Andrej Chrisanfyč, der das hörte, erinnerte sich, dass seine Frau ihm drei- oder viermal Briefe gegeben hatte, ihn gebeten hatte, sie ins Dorf zu schicken, aber irgendwie hatte eine wichtige Angelegenheit ihn davon abgehalten, er hatte sie nicht abgeschickt, die Briefe lagen irgendwo herum.

– Und über die Felder laufen Häschen, – jammerte Efimja, tränenüberströmt, und küsste ihren Jungen. – Großvater, der stille, gütige, auch Großmutter ist gütig, mitleidig. Im Dorf leben sie in Eintracht, in Gottesfurcht … Und das Kirchlein im Dorf, da singen die Bauern im Chor. Die Himmelskönigin soll uns hier wegholen, Mütterchen-Beschützerin!

Andrej Chrisanfyč ging in sein Zimmerchen zurück, um zu rauchen, bevor jemand kam, und Efimja verstummte, war plötzlich still und wischte sich die Augen, nur ihre Lippen zuckten. Sie fürchtete ihn sehr, ach, wie sehr sie ihn fürchtete! Sie erbebte, erschrak schon vor seinen Schritten, vor seinem Blick, in seinem Beisein wagte sie kein Wort zu sagen.

Andrej Chrisanfyč rauchte, doch genau in dem Augenblick wurde oben geklingelt. Er drückte die Papyrosa aus und lief, mit sehr ernstem Gesicht, zu seiner Paradetür.

Von oben herab kam der General, rosig, frisch vom Wannenbad.

– Und was ist in diesem Raum? – fragte er und zeigte auf eine Tür.

Andrej Chrisanfyč richtete sich auf, die Hände an der Hosennaht, und sagte laut:

– Die Charcot'sche Dusche, Euer Exzellenz!

Kunst

Ein trüber Wintermorgen. Auf der glatten und glänzenden Oberfläche des Flüßchens Bystrjanka, die da und dort mit Schnee bestreut ist, stehen zwei Bauern: der kurzgeratene Serëžka und der Kirchdiener Matvej. Serëžka, ein Bursche um die Dreißig, kurzbeinig, abgerissen, am ganzen Körper abgewetzt, blickt zornig auf das Eis. Aus seinem abgetragenen Halbpelz hängen, wie bei einem räudigen Köter, Büschel von Fell. In den Händen hält er einen Zirkel, selbstgefertigt aus zwei langen spitzen Stangen. Matvej, ein gutaussehender alter Mann im neuen langen Schafspelz und Filzstiefeln, blickt mit seinen sanften blauen Augen nach oben, wo auf dem abschüssigen Steilufer malerisch das Dorf liegt. In den Händen hat er ein schweres Brecheisen.

– Was ist, wollen wir bis zum Abend mit gefalteten Händen rumstehen? – bricht Serëžka das Schweigen, seine zornigen Augen auf Matvej gerichtet. – Bist du hergekommen, um rumzustehen, alter Narr, oder um zu arbeiten?

– Dann ... zeig mirs doch ... – murmelt Matvej, sanft mit den Augen klimpernd.

– Zeig mirs ... Immer ich: alles soll ich zeigen, alles machen. Selber habt ihr keinen Verstand! Den Kreis mit dem Zirkel abmessen, das mußt du! Ohne das darfst du das Eis nicht aufhacken. Miß ihn ab! Nimm den Zirkel!

Matvej nimmt den Zirkel aus Serëžkas Händen und beginnt, ungeschickt auf der Stelle stapfend und mit den Ellbogen in alle Richtungen stoßend, auf dem Eis eine runde Linie zu ziehen. Serëžka runzelt verächtlich die Brauen und genießt sichtlich seine Schüchternheit und Unkenntnis.

– He-e-e! – zürnt er. – Nicht mal das kannst du! Wie man sagt, dumm wie ein Bauer, Holzkopf! Du solltest Gänse hüten, aber keinen Jordan bauen! Gib den Zirkel her! Gib ihn her, sage ich dir!

Serëžka reißt dem schweißgebadeten Matvej den Zirkel aus den Händen und zieht augenblicklich, sich schneidig auf dem Absatz um sich selbst drehend, eine kreisrunde Linie auf das Eis. Die Grenzen für den künftigen Jordan sind gezogen; jetzt bleibt nur noch, das Eis aufzuhacken …

Aber bevor sie an die Arbeit gehen, plustert sich Serëžka noch lange auf, hat Launen, macht Vorwürfe:

– Ich bin nicht verpflichtet, für euch zu arbeiten! Du bist der Kirchdiener, also machs auch!

Sichtlich genießt er seine Sonderstellung, in die ihn das Schicksal versetzt hat: mit seinem Talent kann er einmal im Jahr die ganze Welt in Erstaunen versetzen. Der arme, sanfte Matvej muß sich von ihm viele giftige, verächtliche Worte anhören. Ärgerlich, wütend schreitet Serëžka ans Werk. Er ist faul. Kaum hat er die Kreislinie aufs Eis gezeichnet, zieht es ihn schon nach oben ins Dorf, um Tee zu trinken, herumzulungern, leere Worte zu machen.

– Ich komme gleich wieder … – sagt er. – Und du solltest, statt hier herumzustehen und die Krähen zu zählen, irgendwas zum Sitzen bringen und fegen.

Matvej bleibt allein zurück. Die Luft ist grau und unfreundlich, aber still. Hinter den über das Ufer verstreuten Hütten blickt einladend die weiße Kirche hervor. Um ihre goldenen Kreuze kreisen unaufhörlich die Dohlen. Abseits des Dorfes, wo das Ufer steil wird, steht unmittelbar am Abhang ein gekoppeltes Pferd, reglos, wie versteinert – wahrscheinlich schläft es oder denkt nach.

Matvej steht ebenfalls reglos wie eine Statue und wartet geduldig. Der nachdenklich-verschlafene Anblick des Flusses, das Kreisen der Dohlen und das Pferd schläfern ihn ein. Eine Stunde vergeht, eine zweite, und Serëžka ist immer noch nicht da. Längst ist der Fluß gefegt und eine Kiste gebracht, auf der man sitzen kann, aber der Trunkenbold zeigt sich nicht. Matvej wartet und gähnt nur ab und an. Das Gefühl der Langeweile ist ihm unbekannt. Befiehlt man ihm, einen Tag auf dem Fluß zu stehen, einen Monat, ein Jahr – er bleibt stehen.

Endlich zeigt sich Serëžka hinter den Hütten. Er geht lässig, kaum auftretend. Weit zu laufen ist er zu faul, deshalb nimmt er nicht den Weg, sondern wählt die Abkürzung, in gerader Linie von oben nach unten, versinkt dabei im Schnee, hält sich an den Sträuchern fest, rutscht auf dem Rücken – und all das schön langsam, mit Pausen.

– Was ist denn mit dir? – fällt er über Matvej her. – Was stehst du hier herum, ohne etwas zu tun? Wann hackst du endlich das Eis auf?

Matvej bekreuzigt sich, nimmt das Brecheisen in beide Hände und beginnt das Eis aufzuhacken, wobei er sich streng an die gezogene Kreislinie hält. Serëžka setzt sich auf die Kiste und beobachtet die schweren, plumpen Bewegungen seines Helfers.

– Nicht so fest an den Rändern! Nicht so fest! – kommandiert er. – Wenn du es nicht kannst, dann laß es, aber hast dus einmal angefangen, mach es auch richtig. Du!

Oben sammelt sich eine Menge. Beim Anblick der Zuschauer erregt sich Serëžka noch mehr.

– Ich werf gleich alles hin ... – sagt er, sich eine stinkende Papyrosa anzündend, und spuckt aus. – Mal sehn, wie ihr hier ohne mich auskommt. Voriges Jahr hat Stëpka Gulkov, glaube ich, in Kostjukovo einen Jordan bauen wollen. Und was war? Einfach zum Lachen wars. Die Kostjukover sind dann zu uns gekommen – in Massen! Aus allen Dörfern sind die Leute zu uns gekommen.

– Weils bei uns keinen echten Jordan gibt ...

– Mach deine Arbeit, reden kannst du später ... Ja, Großvater ... Im ganzen Gouvernement findest du so einen Jordan nicht noch mal. Das sagen auch die Soldaten, da kann man lange suchen, sogar in den Städten sind sie nicht so gut. Nicht so fest, nicht so fest!

Matvej ächzt und schnappt nach Luft. Die Arbeit ist nicht leicht. Das Eis ist stark und dick, er muß die Stücke, die er herausgehackt hat, gleich beiseite schaffen, damit sie nicht im Weg liegen. Aber so schwer die Arbeit auch ist, so sinnlos Serëžkas Kommandos auch sind, gegen drei Uhr des Tages dunkelt auf der Bystrjanka bereits ein großer Wasserkreis.

– Voriges Jahr wars besser ... – zürnt Serëžka. – Nicht mal das kannst du! He, Holzkopf! Und solche Blödmänner hält man im Gotteshaus! Geh, bring das Brett für die Pflöcke! Bring den Kreis, Krähe! Und dann ... schnapp dir irgendwo Brot ... Gurken oder so was.

Matvej geht und bringt, wenig später, auf den Schultern

eine riesige runde Holzscheibe, verziert noch aus früheren Jahren mit verschiedenfarbigen Mustern. Im Zentrum der Scheibe ein rotes Kreuz, an den Rändern Löcher für die Pflöcke. Serëžka nimmt diese Scheibe und legt sie über das Eisloch.

– Genau ... paßt ... Wir erneuern nur die Farbe, und es wird erste Sorte ... Was stehst du da? Mach das Analoj. Oder ... geh, bring die Balken für das Kreuz ...

Matvej, der seit dem Morgen nichts gegessen und getrunken hat, schleppt sich wieder den Berg hinauf. So faul Serëžka auch ist, aber die Pflöcke macht er selbst, eigenhändig. Er weiß, daß diese Pflöcke wundertätige Kraft besitzen: wer nach der Wasserweihe einen dieser Pflöcke ergattert, der wird das ganze Jahr lang glücklich sein. Ist eine solche Arbeit undankbar?

Aber die wirkliche Arbeit beginnt erst am folgenden Tag. Hier offenbart sich Serëžka dem kenntnislosen Matvej in der ganzen Größe seines Talents. Sein Geplapper, seine Vorwürfe, Launen und Grillen nehmen kein Ende. Matvej zimmert aus zwei großen Balken ein hohes Kreuz, aber er ist unzufrieden damit und läßt es ändern. Steht Matvej, zürnt Serëžka, wieso er nicht geht; geht er, schreit Serëžka ihn an, er solle nicht gehen, sondern arbeiten. Weder befriedigt ihn das Werkzeug noch das Wetter, noch das eigene Talent; alles mißfällt ihm.

Matvej sägt ein großes Stück Eis aus für das Analoj.

– Warum hast du die Ecke abgeschlagen? – schreit ihn Serëžka mit wütend aufgerissenen Augen an. – Warum, frage ich dich, hast du die Ecke abgeschlagen?

– Verzeih, um Christi willen.

– Noch mal von vorn!

Matvej sägt erneut … und seine Qualen nehmen kein Ende! Neben dem Eisloch, das mit der verzierten Scheibe bedeckt ist, soll das Analogion stehen; auf dem Analogion muß ein Kreuz gemeißelt werden und das aufgeschlagene Evangelium. Aber das ist noch nicht alles. Hinter dem Analogion wird das hohe Kreuz stehen, für die Menge sichtbar und in der Sonne funkelnd wie mit Diamanten und Rubinen übersät. Auf dem Kreuz eine Taube, aus Eis gemeißelt. Der Weg von der Kirche an den Jordan wird mit Tannicht und Wacholder ausgelegt sein. Das ist die Aufgabe.

Zuallererst macht sich Serëžka an das Analogion. Er arbeitet mit Raspel, Meißel und Stichel. Das Kreuz auf dem Analogion, das Evangelium und das Epitrachelion, das vom Analogion herabhängt, gelingen ihm vollkommen. Dann begibt er sich an die Taube. Während er sich abmüht, der Taube den Ausdruck von Sanftheit und Demut ins Gesicht zu meißeln, bearbeitet Matvej, der sich bewegt wie ein Bär, das aus Balken gezimmerte Kreuz. Er nimmt das Kreuz und taucht es in das Eisloch. Wenn das Wasser am Kreuz gefroren ist, taucht er es ein zweites Mal ein, und das so lange, bis die Balken mit einer dicken Eisschicht bedeckt sind … Die Arbeit ist nicht leicht, sie erfordert ein Übermaß an Kraft und an Geduld.

Aber dann ist die Feinarbeit beendet. Serëžka rennt wie besessen durchs Dorf. Er stolpert, flucht und schwört, er werde gleich auf den Fluß gehen und die ganze Arbeit abreißen. So sucht er nach passenden Farben.

Seine Taschen sind voller Ocker, Blau, Mennige, Grünspan; ohne eine Kopeke bezahlt zu haben, rennt er von einem Laden zum andern. Von dem einen Laden in die Schenke ist es nur ein Katzensprung. Hier trinkt er einen, winkt ab und fliegt, ohne bezahlt zu haben, weiter. In einer Hütte holt er sich ein Fäßchen Rote Beete, in einer anderen Zwiebelschalen, aus denen er die gelbe Farbe macht. Er flucht, rempelt die Leute an, droht ... und wehe, auch nur eine Menschenseele macht eine bissige Bemerkung! Alle lächeln ihm zu, äußern Mitgefühl, nennen ihn Sergej Nikitič, alle fühlen, daß seine Kunst nicht seine persönliche Sache ist, sondern eine allgemeine, dem ganzen Volk gemeinsame. Die einen sind schöpferisch, die anderen helfen. Serëžka ist im Grunde ein Nichts, ein Faulpelz, Trunkenbold und Prasser, aber wenn er Mennige oder Zirkel in Händen hält, ist er gleich etwas Höheres, ein Diener Gottes.

Der Morgen der Wasserweihe bricht an. Um die Kirchenmauer und beide Ufer wimmelt es im weiten Umkreis von Menschen. Alles, was den Jordan darstellt, ist sorgsam unter neuen Bastmatten versteckt. Serëžka geht demütig an den Bastmatten auf und ab und versucht die Aufregung niederzuringen. Er sieht Tausende von Leuten: auch viele aus fremden Gemeinden sind da; alle diese Menschen sind bei Frost und Schnee nicht wenige Verst zu Fuß hierhergekommen, nur um seinen berühmten Jordan zu sehen. Matvej, der seine grobe Bärenarbeit beendet hat, ist schon wieder in der Kirche; man sieht ihn nicht und hört ihn nicht; man hat ihn schon vergessen ... Herrliches Wetter ... Am Himmel kein Wölkchen. Die Sonne blendet. Oben ertönt das Läuten zum Gottesdienst ... Tausende von Köpfen entblößen, Tausende von Händen regen sich – Tausende von Kreuzeszeichen!

Und Serëžka weiß nicht, wohin vor lauter Ungeduld. Aber endlich wird zum »Würdig« geläutet; dann, eine halbe Stunde später, ist auf dem Glockenturm und in der Menge eine gewisse Unruhe zu bemerken. Aus der Kirche werden eine nach der anderen die Kirchenfahnen getragen, es ertönt ein schnelles, eiliges Läuten. Serëžka zieht mit zitternder Hand die Bastmatten weg … und das Volk erblickt etwas Ungewöhnliches. Das Analogion, die Holzscheibe, die Pflöcke und das Kreuz auf dem Eis erstrahlen in tausend Farben. Das Kreuz und die Taube versenden solche Strahlen, daß es weh tut hinzusehen … Gnädiger Gott, wie schön! Durch die Menge läuft ein Raunen des Staunens und der Begeisterung; das Glockenläuten wird noch lauter, der Tag noch heller. Die Kirchenfahnen wehen und bewegen sich über die Menge wie über Wellen. Die Prozession, im Glanz der Gewänder, der Ikonen und Priester, kommt langsam den Weg herab und begibt sich an den Jordan. Man winkt zum Glockenturm hinauf, man möge dort aufhören zu läuten, und die Wasserweihe beginnt. Die Wasserweihe währt lang und wird langsam vorgenommen, sichtlich in der Absicht, den Triumph und die Freude des allgemeinen Gebets zu verlängern. Stille.

Aber da versenkt man das Kreuz, und die Luft hallt wider von ungewöhnlichem Raunen. Gewehrfeuer, Glockengeläut, Begeisterungsrufe, Schreie und Gewimmel auf der Jagd nach den Pflöcken. Serëžka horcht auf alles, sieht Tausende auf ihn gerichteter Augen, und die Seele des Faulpelzes erfüllt das Gefühl des Ruhmes und des Triumphs.

Der Zerrspiegel

Meine Frau und ich betraten den Salon. Dort roch es nach Moder und Feuchtigkeit. Millionen von Ratten und Mäusen stoben auseinander, als wir die Wände beleuchteten, die ein ganzes Jahrhundert kein Licht gesehen hatten. Als wir die Tür hinter uns schlossen, fauchte der Wind und fuhr in das Papier, das stapelweise in den Ecken lag. Licht fiel auf dieses Papier, und wir erblickten antike Schriftstücke und mittelalterliche Darstellungen. An den mit der Zeit ergrünten Wänden hingen Ahnenporträts. Die Ahnen blickten überheblich, streng, so als wollten sie sagen:

– Prügeln sollte man dich, Freundchen!

Unsere Schritte hallten durch das ganze Haus. Meinem Husten antwortete ein Echo, dasselbe Echo, das früher einmal meinen Ahnen geantwortet hatte …

Der Wind dagegen heulte und stöhnte. Im Schornstein weinte jemand, und aus diesem Weinen war Verzweiflung zu hören. Große Regentropfen klopften an die dunklen, trüben Fensterscheiben, und ihr Klopfen stürzte einen in Schwermut.

– Oh, meine Ahnen, meine Ahnen! – sagte ich, bedeutungsvoll seufzend. – Wenn ich Schriftsteller wäre, würde ich einen langen Roman schreiben. Denn jeder dieser Alten war einmal jung, und jeder, oder jede hatte ihren Roman … und was für einen Roman! Sieh mal, zum Beispiel, diese alte Frau, meine Urgroßmutter. Diese häßliche, mißgestaltete Frau hatte ihre in höchstem Grade interessante Geschichte. Siehst du, – fragte ich meine Frau, – siehst du den Spiegel, der dort in der Ecke hängt?

Ich zeigte meiner Frau einen großen, in geschwärzter Bronze gerahmten Spiegel, der in der Ecke neben dem Porträt meiner Urgroßmutter hing.

– Dieser Spiegel besitzt Zauberkräfte: er hat meine Urgroßmutter ins Verderben gestürzt. Sie hat eine ungeheure Summe für ihn bezahlt und sich bis zu ihrem Tode nicht von ihm getrennt. Sie betrachtete sich in ihm bei Tag und bei Nacht, unablässig, betrachtete sich in ihm sogar, wenn sie aß und trank. Legte sie sich schlafen, legte sie ihn jedesmal neben sich ins Bett und bat, als sie starb, ihn neben ihr in den Sarg zu legen. Ihr Wunsch wurde nur deshalb nicht erfüllt, weil der Spiegel nicht in den Sarg paßte.

– War sie so kokett? – fragte meine Frau.

– Vermutlich. Aber hatte sie nicht auch andere Spiegel? Warum liebte sie eben diesen Spiegel so sehr, und nicht irgend einen anderen? Und hatte sie keinen besseren Spiegel? Nein, Liebste, hier liegt ein schreckliches Geheimnis verborgen. Es kann nicht anders sein. Die Überlieferung sagt, in diesem Spiegel sitze der Teufel, und Urgroßmutter habe eine Schwäche für Teufel gehabt. Natürlich ist das Quatsch, aber unbezweifelbar ist, daß der Spiegel im Bronzerahmen eine geheimnisvolle Kraft besitzt.

Ich wischte den Staub vom Spiegel, blickte hinein und mußte lachen. Meinem Lachen antwortete dumpf das Echo.

Der Spiegel war ein Zerrspiegel und zerrte mein Gesicht nach allen Seiten auseinander: die Nase befand sich auf der linken Wange, das Kinn hatte sich verdoppelt und war zur Seite gerutscht.

– Einen sonderbaren Geschmack hatte meine Urgroßmutter! – sagte ich.

Unschlüssig trat meine Frau vor den Spiegel, blickte ebenfalls hinein und – gleich darauf geschah etwas Schreckliches. Sie erbleichte, erzitterte an allen Gliedern und schrie auf. Der Kerzenständer fiel ihr aus den Händen, rollte über den Fußboden, und die Kerze erlosch. Finsternis umhüllte uns. Gleich darauf hörte ich etwas schwer zu Boden schlagen: meine Frau war in Ohnmacht gefallen.

Der Wind stöhnte noch schwermütiger, die Ratten liefen zusammen, in den Papieren raschelten die Mäuse. Mir standen die Haare zu Berge, als von einem Fenster der Fensterladen abriß und in die Tiefe stürzte. Im Fenster zeigte sich der Mond …

Ich packte meine Frau, umarmte sie und trug sie fort aus der Wohnstatt der Ahnen. Zur Besinnung kam sie erst am andern Tag gegen Abend.

– Der Spiegel! Gebt mir den Spiegel! – sagte sie, als sie zu sich kam. – Wo ist der Spiegel?

Eine ganze Woche lang aß sie nicht, trank nicht, schlief nicht, sondern bat nur in einem fort, man möge ihr den Spiegel bringen. Sie schluchzte, raufte sich die Haare, warf sich im Bett von einer Seite auf die andere, und schließlich, als der Arzt erklärte, sie könne an Auszehrung sterben und ihr Zustand sei im höchsten Grade gefährlich, ging ich, meine Angst niederringend, noch einmal zu den Ahnen und brachte ihr von dort Urgroßmutters Spiegel. Als sie ihn sah, lachte sie laut auf vor Glück, ergriff ihn, küßte ihn und verschlang ihn mit Blicken.

Seither sind zehn Jahre vergangen, und sie betrachtet sich noch immer in dem Spiegel, ohne sich auch nur für einen Augenblick von ihm loszureißen.

– Bin ich das wirklich? – flüstert sie, und in ihrem Gesicht brennt, neben einer leichten Röte, der Ausdruck seligen Entzückens. – Ja, das bin ich! Alles andere lügt, außer diesem Spiegel! Es lügen die Menschen, es lügt mein Mann! Oh, hätte ich mich nur früher gesehen, nie hätte ich diesen Menschen geheiratet! Er ist meiner unwürdig! Mir zu Füßen liegen müßten die schönsten, die edelsten Ritter! …

Einmal, als ich hinter meiner Frau stand, warf ich absichtslos einen Blick in den Spiegel und – entdeckte das schreckliche Geheimnis. In dem Spiegel sah ich eine Frau von blendender Schönheit, wie ich sie im Leben noch nie gesehen hatte. Es war ein Wunder der Natur – die Harmonie der Schönheit, Eleganz und Liebe. Aber wie das? Was war geschehen? Weshalb wirkte meine häßliche, ungeschlachte Frau in diesem Spiegel so schön? Weshalb?

Deshalb, weil der Zerrspiegel das häßliche Gesicht meiner Frau nach allen Seiten hin entzerrte, durch diese Entzerrung seiner Züge erschien es zufällig schön. Minus mal minus gab plus.

So sitzen wir jetzt beide, meine Frau und ich, vor dem Spiegel, schauen in ihn hinein und können uns keinen Augenblick von ihm losreißen: Meine Nase rutscht auf die linke Wange, mein Doppelkinn sitzt seitlich versetzt, aber das Gesicht meiner Frau ist bezaubernd – und mich packt eine rasende, wahnsinnige Leidenschaft.

– Hahaha! – lache ich wie wild.

Und meine Frau flüstert kaum hörbar:

– Bin ich schön!

Der gute Bekannte

Über das spiegelnde Eis gleiten männliche Röhrenstiefel und Damenstiefeletten mit Pelzbesatz. Der gleitenden Füße sind so viele, daß, wären sie in China, die Bambusstöcke für sie nicht ausreichten. Die Sonne strahlt besonders grell, die Luft ist besonders klar, die Wangen glühen röter als gewöhnlich, die Augen versprechen mehr, als sie dürften ... Mit einem Wort: Mensch, lebe und genieß dein Leben! Aber ...

»Denkste!« – sagt das Schicksal in Gestalt meines ... guten Bekannten.

Ich sitze weitab von der Eisbahn auf einer Bank unter einem kahlen Baum und unterhalte mich mit ihr. Ich bin bereit, sie aufzufressen mitsamt ihrem Hütchen, Pelzmäntelchen und Füßchen, an denen Schlittschuhe blitzen, – so schön ist sie! Ich leide und genieße zugleich! O Liebe! Aber ... denkste ... An uns vorbei kommt unser Departements-Pedell, unser Argus und Merkurius, Piroggenholer und Bote, Sevsip Makarov. In den Händen hält er Galoschen, ein Damen- und ein Herrenpaar, offenbar hochwohlgeborene, exzellente. Sevsip salutiert vor mir und bleibt, mich gerührt, voller Liebe ansehend, direkt vor der Bank stehen.

– Eine Kälte ist das, Euer Hochwohlgb ... gb ... Ein kleines Trinkgeld! He-he ...

Ich gebe ihm ein Zwanzigkopekenstück. Diese Liebenswürdigkeit rührt ihn bis zum Gehtnichtmehr. Er zwinkert krampfhaft mit den Augen, schaut sich um und sagt flüsternd zu mir:

– Sie tun mir ja so leid, richtig leid, Euer Wohlgeborn! … Furchtbar leid! Wie mein eigener Sohn … So ein lieber Mensch! Ein Herz aus Gold! Die Güte, die Demut selber! Als er da neulich, Seine Exzellenz mein ich, auf Sie losgegangen ist – das war ja so schrecklich! Bei Gott! Ich denk, ja warum denn das? Du Faulpelz, du Milchbart, rausschmeißen werd ich dich und so weiter … Warum? wofür? Als Sie von ihm rauskamen, hatten Sie ja gar kein Gesicht mehr. Bei Gott … Und ich schau Sie an, mir hat es leid getan … Och, ich hab immer ein Herz gehabt für die Herren Beamten!

Und an meine Nachbarin gewandt, fügt Sevsip hinzu:

– Wohlgeborn ist auch wirklich zu schlecht, was die Papiere angeht. Sind seine Sache nicht, die Papiere, die geistigen … Wär er besser in ein Handelsunternehmen gegangen oder … zur Kirche … Bei Gott! Kein einziges Papier macht er richtig … Alles umsonst! Und da kriegt ers eben um die Ohren … Und Seine Exzellenz hats selber satt mit ihm … Rausschmeißen will er ihn … Aber mir tut er leid … Wohlgeborn hat so ein gutes Herz …

Sie blickt mir in die Augen mit einem geradezu beleidigenden Mitleid.

– Geh! – sage ich, schwer atmend, zu Sevsip.

Ich spüre, sogar meine Galoschen sind errötet. Er hat mich zu Tode blamiert, die Kanaille! Und auf der einen Seite, hinter dem kahlen Busch, sitzt ihr Herr Papa, hört zu und starrt uns an, wie um zu sagen, daß ich vor dem »Titularrat« gar nicht daran denken dürfte zu … Auf der anderen Seite, hinter dem anderen Busch, geht ihre Frau Mama spazieren und beobachtet sie. Ich spüre diese vier Augen … und würde am liebsten verrecken …

Neujahrs-Großmärtyrer

Auf den Straßen das Bild der Hölle im goldenen Rahmen. Wenn der feiertägliche Ausdruck auf den Gesichtern der Hausknechte und Schutzleute nicht gewesen wäre, man hätte meinen können, gegen die Hauptstadt ziehe der Feind. Vor und zurück, mit Gepolter und Lärm rasen die Paradeschlitten und Kutschen vorüber … Auf den Trottoirs rennen, mit heraushängenden Zungen und aufgerissenen Augen, die Feiertagsbesucher … Sie rennen mit solcher Geschwindigkeit, daß, hätte Potiphars Weib einen dieser rennenden Kollegienregistratoren am Rockschoß gepackt, in ihren Händen nicht nur der Rockschoß verblieben wäre, sondern die ganze Beamtenhüfte nebst Leber und Milz …

Plötzlich hört man einen gellenden Polizeipfiff. Was ist geschehen? Die Hausknechte verlassen ihre Positionen und rennen in Richtung des Pfiffs …

– Auseinandergehen! Weitergehen! Hier gibts nichts zu gaffen! Habt ihr noch nie einen Toten gesehn oder was? Dieses Vvvolk …

An einer der Hauseinfahrten liegt auf dem Trottoir ein anständig gekleideter Mensch in Biberpelz und neuen Gummigaloschen … Neben seinem leichenblassen, frisch rasierten Gesicht liegt eine zerbrochene Brille. Über der Brust ist der Pelz aufgesprungen, und die zusammengelaufene Menge sieht ein Stückchen Frack und den Stanislav dritter Klasse. Die Brust atmet langsam und schwer, die Augen sind geschlossen …

– Mein Herr! – stößt der Schutzmann den Beamten an. – Mein Herr, es ist nicht gestattet, hier zu liegen! Euer Wohlgeboren!

Aber der Herr – kein Klagelaut, kein Seufzer … Nachdem sie sich rund fünf Minuten um ihn gekümmert haben, ohne ihn zu Bewußtsein zu bringen, legen die Ordnungshüter ihn in eine Droschke und fahren ihn in die Aufnahme …

– Gute Hosen! – sagt der Schutzmann, der dem Heilgehilfen hilft, den Patienten zu entkleiden. – Kosten sicher sechs Rubel. Und schicke Weste … Den Hosen nach zu urteilen, ist er einer von den Adeligen …

In der Aufnahme, wo er anderthalb Stunden gelegen und ein ganzes Fläschchen Baldrian getrunken hat, kommt der Beamte wieder zu Bewußtsein … Man erfährt, er sei der Titularrat Gerasim Kuzmič Sinkleteev.

– Was tut Ihnen weh? – fragt ihn der Polizeiarzt.

– Glückliches neues Jahr … – murmelt er, dumpf an die Decke blickend und schwer atmend.

– Wünsche ich Ihnen auch … Aber … was tut Ihnen weh? Wieso sind Sie gestürzt? Erinnern Sie sich! Haben Sie etwas getrunken?

– Nei … nein …

– Aber wovon ist Ihnen schlecht geworden?

– Ich bin ganz durchgedreht … Ich … ich habe Neujahrsbesuche gemacht …

– Sie haben also viele Besuche gemacht?

– Nei… nein, nicht viele … Nach der Frühmesse … habe ich Tee getrunken und bin zu Nikolaj Michajlyč gegangen … Hier habe ich natürlich unterschrieben … Von dort bin ich in die Oficerskaja … zu Kačalkin … Habe auch da unterschrieben … Weiter erinnere ich mich, bei ihm hat mich im Vorzimmer die Zugluft erwischt … Von Kačalkin bin ich auf die Vyborger Seite, zu Ivan Ivanyč … Habe dort unterschrieben …

– Man hat noch einen Beamten gebracht! – meldet der Schutzmann.

– Von Ivan Ivanyč, – fährt Sinkleteev fort, – zum Kaufmann Chrymov ist es ein Katzensprung … Da ging ich vorbei, um Glück zu wünschen … auch der Familie … Sie schlagen vor, auf den Feiertag anzustoßen … Warum nicht anstoßen? Man beleidigt die Leute, wenn mans nicht tut … Also habe ich drei Gläschen getrunken … Wurst nachgegessen … Von dort auf die Petersburger Seite zu Lichodeev … Ein guter Mensch …

– Und alles zu Fuß?

– Zu Fuß … Ich habe bei Lichodeev unterschrieben … Von ihm ging ich zu Pelageja Emeljanovna … Dort mußte ich mich zum Essen setzen und Kaffee trinken. Vom Kaffee brach mir der Schweiß aus, er muß mir zu Kopf gestiegen sein … Von Pelageja Emeljanovna ging ich zu Obleuchov … Obleuchov heißt mit Vornamen Vasilij, also hat er Namenstag … Ißt man nicht von seiner Namenstagstorte, beleidigt man ihn …

– Man hat einen Offizier außer Diensten und zwei Beamte gebracht! – meldet der Schutzmann …

– Ich aß ein Stück Torte, trank einen Ebereschenliqueur

und ging in die Sadovaja zu Izjumov … Bei Izjumov trank ich kaltes Bier … das schlug mir auf den Hals … Von Izjumov zu Koškin, dann zu Karl Karlyč … von dort zu Onkel Pëtr Semënyč … Cousine Nastja gab mir heiße Schokolade zu trinken … Dann ging ich zu Ljapkin … Nein, Unsinn, nicht zu Ljapkin, sondern zu Darja Nikodimovna … Erst von ihr bin ich zu Ljapkin … Nun, und überall habe ich mich wohl gefühlt … Dann war ich bei Kurdjukov, Ivanov und Schiller, bei Oberst Poroškov, auch dort habe ich mich wohl gefühlt … Beim Kaufmann Dunjkin war ich … Der bestürmte mich, Cognac zu trinken und ein Paar Würstchen zu essen mit Kraut … Getrunken habe ich also drei Gläschen … ein Paar Würstchen gegessen – auch da war noch nichts … Erst als ich von Ryžov kam, verspürte ich im Kopf so ein … Flimmern … Ich brach zusammen … Ich weiß nicht, wovon …

– Sie sind erschöpft … Ruhen Sie sich ein wenig aus, dann bringen wir Sie nach Hause …

– Ich darf nicht nach Hause … – stöhnt Sinkleteev. – Ich muß noch zu Schwiegersohn Kuzma Vasilyč … zum Exekutor, zu Natalja Egorovna … War bei vielen noch nicht …

– Da sollten Sie auch nicht mehr hin.

– Unmöglich … Wie kann man kein glückliches neues Jahr wünschen? Das muß sein … Gehe ich nicht zu Natalja Egorovna, will ich nicht länger leben … Lassen Sie mich laufen, Hr. Doktor, geben Sie mich frei …

Sinkleteev erhebt sich und strebt zu seinen Kleidern.

– Fahren Sie nach Hause, wenn Sie wollen, – sagt der Doktor, – aber an Neujahrsbesuche dürfen Sie nicht mal mehr denken …

– Schon gut, Gott wird helfen … – seufzt Sinkleteev. – Ich gehe ganz langsam …

Der Beamte kleidet sich gemächlich an, hüllt sich in den Pelz und tritt, leicht schwankend, auf die Straße.

– Man hat fünf weitere Beamte gebracht! – meldet der Schutzmann. – Wohin befehlen Sie, daß ich sie lege?

Durchlebtes

Psychologische Studie

Es war Neujahr. Ich betrat das Vorzimmer.

Dort standen, außer dem Portier, noch einige von uns: Ivan Ivanyč, Pëtr Kuzmič, Egor Sidoryč … Alle waren gekommen, um auf dem Blatt zu unterschreiben, das majestätisch auf einem Tisch auslag. (Das Papier war übrigens billiges, Nr. 8.)

Ich warf einen Blick auf das Blatt. Zu viele Unterschriften und … o Heuchelei! O Januskӧpfigkeit! Wo wart ihr, all die Schnörkel, Kringel, Schleifen, Häkchen, Schwänzchen? Alle Buchstaben rund, regelmäßig und glatt wie rosige Wangen. Ich sehe mir bekannte Namen, aber erkenne sie nicht wieder. Haben nicht all die Herren ihre Handschrift geändert?

Vorsichtig tunkte ich die Feder in das Tintenfaß, wurde, ich weiß nicht weshalb, verlegen, hielt den Atem an und malte vorsichtig meinen Familiennamen. Gewöhnlich benutze ich in meiner Unterschrift nie das harte Endzeichen, diesmal jedoch schrieb ich es: setzte an und schrieb es aus.

– Soll ich dich fertigmachen? – hörte ich neben meinem Ohr Stimme und Atem von Pëtr Kuzmič.

– Wie das?

– Ich mache dich einfach fertig. Soll ich? He-he-he …

– Hier darf man keine Witze machen, Pëtr Kuzmič. Vergessen Sie nicht, wo Sie sich befinden. Schon ein Lächeln ist hier mehr als deplaziert. Entschuldigen Sie, aber ich bin der Ansicht … Das ist Profanierung, Insubordination sozusagen …

– Soll ich dich fertigmachen?

– Wie denn? – fragte ich.

– Na so … wie mich vor fünf Jahren v. Clausen fertiggemacht hat … He-he-he. Ganz einfach … Ich nehme die Feder und mache an deinen Namen einen Schwanz. He-hehe. Und er ist respektlos. Soll ich?

Ich erbleichte. Tatsächlich, mein Leben lag in der Hand dieses Menschen mit der grauen Nase. Ich sah voller Angst und mit einigem Respekt in seine unheilverkündenden Augen …

Wie wenig braucht es, um einen Menschen aus der Bahn zu werfen!

– Oder ich spritze Tinte rund um deinen Namen. Mache einen Klecks hin … Soll ich?

Schweigen trat ein. Er im Bewußtsein seiner Macht, majestätisch, stolz, das verderbenbringende Gift in der Hand, ich im Bewußtsein meiner Ohnmacht, erbärmlich, im Begriff, zugrunde gerichtet zu werden – wir schwiegen beide … Er bohrte seine Glotzaugen in mein blasses Gesicht, ich wich seinem Blick aus …

– Es war nur Spaß, – sagte er endlich. – Hab keine Angst.

– Oh, ich danke Ihnen! – sagte ich und drückte ihm voller Dankbarkeit die Hand.

– Es war nur Spaß … Aber ich hätte können … Merk dir das … Geh … Bis jetzt hab ich nur Spaß gemacht … Aber gnade dir Gott, wenns ernst wird …

Frost

Am Dreikönigstag sollte in der Gouvernementsstadt N. zu wohltätigen Zwecken ein Fest »für das Volk« stattfinden. Man hatte den breiten Teil des Flusses vom Marktplatz bis zum bischöflichen Palais gewählt, ihn mit Seilen, Tannen und Fahnen abgetrennt und alle Vorkehrungen getroffen, die zum Schlittschuhlaufen und zum Rodeln von den Bergen nötig sind. Geplant war ein Fest im großen Stil. Die ausgehängten Plakate waren riesig und versprachen nicht wenig an Vergnügen: Eisbahn, Militärkapelle, Lotterie mit Gewinngarantie für jeden, elektrische Sonne u. dgl. mehr. Beinahe jedoch wäre alles, des strengen Frostes wegen, abgesagt worden. Am Dreikönigstag waren seit dem Vorabend 28 Grad Frost mit Wind; man wollte das Fest verlegen, tat dies aber nur deshalb nicht, weil die Bevölkerung, die lange und ungeduldig auf das Fest gewartet hatte, mit keinerlei Verschiebung einverstanden gewesen wäre.

– Sehen Sie, wir haben nun mal Winter, und im Winter gibt es nun mal Frost! – redeten die Damen auf den Gouverneur ein, der dafür war, das Fest zu verschieben. – Und wem es zu kalt ist, der kann sich ja irgendwo aufwärmen!

Vom Frost weiß waren Bäume, Pferde und Bärte; man meinte sogar die Luft knacken zu hören, weil sie die Kälte nicht aushielt, aber dessenungeachtet stand die frierende

Polizei, unmittelbar nach der Wasserweihe, auf der Eisbahn, und um Punkt ein Uhr begann die Militärkapelle zu spielen.

Als das Fest in vollem Gange war, gegen vier Uhr, waren im Pavillon des Gouverneurs, den man eigens am Flußufer errichtet hatte, die Honoratioren der Stadt versammelt, um sich aufzuwärmen. Da waren der alte Gouverneur und seine Frau, der Bischof, der Gerichtspräsident, der Direktor des Gymnasiums und viele andere. Die Damen saßen in Sesseln, die Herren drängten sich um die breite Glastür und schauten auf die Eisbahn.

– Du lieber Gott, – staunte der Bischof, – mit den Füßen, mit den Füßen schreiben sie Noten! Manch Synodalchorist schafft mit der Stimme nicht, was diese Teufelskerle mit den Füßen ausführen … Oh, der stürzt sich noch zu Tode!

– Das ist Smirnov … Das Gruzdëv, – nannte der Direktor die Gymnasiasten beim Namen, die am Pavillon vorüberflogen.

– Bah, der Unverwüstliche! – lachte der Gouverneur. – Meine Herrschaften, sehen Sie, da kommt unser Stadtoberhaupt … Er kommt hierher. Schrecklich: gleich wird er uns alle totreden.

Vom anderen Ufer, den Schlittschuhläufern ausweichend, näherte sich dem Pavillon ein kleines, dürres altes Männlein im offenstehenden Fuchspelz und mit einer großen Schirmmütze auf dem Kopf. Das war das Stadtoberhaupt, Kaufmann Eremeev, Millionär, alteingesessen in der Stadt N. Die Arme gespreizt und vor Kälte schaudernd, hüpfte er hin und wieder auf der Stelle, die Füße in Galoschen aneinanderschlagend, und hatte es sichtlich eilig, dem Wind zu entkommen. Auf halbem Wege bückte er sich plötzlich, schlich von hinten auf eine Dame zu und zupfte sie am Ärmel. Als diese sich umdrehte, sprang er beiseite und brach, sichtlich zufrieden, daß es ihm geglückt war, sie zu erschrecken, in ein lautes greisenhaftes Gelächter aus.

– Ganz schön munter, der Alte! – sagte der Gouverneur. – Mich wundert, daß er nicht noch Schlittschuh läuft.

Als er dem Pavillon nahe war, machte das Oberhaupt ein paar Trippelschritte, holte mit den Armen aus und schlitterte, als er genügend Schwung hatte, in seinen riesigen Galoschen über das Eis bis direkt vor die Tür.

– Egor Ivanyč, Sie sollten sich Schlittschuhe zulegen! – begrüßte ihn der Gouverneur.

– Das denke ich auch! – antwortete er mit einem kreischenden, leicht näselnden dünnen Tenor und nahm die Mütze ab. – Wünsche Gesundheit, Eurer Exzellenz! Eure Heiligkeit, geistlicher Vater! Allen übrigen Herrschaften ein langes Leben! Aber ist das ein Frost, mein Gott! Furchtbar! Der Tod!

Mit den roten, verfrorenen Augen blinzelnd, stampfte er mit den Galoschen auf und schlug die Arme um sich wie ein frierender Kutscher.

– So ein verdammter Frost, beißt böser als jeder Hund! – fuhr er fort, über das ganze Gesicht lächelnd. – Die reine Strafe.

– Das ist gesund, – sagte der Gouverneur. – Frost härtet ab, muntert den Menschen auf.

– Gesund mag er ja sein, trotzdem gäbe es ihn besser überhaupt nicht, – sagte das Oberhaupt und wischte sich mit dem roten Taschentuch den keilförmigen Bart. – Gott mit ihm! Ich sehe das so, Euer Exzellenz, der Herr schickt ihn uns zur Strafe, den Frost. Im Sommer sündigen wir, im Winter werden wir bestraft … ja!

Egor Ivanyč schaute sich flink um und klatschte in die Hände.

– Aber wo ist denn das Wichtigste … an dem man sich aufwärmen kann? – fragte er mit erschrockenem Blick mal auf den Gouverneur, mal auf den Bischof. – Euer Exzellenz! Geistlicher Vater! Auch die Damen sind ja ganz erfroren. Da braucht man doch was dagegen! So geht es nicht!

Alle fuchtelten mit den Armen, beteuerten, sie seien nicht auf die Eisbahn gekommen, um sich aufzuwärmen, doch das Oberhaupt öffnete, ohne auf jemanden zu hören, die Tür und winkte mit gekrümmtem Zeigefinger jemanden herbei. Ein Mitglied des Artels und ein Feuerwehrmann liefen herzu.

– Also, ihr lauft zu Savatin, – murmelte er, – und sagt ihm, er soll schnellstens hierherschicken … na den … wie heißt er noch mal? Wie hieß er doch? Also zehn Gläser soll er schicken … zehn Glas Glühwein … aber heißen, oder Punsch, nicht wahr …

Im Pavillon erhob sich Gelächter.

– Also dazu lädt er uns ein!

– Nein, nein, den werden wir trinken … – murmelte das Oberhaupt. – Also zehn Glas … Und dann noch Benediktiner, nicht wahr … roten, laß zwei Flaschen warmmachen … Und für die Damen? Na, sag ihm, Pfefferkuchen, Haselnüsse … irgendwelche Bonbons, du weißt schon … Na los! Lauf!

Das Oberhaupt schwieg einen Augenblick, dann begann er wieder auf den Frost zu schimpfen, die Arme um sich zu schlagen und mit den Galoschen aufzustampfen.

– Nein, Egor Ivanyč, – versicherte ihn der Gouverneur, – versündigen Sie sich nicht, der russische Frost hat seine eigenen Reize. Neulich las ich, daß viele gute Eigenschaften des russischen Volkes bedingt seien durch die Größe und das Klima des Landes, durch den harten Überlebenskampf ... Das ist völlig richtig!

– Vielleicht ist es richtig, Euer Exzellenz, trotzdem gäbe es ihn besser überhaupt nicht. Es stimmt, natürlich, der Frost hat die Franzosen vertrieben, und jede Nahrung kann man einfrieren, die Kinder können Schlittschuh laufen ... das ist ja alles wahr! Für einen, der satt zu essen und was anzuziehen hat, ist der Frost ein einziges Vergnügen, aber für den Menschen, der arbeitet, betteln geht, für den Landstreicher, den heiligen Pilger ist er das allererste Übel, eine Strafe. Ein Leiden, ein Leiden, geistlicher Vater! Bei solch einem Frost wiegt die Armut doppelt schwer, ist der Dieb doppelt so schlau, der Verbrecher doppelt so grausam. Was soll ich Ihnen erzählen! Ich bin jetzt über siebzig, ich habe heute diesen Pelz und zu Hause einen Ofen, Rum und Punsch und was nicht alles. Heute macht der Frost mir nichts aus, ich beachte ihn gar nicht, will nichts von ihm wissen. Aber wie war es früher, heilige Mutter! Ein schrecklicher Gedanke! Mein Gedächtnis ist schlecht geworden, ich habe alles vergessen; meine Feinde, meine Sünden und alle Strafen – alles habe ich vergessen, aber den Frost – oh, an den erinnere ich mich genau! Als meine Mutter starb, blieb ich als so kleiner Teufel zurück, als obdachlose Waise ... Weder Verwandte noch Nächste, zerlumpte Kleider, Hunger, kein Nachtlager, mit einem Wort, wir haben hier keine bleibende Stadt, sondern die zukünftige suchen wir. Damals mußte ich für fünf Kopeken am Tag eine blinde alte Frau durch die Stadt führen ... Es war strenger Frost, grimmiger. So kam ich manchmal mit der Alten aus dem Haus und litt Qualen. Herr, du mein Schöpfer! Zuerst fängst du an zu zittern, wie im Fieber, kriechst in dich zusammen, hüpfst, dann fangen die Ohren, die Finger und Füße an weh zu tun. Wie wenn man mit der Zange hineingekniffen hätte. Aber all das wäre nichts und nicht weiter schlimm gewesen, nicht das Wesentliche. Schlimm ist, wenn der ganze Körper erstarrt. Man geht drei Stunden durch den Frost, geistlicher Vater, und verliert jede Ähnlichkeit mit sich. Die Beine steif, es drückt auf die Brust, kneift im Bauch, und vor allem ist im Herzen ein Schmerz, wie er schlimmer nicht sein kann. Das Herz tut weh, man hält es nicht mehr aus, und im ganzen Körper die Schwermut, als führte man keine alte Frau an der Hand, sondern den Tod leibhaftig. Du wirst am ganzen Körper stumm, wirst Holz, wie ein Standbild, gehst, und es kommt dir so vor, als ob nicht du da gehst, sondern ein anderer an deiner Stelle die Beine bewegt. Und da die Seele erstarrt ist, hast du auch für dich selber kein Gefühl mehr: du träumst davon, die Alte einfach ohne Führer stehenzulassen, oder einen warmen Kuchen vom Ladentisch zu stehlen, oder dich mit wem zu prügeln. Und kommst du aus der Kälte ins Warme, wirds auch nicht besser. Bis Mitternacht kannst du nicht einschlafen und weinst, aber warum du weinst, weißt du selber nicht ...

– Vor Einbruch der Dunkelheit müssen wir wenigstens einmal über das Eis laufen, – sagte die Frau des Gouverneurs, der es langweilig wurde zuzuhören. – Wer kommt mit?

Die Gouverneursgattin ging hinaus, gefolgt vom gesamten Publikum des Pavillons. Es blieben nur der Gouverneur, der Bischof und das Oberhaupt.

– Herrscherin des Himmels! Und wie es war, als man mich als Ladenschwengel in das Fischgeschäft steckte! – fuhr Egor Ivanyč mit erhobenen Armen fort, so daß sein Fuchspelz aufsprang. – Manchmal kam ich noch vor Morgengrauen ins Geschäft ... um neun Uhr war ich schon so durchgefroren, blau im Gesicht, die Finger steif, daß ich nicht mal mehr die Knöpfe zuknöpfen und auch kein Geld abzählen konnte. So stehst du in der Kälte, starr und steif und denkst: »Herrgott, so geht das jetzt bis zum Abend!« Um die Mittagszeit kneift es im Bauch, das Herz tut weh ... Tja! Als ich später mein eigener Herr war, da wurde das Leben nicht leichter. Frost und immer nur Frost, und das Geschäft wie eine Mausefalle, überall zieht es; das Pelzmäntelchen, das ich anhatte, verzeihen Sie, räudig, kaum gefüttert, jeder Windhauch ging durch ... Du erstarrst, wirst ganz benommen und wirst selber strenger als der Frost: ziehst den einen am Ohr, daß du ihm fast das Ohr abreißt, packst den andern im Genick, den Kunden schaust du an wie einen Verbrecher, wie ein wildes Tier, und träumst nur davon, ihm das Fell über die Ohren zu ziehen, und wenn du abends nach Hause kommst, müßtest du schlafen gehen, aber hast schlechte Laune und fängst an, deiner Familie das Stück Brot vorzuwerfen, zu schreien, und machst so einen

Krakeel, daß fünf Polizisten dich nicht halten können. Vom Frost wird man böse und trinkt zuviel Vodka.

Egor Ivanyč schlug die Hände ineinander und fuhr fort:

– Und als wir den Fisch nach Moskau brachten! Heilige Muttergottes!

Und sich verschluckend begann er die Schrecken zu beschreiben, die er mit seinen Verkäufern erlebt hatte, als er Fisch nach Moskau brachte …

– Hm-tja, – seufzte der Gouverneur, – der Mensch hält erstaunlich viel aus! Sie, Egor Ivanyč, haben Fisch nach Moskau gebracht, und ich bin zu meiner Zeit in den Krieg gezogen. Und da erinnere ich mich an einen denkwürdigen Fall …

Und der Gouverneur erzählte, wie während des letzten russisch-türkischen Krieges, in einer frostklaren Nacht, das Regiment, in dem er sich befand, dreizehn Stunden lang regungslos im Schnee stehen mußte, bei schneidendem Wind; aus Angst, entdeckt zu werden, machte das Regiment kein Feuer, sprach kein Wort, rührte sich nicht; Rauchen war verboten …

Und los ging es mit den Erinnerungen. Gouverneur und Stadtoberhaupt lebten auf, wurden immer heiterer und begannen, sich gegenseitig unterbrechend, ihre Erlebnisse auszutauschen. Und der Bischof erzählte, wie er, im Dienst in Sibirien, im Hundeschlitten fuhr, wie er einmal, schläfrig, bei strengem Frost aus dem Schlitten gestürzt war und beinahe erfroren wäre; als die Tungusen umkehrten und ihn fanden, war er beinahe leblos. Dann plötzlich, wie auf Verabredung, verstummten die Alten, setzten sich nebeneinander und verfielen in Nachdenken.

– Ach! – flüsterte das Stadtoberhaupt. – Ich glaube, wir sollten es endlich vergessen, aber wenn man so die Wasserträger sieht, die Schulkinder, die Häftlinge in ihren dünnen Kitteln, dann kommt alles wieder hoch! Nehmen wir nur die Musiker, die hier gerade spielen. Sicher tun auch ihnen längst die Herzen und die Bäuche weh, und die Trompeten sind an ihren Lippen festgefroren … Sie spielen und denken: »Heilige Mutter, und wir müssen hier noch drei Stunden in der Kälte sitzen!«

Die Alten verfielen in Nachdenken. Sie dachten daran, daß es im Menschen Höheres gibt als die Herkunft, Höheres als Titel, Reichtum und Kenntnisse, und daß dies den letzten Bettler Gott näher bringt: die Ohnmacht des Menschen, seine Schmerzen, seine Geduld …

Unterdessen blaute die Luft … Die Tür flog auf, und den Pavillon betraten zwei Lakaien von Savatin, sie trugen Tabletts und eine große, dick eingehüllte Teekanne. Als die Gläser gefüllt waren und die Luft stark nach Zimt und Nelken roch, flog die Tür abermals auf, und den Pavillon betrat ein junger, glattrasierter Reviervorsteher mit purpurroter Nase, am ganzen Körper mit Rauhreif bedeckt. Er ging auf den Gouverneur zu und sagte salutierend:

– Die gnädige Frau lassen melden, sie seien nach Hause gefahren.

Als sie den Reviervorsteher mit erfrorenen gespreizten Fingern salutieren sahen, als sie seine Nase, die trüben Augen und die um den Mund mit weißem Reif bedeckte Kapuze sahen, spürten aus irgendeinem Grunde alle, daß diesem Reviervorsteher Herz und Bauch weh tun und daß seine Seele verstummt sein mußte …

– Hören Sie, – sagte der Gouverneur unschlüssig, – trinken Sie ein Glas Glühwein!

– Komm, komm ... trink! – winkte das Oberhaupt. – Genier dich nicht.

Der Reviervorsteher nahm das Glas in beide Hände, ging beiseite und begann, bemüht, keine Geräusche zu machen, artig an dem Glas zu schlürfen. Er trank und wurde verlegen, die Alten dagegen schauten ihm zu, und allen schien, als wiche aus dem Herzen des jungen Reviervorstehers der Schmerz, als werde seine Seele weich. Der Gouverneur seufzte.

– Zeit, nach Hause zu gehen! – sagte er, sich erhebend. – Leben Sie wohl! Hören Sie, – wandte er sich an den Reviervorsteher, – sagen Sie den Musikern, daß sie ... aufhören sollen zu spielen, und bitten Sie Pavel Semënovič, in meinem Namen zu veranlassen, daß man ihnen ... Bier bringt oder Vodka.

Gouverneur und Bischof verabschiedeten sich vom »Stadtoberhaupt« und verließen den Pavillon.

Egor Ivanyč machte sich über den Glühwein her, und es gelang ihm, dem Reviervorsteher, während dieser sein Glas austrank, noch sehr viel Interessantes zu erzählen. Schweigen konnte er nicht.

Visitenkarten

Vor mir auf dem Tisch liegen die Visitenkarten, mit denen mich meine guten Bekannten zu Neujahr beehrt haben. Sie haben sie mir nur geschickt, damit sich der Briefträger die neuen Schuhsohlen abläuft und einmal mehr meinem Dienstmädchen zuzwinkern kann. Ein alter Weiser hat gesagt: »Sage mir, von wem du Visitenkarten bekommst, und ich sage dir, mit wem du bekannt bist.« Wenn jemand meine Bekannten kennenlernen will, hier sind sie – die Karten.

Grafenkrone. Darunter Buchstaben halb im gotischen, halb im Provinz-Stil: »Klim Ivanovič Blödmannskij. Erblicher Ehrenbürger.«

Karte mit Goldrand und einer umgeknickten Ecke. »Jean Pificoff.« Dieser Jean ist ein Hüne von einem Mann, der mit heiserer Stimme spricht, nach Essig riecht und ewig auf der Suche ist nach jemandem, der für einen Erniedrigten ein mitfühlendes Herz hat … ein Gläschen Vodka und einen Rubel.

»Hofrat und Ritter Hämorrhoid Dioskurovič Kahnkin.«

»Savvatij Panikalidovič Piščik-Irrtumjev, Mitglied der Tierschutzgesellschaft, des Feuerversicherungsvereins ›Salamandra‹, Korrespondent der Zeitschrift ›Volna‹, Kommissionär für Nähmaschinen der Fa. Singer & Co. usw.«

»Franc Ėmiljevič Entre-nous-soit-dit, Unterricht in Gesellschaftstänzen und französischer Sprache.«

»Erzpriester Jeremija.«

Fürstenkrone. »Schüler der IV. Klasse Valentin Sysoevič Papierkin.«

Krone undefinierbarer Herkunft. »Ėrast Krinolinovič Halsüberkopfkin. Wirklicher Staatsrat.«

»Fürst Agop Minaevič Obšiašvili. Südländische und Kachetiner Weine.«

Weiter: Anwaltsgehilfe Mitrofan Alekseevič Rotgericht, Dysenterija Aleksandrovna Gewichtkina, Nikita Spevsipovič Abgereist ... Diakon Pëtr Unsertäglichbrodskij ... Ivan Ivanovič Satanskij, Mitarbeiter der Zeitschrift »Rebus« ... Der Redakteur der Zeitschrift »Luč« Judophob Judophobovič Okrejc u. a.

Neujahrsfolter

Eine Studie zur neuesten Inquisition

Sie werfen sich in Frack, hängen sich, falls Sie einen besitzen, den Stanislaus um den Hals, tränken das Taschentuch mit Parfüm, zwirbeln den Schnurrbart zum Korkenzieher – und all das mit so wütenden, abgehackten Bewegungen, als kleideten Sie nicht sich selbst an, sondern Ihren schlimmsten Feind.

– Ach, zum Tteufel!! – brummen Sie durch die Zähne. – Nie ist Ruhe, weder werktags noch an den Feiertagen! Auf deine alten Tage läßt du dich herumhetzen wie ein Hund! Briefträger haben ein ruhigeres Leben!

Neben Ihnen steht Ihre, mit Verlaub gesagt, bessere Hälfte, Veročka, und tritt von einem Bein aufs andere:

– Da hast du dir ja was einfallen lassen: keine Neujahrsbesuche! Einverstanden, diese Besuche sind etwas Dummes, ein Vorurteil, man sollte sie einfach bleibenlassen, aber wenn du dich erdreisten solltest, zu Hause zu bleiben, dann schwöre ich dir, ich gehe, ich gehe … gehe für immer! Ich sterbe! Den einen Onkel haben wir, und du … du kannst nicht, du bist zu faul, ihm zu Neujahr Glück zu wünschen? Cousine Lenočka liebt uns so, und du Schamloser willst ihr nicht die Ehre erweisen? Fëdor Nikolaič hat dir Geld geliehen, mein Bruder Petja liebt unsere ganze Familie, Ivan Andreič hat für dich eine Stelle gefunden, und du! …

Fühlloser Mensch! Gott, bin ich unglücklich! Nein, nein, du bist entschieden dumm! Du brauchst keine so sanfte Frau wie mich, sondern eine Hexe, die dich jeden Augenblick beißt! Jaaa! Du ge-wis-sen-lo-ser Mensch! Ich hasse dich! Verachte dich! Augenblicklich fährst du! Hier ist die Liste ... Und daß du mir alle besuchst, die auf der Liste stehen! Wenn du auch nur einen ausläßt, dann wage ja nicht, nach Hause zu kommen!

Veročka schlägt nicht und kratzt Ihnen nicht die Augen aus. Aber Sie wissen diese Großmut nicht zu schätzen und murren weiter ... Wenn die Toilette beendet und schon der Pelz übergezogen ist, begleitet man Sie bis unmittelbar zum Ausgang und ruft Ihnen nach:

– Tyrann! Plage! Auswurf!

Sie treten aus Ihrer Wohnung (Zubovscher Boulevard, Haus Fufočkin), setzen sich in den Schlitten und sagen mit der Stimme Solonins, der in »Dalila« stirbt:

– Nach Lefortovo, zu den Roten Kasernen!

In den Moskauer Droschken gibt es heutzutage Decken, aber Sie wissen diese Großmut nicht zu schätzen und spüren, daß Ihnen kalt ist ... Die Logik der Frau Gemahlin, das gestrige Gedränge auf dem Maskenball des Bolšoj Theaters, der Kater, der leidenschaftliche Wunsch, sich aufs Ohr zu legen, das nachfeiertägliche Sodbrennen – all das verschwimmt zu einem Durcheinander und erzeugt in Ihnen Trübsinn ... Sie sind schrecklich trübsinnig, zudem bewegt die Droschke sich kaum, so als führe sie zur eigenen Beerdigung ...

In Lefortovo lebt der Onkel Ihrer Frau, Semën Stepanyč. Ein wunderbarer Mensch. Er liebt Sie und Ihre Veročka besinnungslos, nach seinem Tod wird er Ihnen ein Erbe hinterlassen, aber … zum Teufel mit ihm, mit seiner Liebe und mit dem Erbe! Zu Ihrem Unglück treten Sie just zu dem Zeitpunkt bei ihm ein, da er in die Geheimnisse der Politik vertieft ist.

– Hast du gehört, mein Lieber, was Battenberg sich ausgedacht hat? – begegnet er Ihnen. – Was sagt man zu diesem Mann, was? Aber was erst zu Deutschland!!

Semën Stepanyč ist in Battenberg vernarrt. Er hat, wie jeder preußische Staatsbürger, seine eigene Sicht auf die Bulgarische Frage, und stünde es in seiner Macht, er würde diese Frage aufs beste lösen …

– Neiin, Freund, daran sind nicht Mutkurka und nicht Stambulka schuld! – spricht er, listig mit einem Auge zwinkernd. – Das ist England, Freund! Dreimal verflucht will ich Teufel sein, wenn das nicht England ist.

Sie haben ihm eine Viertelstunde zugehört und wollen sich verabschieden, aber er packt Sie am Ärmel und bittet Sie, bis zu Ende zu hören. Er schreit, fängt Feuer, spuckt Ihnen ins Gesicht, tippt Ihnen mit dem Finger an die Nase, zitiert ganze Leitartikel, springt auf, setzt sich … Sie hören zu, spüren, wie lang sich die Minuten dahinziehen, und reißen, vor Angst einzuschlafen, die Augen auf … Betäubt, läuft Ihnen das Hirn heiß … Battenberg, Mutkurov, Stambulov, England, Ägypten hüpfen als kleine Teufelchen vor Ihren Augen.

Es vergeht eine halbe Stunde … eine Stunde … Uff!

– Na endlich! – seufzen Sie, wenn Sie sich nach anderthalb Stunden in die Droschke setzen. – Der hat mich geschafft, der Schuft! Kutscher, nach Chamovniki! Ach, verflucht, die Seele aus dem Leib hat er mir geredet mit seiner Politik!

In Chamovniki erwartet Sie ein Wiedersehen mit Oberst Fëdor Nikolaič, von dem Sie sich voriges Jahr sechshundert Rubel geliehen haben …

– Danke, danke, mein Lieber, – antwortet er auf Ihren Glückwunsch und schaut Ihnen freundlich in die Augen. – Dasselbe wünsche ich auch Ihnen … Freut mich sehr, freut mich sehr … Habe Sie längst erwartet … Wir beide haben doch, scheint mir, aus dem vorigen Jahr noch eine Rechnung offen … Erinnere mich nicht, wieviel es war damals … Übrigens, das sind Lappalien, ich wollte ja nur … unter anderem … Möchten Sie nicht einen kleinen Schluck zum Aufwärmen?

Wenn Sie stotternd und gesenkten Blickes verkünden, Sie hätten bei Gott, gerade kein Geld flüssig, und ihn unter Tränen bitten, noch einen Monat zu warten, schlägt der Oberst die Hände ineinander und macht ein weinerliches Gesicht.

– Aber mein Lieber, Sie haben es doch auf ein halbes Jahr geliehen! – flüstert er. – Und würde ich Sie damit etwa behelligen, wenn es nicht ein äußerster Notfall wäre? Ach, Liebster, Sie stürzen mich einfach ins Wasser, Ehrenwort … Nach Dreikönige muß ich die Zinsen zahlen, und Sie … ach, du mein gnädiger Gott! Entschuldigen Sie, aber das ist geradezu gewissenlos …

Lange hält Ihnen der Oberst eine Standpauke. Rot, verschwitzt gehen Sie von ihm weg, setzen sich in den Schlitten und sagen zum Kutscher:

– Zum Nižegoroder Bahnhof, Rrindvieh!

Cousine Lenočka treffen Sie in völlig aufgelöster Stimmung an. Sie liegt in ihrem hellblauen Salon auf der Chaiselongue, riecht an irgendeinem Mist und klagt über Migräne.

– Ach, sind Sie es, Michel? – stöhnt sie, halb die Augen öffnend, und streckt Ihnen die Hand entgegen. – Sind Sie es? Setzen Sie sich zu mir …

Fünf Minuten liegt sie mit geschlossenen Augen, dann hebt sie die Lider, schaut Ihnen lange ins Gesicht und fragt im Ton einer Sterbenden:

– Michel, sind Sie … glücklich?

Danach schwellen die Säckchen unter ihren Augen, auf die Wimpern treten Tränen … Sie richtet sich auf, legt die Hand auf die aufgewühlte Brust und spricht:

– Michel, ist wirklich … ist wirklich schon alles zu Ende? Ist die Vergangenheit wirklich unwiederbringlich verloren? Oh, nein!

Sie murmeln etwas, blicken hilflos zur Seite auf der Suche nach Rettung, aber schon umwinden wie zwei Schlangen mollige Frauenarme Ihren Hals, das Revers Ihres Fracks bedeckt sich mit einer Schicht Puder. Armer, alles vergebender, alles ertragender Frack!

– Michel, wird jener süße Augenblick sich nie wiederholen? – stöhnt die Cousine, Ihre Brust mit Tränen netzend. – Cousin, wo sind Ihre Schwüre, wo Ihr Gelöbnis der ewigen Liebe?

Brr! … Noch einen Augenblick, und Sie stürzen sich vor Verzweiflung in den brennenden Kamin, mit dem Kopf direkt in die Kohlen, aber da sind zu Ihrem Glück Schritte zu hören, und den Salon betritt ein Besucher mit chapeau claque und spitzen Stiefeln … Wie ein Wahnsinniger springen Sie auf, küssen der Cousine die Hand, segnen Ihren Retter, hasten auf die Straße.

– Kutscher, zum Krestovsker Stadttor!

Der Bruder Ihrer Gemahlin, Petja, lehnt Neujahrsbesuche ab, deshalb trifft man ihn zu den Feiertagen zu Hause an.

– Hurraaa! – schreit er, kaum daß er Sie gesehen hat. – Wen seeeh ich da! Du kommst wie gerufen!

Er küßt Sie dreimal, traktiert Sie mit Kognak, stellt Ihnen zwei Jungfern vor, die bei ihm hinter der Trennwand sitzen und kichern, er rennt und hüpft umher, dann macht er ein ernstes Gesicht, führt Sie in eine Ecke und flüstert:

– Eine miese Geschichte, Freundchen … Vor den Feiertagen, verstehst du, habe ich mich völlig verausgabt und sitze jetzt ohne eine Kopeke da … Widerwärtige Lage … Du bist meine letzte Hoffnung … Wenn du mir bis Freitag nicht 25 Rubel leihst, bin ich erledigt, dann bin ich ohne Messer erstochen …

– Bei Gott, Petja, auch meine Taschen sind leer! – schwören Sie bei Gott …

– Hör bitte auf! Das ist eine Schweinerei!

– Aber ich versichere dich …

– Hör auf, hör auf … Ich verstehe dich sehr genau! Sag, daß du mir nichts leihen willst, und Schluß …

Petja ist beleidigt, fängt an, Ihnen Undankbarkeit vorzuwerfen, droht, Veročka etwas zu verraten … Sie geben ihm fünf Rubel in Silber, aber das ist zuwenig … Sie legen noch fünf drauf, und man entläßt Sie unter der Bedingung, morgen weitere 15 zu schicken.

– Kutscher, zum Kalugaer Tor!

Am Kalugaer Tor lebt Ihr Taufpate, Manufakturrat Djatlov. Der schließt Sie in seine Arme und zerrt Sie direkt an den Zakuska-Tisch.

– Nein-nein-nein! – brüllt er, indem er Ihnen ein großes Glas Vogelbeer-Vodka einschenkt. – Wehe, wenn nicht! Ich bin auf den Tod beleidigt! Wenn du nicht trinkst, lasse ich dich nicht weg! Serëžka, schließ doch mal die Tür ab!

Nichts zu machen, Sie fassen sich ein Herz und trinken. Ihr Taufpate verfällt in Begeisterung.

– Danke! – spricht er. – Darauf, daß du so ein guter Mensch bist, trinken wir noch einen ... Nein-nein-nein, kein Pardon ... nein, du beleidigst mich! Und ich lasse dich nicht weg!

Auch den zweiten müssen Sie trinken.

– Ein Danke an den Freund! – entzückt sich der Taufpate. – Darauf, daß du mich nicht vergessen hast, müssen wir noch einen trinken!

Und so weiter ... Was Sie beim Taufpaten getrunken haben, wirkt auf Sie so belebend, daß Sie beim nächsten Besuch (Sokolniki, Haus Kurdjukova) die Hausfrau für das Dienstmädchen halten und dem Dienstmädchen lange und feurig die Hand drücken ...

Zerschlagen, zerknautscht, ohne Hinterbeine kehren Sie abends nach Hause zurück. Begrüßt werden Sie von Ihrer, entschuldigen Sie den Ausdruck, besseren Hälfte ...

– Und? Bist Du bei allen gewesen? – fragt sie. – Was antwortest du nicht? Na? Wie? Waaas? Halts Maul! Wieviel hast du für die Droschke gezahlt?

– Fü ... fünf Rubel achtzig ...

– Waaas? Du bist wohl wahnsinnig geworden! Bist du

ein Millionär oder was, daß du dem Droschkenkutscher so viel Geld gezahlt hast? Mein Gott, er macht uns noch zu Bettlern!

Danach folgt die Standpauke dafür, daß Sie nach Alkohol riechen, daß Sie nicht vernünftig erzählen können, was für ein Kleid Lenočka trug, daß Sie eine Plage, Auswurf und ein Mörder seien ... Gegen Ende, als Sie meinen, Sie könnten sich endlich aufs Ohr legen und ausruhen, beginnt Ihre Frau Gemahlin plötzlich an Ihnen zu schnüffeln, reißt erschrocken die Augen auf und schreit auf.

– Hören Sie, – sagt sie, – Sie machen mir nichts vor! Wo waren Sie sonst noch, außer auf den Besuchen?

– Ni... nirgends ...

– Lüge, Lüge! Als Sie losfuhren, rochen Sie nach Violet de Parme, jetzt dagegen stinken Sie nach Opopanax! Unglücklicher, ich begreife alles! Geruhen Sie zu sprechen? Aufstehen! Wagen Sie nicht zu schlafen, wenn man mit Ihnen spricht! Wer ist sie? Bei wem sind Sie gewesen?

Sie reißen die Augen auf, krächzen und schütteln betäubt den Kopf ...

– Sie schweigen?! Wollen nicht antworten? – fährt die Frau Gemahlin fort. – Nein? Ich ... ich sterbe! Einen A... Arzt! Er hat mich zu To...ode gequält! Ich ster-be!

Und jetzt, lieber Mann, kleiden Sie sich an und fahren Sie den Arzt holen. Glückliches neues Jahr!

Betrüger wider Willen
Ein Neujahrsulk

Zachar Kuzmič Djadečkin gibt eine Abendgesellschaft. Gefeiert werden sollen Neujahr sowie der Namenstag der Gastgeberin Melanja Tichonovna.

Viele Gäste. Lauter ehrbare, solide, nüchterne und positive Menschen. Kein einziger Luftikus. In den Gesichtern Rührung, Wohlbefinden und das Gefühl für die eigene Würde. Im Saal auf dem großen Wachstuchdiwan sitzen der Vermieter Gusev und der Ladenbesitzer Razmachalov, bei dem die Djadečkins auf Kredit einkaufen. Sie unterhalten sich über Frauen und Töchter.

– Heutzutage ist es schwer, einen Menschen zu finden, – sagt Gusev. – Der nicht trinkt und solide ist … einen Menschen, der arbeitet … Sehr schwer!

– Hauptsache im Haus herrscht Ordnung, Aleksej Vasiljič! Und die wird es nicht geben, wenn im Hause derjenige fehlt … der … im Haus für Ordnung …

– Ordnung, wenn keine im Haus ist, dann … geht alles, so … Viele Dummheiten gibt es mittlerweile auf der Welt … Wo soll da Ordnung herrschen? Hm …

Um sie herum auf Stühlen sitzen drei alte Frauen und hängen voller Rührung an ihren Lippen. In ihren Augen geschrieben steht die Bewunderung für den »gesunden Menschenverstand«. In der Ecke steht Gevatter Gurij Markovič und betrachtet die Ikonen an der Wand. Im Schlafzimmer der Eheleute Lärm. Dort spielen die Fräulein und ihre Kavaliere Lotto. Einsatz – eine Kopeke. Neben dem Tisch steht Kolja, Gymnasiast der ersten Klasse, und weint. Auch er möchte Lotto spielen, aber man läßt ihn nicht an den Tisch. Ist er denn schuld, daß er noch klein ist und keine Kopeke sein eigen nennt?

– Heul nicht, Dummkopf! – wird er ermahnt. – Was willst du denn? Willst du, daß Mamaša dich verhaut?

– Wer heult da? Koljka? – hört man Mamašas Stimme aus der Küche. – Hab ich ihn noch zu wenig verhauen, den Lausejungen … Varvara Gurjevna, ziehen Sie ihm die Ohren lang!

Auf dem Ehebett, auf einer verblichenen Spitzendecke, sitzen zwei Fräulein in rosa Kleidern. Vor ihnen steht ein junger Mann von etwa dreiundzwanzig, der in einer Versicherungsgesellschaft arbeitet – Kopajskij, en face einem Kater sehr ähnlich. Er macht ihnen den Hof.

– Ich habe nicht die Absicht zu heiraten, – sagt er, affektiert und mit den Fingern den hohen, einschneidenden Kragen vom Hals fernhaltend. – Die Frau ist ein strahlender Punkt im menschlichen Geist, aber sie kann einen Menschen zugrunde richten. Ein böses Wesen.

– Und die Männer? Der Mann kann nicht lieben. Er ist nur zu allen möglichen Grobheiten fähig!

– Sind Sie naiv! Ich bin kein Zyniker und kein Skeptiker, dennoch sehe ich es so, daß der Mann für immer am höchsten stehen wird betreffs der Gefühle.

Von einer Ecke in die andere, wie Wölfe im Käfig, huschen Djadečkin und sein Erstgeborener, Griša. Ihnen brennt die Seele. Während des Essens haben sie kräftig getrunken, und jetzt möchten sie leidenschaftlich gern noch einen trinken ... Djadečkin geht in die Küche. Dort bestreut die Gastgeberin die Torte mit gestoßenem Zucker.

– Malaša, – sagt Djadečkin. – Wir sollten die Zakuska reichen. Die Gäste möchten was essen ...

– Sie werdens schon erwarten können ... Ihr habt im Nu alles ausgetrunken und aufgegessen, und was reiche ich dann um zwölf? Ihr werdet schon nicht sterben. Geh ... Steh mir nicht im Weg.

– Nur ein Gläschen für jeden, Malaša ... Das bringt dir kein Defizit ... Ja?

– Die reinste Strafe! Gehen sollst du, habe ich gesagt! Geh und setz dich zu den Gästen! Was stehst du hier in der Küche herum?

Djadečkin seufzt tief und verläßt die Küche. Er geht, um auf die Uhr zu schauen. Die Zeiger zeigen acht Minuten nach elf. Bis zum ersehnten Augenblick sind es noch zweiundfünfzig Minuten. Es ist entsetzlich! Auf einen Vodka zu warten ist das schwerste Warten. Lieber fünf Stunden in Eiseskälte auf den Zug warten, als fünf Minuten auf ein Glas Vodka ... Djadečkin blickt haßerfüllt auf die Uhr, tritt einen Schritt näher heran und rückt den großen Zeiger um fünf Minuten vor ... Und Griša? Wenn Griša nicht sofort was zu trinken bekommt, geht er in die Kneipe und trinkt dort was. An Sehnsucht sterben will er nicht ...

– Mamenka, – sagt er, – die Gäste ärgern sich, daß Sie die Zakuska noch nicht reichen! Eine einzige Schweinerei ... Die Leute hungers quälen! ... Wenigstens ein Gläschen für jeden!

– Ihr werdets schon erwarten können … Es dauert nicht mehr lange … Es ist ja bald soweit … Steh hier nicht in der Küche herum.

Griša knallt die Tür zu und geht zum hundertsten Mal, um auf die Uhr zu schauen. Der große Zeiger kennt kein Erbarmen! Er steht fast noch an der alten Stelle.

– Sie geht nach! – tröstete sich Griša und rückt den Zeiger um sieben Minuten vor.

An der Uhr vorbei kommt Kolja. Er bleibt vor ihr stehen und beginnt, die Zeit auszurechnen … Er möchte schrecklich gern und so bald wie möglich den Moment erleben, wenn alle »Hurra!« rufen. Die Unbeweglichkeit des großen Zeigers versetzt ihm Stiche mitten ins Herz. Er klettert auf den Stuhl, sieht sich scheu um und entreißt der Ewigkeit fünf Minuten.

– Gehen Sie nachsehn, kelör etil? – schickt eines der Fräuleins Kopajskij fort. – Ich sterbe vor Ungeduld. Es ist doch gleich das neue Jahr! das neue Glück!

Kopajskij scharrt mit beiden Füßen und eilt zur Uhr.

– Hols der Teufel, – murmelt er, als er die Zeiger sieht. – So lange noch! Und ich will endlich was zu fressen … Katja küsse ich ganz bestimmt, wenn alle Hurra! rufen.

Kopajskij geht von der Uhr weg, bleibt stehen … überlegt einen Augenblick, kehrt zurück und verkürzt das alte Jahr um sechs Minuten. Djadečkin trinkt zwei Gläser Wasser, aber … die Seele brennt! Er geht, geht, geht … auf und ab, auf und ab … Seine Frau verjagt ihn dauernd aus der Küche. Die Flaschen, die im Fenster stehen, reißen an seiner Seele! Was tun! Es übersteigt seine Kräfte, das auszuhalten! Er greift abermals zum letzten Mittel. Die Uhr steht zu Diensten. Er geht ins Kinderzimmer, wo die Uhr hängt, und stößt dort auf ein Bild, das seinem Vaterherzen unangenehm ist: vor der Uhr steht Griša und bewegt den Zeiger.

– Was ... was ... was machst du da? Wie? Wozu hast du den Zeiger vorgerückt? Bist du ein Dummkopf! Wie? Und wozu? Was?

Djadečkin räuspert sich, ist unsicher, runzelt furchterregend die Brauen und winkt ab.

– Wozu? A-a-ach ... Na los, rück ihn schon vor, soll er doch verrecken, der verdammte Schuft! – sagt er, stößt den Sohn von der Uhr weg und rückt den Zeiger vor.

Bis zum neuen Jahr sind es noch elf Minuten. Papaša und Griša gehen in den Saal und beginnen, den Tisch zu decken.

– Malaša! – ruft Djadečkin. – Gleich ist Neujahr!

Melanja Tichonovna stürzt aus der Küche und geht ihren Gemahl kontrollieren ... Sie schaut lange auf die Uhr: ihr Mann hat nicht gelogen.

– Was mache ich jetzt? – flüstert sie. – Die Erbsen zum Schinken sind noch nicht gar! Hm. Die reinste Strafe. Wie soll ich sie den Gästen vorsetzen?

Und nach kurzem Überlegen bewegt Melanja Tichonovna, mit zitternder Hand, den großen Zeiger zurück. Das alte Jahr erhält seine zwanzig Minuten zurück.

– Sie werdens schon erwarten können! – sagt die Gastgeberin und eilt zurück in die Küche.

Zu früh!

Im Dorf Šalnovo läutet man zum Abendgottesdienst. Die Sonne am Horizont küßt bereits die Erde, ist purpurrot und wird sich bald verbergen. In Semëns Schenke, die neulich in Wirtshaus umbenannt worden ist – ein Titel, der so gar nicht passen will zu der armseligen Hütte mit dem gerupften Dach und den zwei trüben Fensterchen –, sitzen zwei Jäger, Bauern. Der eine von beiden heißt Filimon Sljunka. Er ist ein alter Mann um die 60, ehemals Knecht der Grafen Zavalin, Schlosser von Beruf, der früher in der Nagelfabrik arbeitete, wegen Trunksucht und Faulheit entlassen wurde und jetzt auf Kosten seiner Ehefrau lebt, die um Almosen bettelt. Er ist hager, gebrechlich, trägt einen schütteren Vollbart, spricht mit einem Pfeifen, zuckt bei jedem Wort mit der rechten Gesichtshälfte und hebt krampfhaft die rechte Schulter. Der andere, Ignat Rjabov, ein kräftiger breitschultriger Bauer, der nie etwas tut und ewig schweigt, sitzt in der Ecke unter einem großen Bund Fastenkringel. Die Tür, die nach innen geöffnet ist, wirft einen tiefen Schatten auf ihn, so daß Sljunka und der Schankwirt Semën nur seine flickenbesetzten Knie, die lange fleischige Nase und den dichten Haarschopf sehen können. Semën, ein kleiner, kränklicher Mann mit langem sehnigen Hals und einem bleichen Gesicht, steht hinter der

Theke, schaut wehmütig auf den Bund Fastenkringel und hüstelt ergeben.

– Jetzt überleg doch mal in deinem Kopf, wenn du Verstand hast, – sagt Sljunka zu ihm, mit der Wange zuckend. – Das Ding liegt bei dir herum ohne Sinn, es bringt dir keinen Nutzen, und wir brauchen es. Ein Jäger ohne Gewehr ist dasselbe wie ein Kirchdiener ohne Stimme. Das mußt du doch in deinem Kopf begreifen, aber ich seh schon, du begreifst es nicht, also hast du keinen Verstand ... Gibs mir zurück!

– Du hast das Gewehr doch bei mir versetzt! – sagt mit dünner Weiberstimme Semën, seufzt tief und kann den Blick nicht losreißen von den Fastenkringeln. – Bring mir den einen Rubel, den du genommen hast, und hol dir dein Gewehr.

– Ich habe keinen Rubel. Ich stehe vor dir, Semën Mitrič, wie vor Gott: gib mir das Gewehr, ich geh jetzt mit Ignaška und bringe es dir wieder. Strafe mich Gott, ich brings dir wieder. Wenn ich es dir nicht wiederbringe, will ich kein Glück haben, weder hier noch im Jenseits.

– Semën Mitrič, gib es ihm! – sagt im Baß Ignat Rjabov, und in seiner Stimme klingt der leidenschaftliche Wunsch, das Erbetene zu bekommen.

– Aber wozu wollt ihr das Gewehr? – seufzt Semën, wehmütig den Kopf schüttelnd. – Was wollt ihr denn jetzt jagen? Draußen ist noch Winter, und außer Krähen und Dohlen ist kein Geschöpf Gottes zu sehen.

– Was heißt Winter? Ist das vielleicht noch Winter? – sagt Sljunka, mit dem Finger die Asche aus der Pfeife puhlend. – Es stimmt natürlich, es ist noch zu früh, aber die Schnepfe triffst du nicht aufs Geratewohl. Die Schnepfe ist ein Vogel, dem mußt du auflauern. Statt dessen sitzt du zu Haus und wartest, und auf einmal hast du den Schnepfenstrich verschlafen, dann kannst du warten bis zum Herbst … So ist das! Die Schnepfe ist nicht die Krähe … Voriges Jahr, in der Karwoche, ist sie schon geflogen, vorvoriges Jahr haben wir bis zur zweiten Woche nach Ostern warten müssen. Nein, sei schon so gut, Semën Mitrič, gib uns das Gewehr! Laß uns ewig für dich beten. Es ist eine Sünde, daß Ignaška sein Gewehr versoffen hat. Ja, wenn du trinkst, merkst dus nicht, aber jetzt … Ja, nicht einmal anschaun will ich ihn, den verfluchten Vodka! Wahrlich wahr, das Blut Satans! Gib es mir, Semën Mitrič!

– Nein! – sagt Semën, die gelben Hände über der Brust gefaltet, wie vor dem Gebet. – Bei meinem Gewissen, Filimonuška … Aus dem Lager gibt es nichts umsonst, dafür muß Geld gezahlt werden … Und bedenk doch auch, wozu willst du jetzt Vögel totschießen? Warum? Wir haben Fasten, du wirst sie gar nicht essen.

Sljunka wechselt mit Rjabov einen verlegenen Blick, seufzt und sagt:

– Wir wollen ja nur auf den Schnepfenstrich gehn.

– Und wozu? Alles Dummheiten … Du bist nicht von so einer Komplekzion, daß du Dummheiten machst … Ignaška, so ist das nun mal: hat der Mensch keinen Verstand, hat Gott ihn geschlagen, du dagegen bist Gott sei Dank ein alter Mann und wirst bald sterben. Du gehst besser zur Mitternachtsmesse.

Die Erwähnung des Alters hat Sljunka getroffen. Er krächzt, runzelt die Stirn und schweigt eine Minute lang.

– Hör mich an, Semën Mitrič! – sagt er hitzig, erhebt sich und zuckt nicht mehr allein mit der rechten Gesichtshälfte, sondern mit dem ganzen Gesicht. – So wahr Gott – strafe mich der Schöpfer, nach der Karwoche bekomme ich Geld von Stepan Kuzmič für die Wagenachse, dann gebe ich dir nicht nur einen Rubel, sondern zwei! Strafe mich Gott! Vor der Ikone schwöre ich, nur gib mir das Gewehr!

– Gi-ibs ihm! – sagt Rjabov in heulendem Baß; man hört, wie sein Atem sich verengt, und spürt, daß er vieles sagen möchte, aber nicht die Worte findet. – Gi-ibs ihm!

– Nein, Freunde, und bittet nicht länger darum, – seufzt Semën, wehmütig den Kopf schüttelnd. – Verführt mich nicht zur Sünde. Ich gebe euch das Gewehr nicht. Woher die neue Mode, daß man etwas aus dem Lager holt und kein Geld gezahlt kriegt. Wieso mit euch eine Ausnahme machen? Geht mit Gott!

Sljunka wischt sich mit dem Ärmel über das verschwitzte Gesicht und beginnt hitzig zu schwören und zu betteln. Er bekreuzigt sich, streckt die Arme zu der Ikone aus, ruft seine verstorbenen Eltern als Zeugen an, aber Semën schaut wie zuvor ergeben auf den Bund Fastenkringel und seufzt. Am Ende erhebt sich Ignaška Rjabov, der sich bisher nicht gerührt hat, mit einem Ruck und verbeugt sich vor dem Schankwirt bis zum Boden, aber auch das hilft nichts!

– Ersticken sollst du an meinem Gewehr, Satan! – sagt Sljunka, mit dem Gesicht und beiden Schultern zuckend. – Erstick dran, du Pest, Räuberseele!

Schimpfend und die Fäuste schüttelnd, verläßt er mit Rjabov die Schenke und bleibt mitten auf der Straße stehen.

– Er hats nicht rausgerückt, der Verfluchte! – sagt er mit weinerlicher Stimme, Rjabov beleidigt ins Gesicht sehend.

– Nein, hat er nicht! – sagt Rjabov im Baß.

Die Fensterchen der Nachbarshütten, der Starkasten auf dem Dach der Schenke, die Wipfel der Pappeln und das Kirchenkreuz brennen mit grellgoldener Flamme. Man sieht nur mehr die Hälfte der Sonne, die, ihrem Nachtlager zustrebend, Purpur verströmt und, wie es scheint, vor Freude lacht. Sljunka und Rjabov sehen, wie rechts der Sonne, zwei Verst vom Dorf entfernt, der Wald dunkelt, wie am klaren Himmel kleine Wölkchen dahinziehen, und spüren, der Abend wird klar sein und still.

– Genau die richtige Zeit, – sagt Sljunka, im Gesicht zuckend. – Ein-zwei Stündchen auf dem Strich stehn, das wäre gut. Er hats nicht rausgerückt, der Verfluchte, daß ihn doch …

– Für den Schnepfenstrich ist jetzt genau die richtige Zeit … – sagt stotternd Rjabov, wie unter großer Anstrengung.

Eine Weile später gehen sie, ohne ein Wort zu wechseln, zum Dorf hinaus und schauen auf den Streifen dunklen Walds. Der ganze Himmel ist mit sich bewegenden schwarzen Punkten übersät – die Krähen fliegen zu ihren Schlafplätzen … Der Schnee, der hier und da noch auf dem schwarzbraunen Acker flimmert, ist von der Sonne leicht vergoldet.

– Voriges Jahr um diese Zeit stand ich in Živki, – sagt nach langem Schweigen Sljunka. – Drei Schnepfen hab ich mitgebracht.

Wieder tritt Schweigen ein. Beide stehen lange und

schauen auf den Wald, dann setzen sich beide in Bewegung und gehen zum Dorf hinaus, die matschige Straße entlang.

– Ich möchte meinen, die Schnepfen sind noch nicht da, – sagt Sljunka. – Aber vielleicht doch.

– Vielleicht auch nicht … Wer weiß! Kein Jahr ist wie das andre. Aber was für ein Matsch!

– Auf dem Strich sollten wir trotzdem ein bißchen stehn.

– Und ob wir sollten! Wieso denn nicht? Stehen können wir. Es würde nicht schaden, in den Wald zu gehn und nachzuschaun. Wenn sie da sind, sagen wir es Kostjka oder besorgen uns selber ein Gewehr und gehen morgen raus. So ein Mistkerl, Gott vergib, der Satan hat mich verführt, das Gewehr in die Schenke zu tragen! Ein Jammer, ich kanns gar nicht sagen, Ignaška!

Während sie sich so unterhalten, nähern sich die Jäger dem Wald. Die Sonne ist bereits untergegangen und hat einen Streifen zurückgelassen, rot wie Feuerschein, der da und dort von Wolken durchteilt wird; die Farbe dieser Wolken ist nicht zu begreifen: ihre Ränder sind rot, sie selbst sind mal grau, mal violett, mal aschfarben. Im Wald zwischen den dichten Fichtenzweigen und unter dem Birkengebüsch ist es dunkel, und in der Luft zeichnen sich nur die äußeren, der Sonne zugewandten Zweige ab mit ihren brandigen Knospen und ihrer glänzenden Rinde. Es riecht nach tauendem Schnee und vermoderndem Laub. Es ist still, nichts bewegt sich. Weit weg hört man das sich entfernende Krähengeschrei.

– Jetzt in Živki stehn, – flüstert Sljunka, Rjabov entsetzt ansehend. – Der Strich dort ist gut.

Rjabov sieht Sljunka ebenfalls entsetzt an, ohne zu zukken, den Mund geöffnet.

– Eine herrliche Zeit, – sagt mit bebendem Flüstern Sljunka. – Der Herrgott schickt ein schönes Frühjahr … Und man möchte meinen, die Schnepfen wären schon da … Warum sollten sie auch nicht … Der Tag ist warm … Heute morgen sind die Kraniche gezogen – egal, ob man sie sehen konnte oder nicht!

Sljunka und Rjabov, vorsichtig im tauenden Schnee auftretend, wobei sie im Matsch versinken, gehen zweihundert Schritt am Waldrand entlang und bleiben stehen. In ihren Gesichtern stehen Entsetzen und die Erwartung von etwas Schrecklichem, Unerwartetem. Sie stehen da wie angewurzelt, schweigen, bewegen sich nicht, und ihre Arme nehmen allmählich eine Stellung ein, als hielten sie ein geladenes Gewehr.

Ein großer Schatten kriecht von links herbei und überzieht die Erde. Die Abenddämmerung bricht herein. Schaut man nach rechts, sieht man zwischen Buschwerk und Baumstämmen die roten Flecken des Lichts. Es ist still und feucht …

– Nichts zu hören, – flüstert Sljunka, vor Kälte erschauernd, und zieht fröstelnd die Nase hoch.

Von seinem Flüstern erschrocken, droht er jemandem mit dem Finger, macht große Augen und preßt die Lippen aufeinander. Man hört ein leises Knacken. Die Jäger wechseln bedeutsame Blicke und teilen sich dadurch mit, daß da nichts ist, da knackt ein verdorrter Ast oder ein Stück Rinde. Der abendliche Schatten wächst und wächst, die Purpurflecken verlieren allmählich an Farbe, und die

Feuchtigkeit wird unangenehm. Jeden Augenblick, meinen sie, müßte in der Luft ein feiner Pfiff ertönen, müßte man ein hastiges Krächzen hören, ähnlich dem Husten eines heiseren Kinderhalses, Flügelschlagen.

– Nein, nichts zu hören! – sagt Sljunka laut, läßt die Arme sinken und fängt an zu zwinkern. – Das heißt, sie sind noch nicht da.

– Es ist zu früh!

– Eben, es ist zu früh ...

Die Jäger sehen des anderen Gesicht nicht mehr. Die Luft dunkelt rasch.

– Wir müssen noch fünf Tage warten, – sagt Sljunka, während er mit Rjabov aus dem Gebüsch heraustritt. – Es ist zu früh!

Beide gehen nach Hause und schweigen auf dem ganzen Weg.

Die Dame mit dem Hündchen

I

Man sagte, auf der Strandpromenade sei ein neues Gesicht aufgetaucht: eine Dame mit einem Hündchen. Dmitrij Dmitrievič Gurov, der in Jalta bereits zwei Wochen verbracht und sich eingewöhnt hatte, interessierte sich ebenfalls schon für neue Gesichter. Im Pavillon bei Vernet sitzend, sah er, wie die Strandpromenade eine junge Dame entlangging, blond, von mittlerem Wuchs, mit einem Barett; ihr nach lief ein weißer Spitz.

Danach begegnete er ihr im Stadtpark und in den Anlagen mehrmals am Tag. Sie ging allein spazieren, immer mit demselben Barett, mit dem weißen Spitz; niemand wusste, wer sie war, deshalb nannte man sie einfach: die Dame mit dem Hündchen.

»Wenn sie ohne ihren Mann und ohne Bekannte hier ist, – überlegte Gurov, – wäre es nicht schlecht, sie kennenzulernen.«

Er war noch keine vierzig, hatte aber schon eine zwölfjährige Tochter und zwei Söhne auf dem Gymnasium. Man hatte ihn jung verheiratet, als er noch Student im dritten, vierten Semester war, und heute wirkte seine Ehefrau anderthalbmal so alt wie er. Sie war hochgewachsen, hatte dunkle Augenbrauen, hielt sich gerade, wichtig, würdevoll und war, wie sie sich selbst nannte, eine denkende Frau. Sie las viel, schrieb in ihren Briefen kein hartes Zeichen, nannte ihren Mann nicht Dmitrij, sondern Dimitrij, und er hielt sie insgeheim für beschränkt, engherzig, unelegant, fürchtete sie und war ungern zu Hause. Sie zu betrügen - begonnen hatte er schon vor langem, er betrog sie oft, und wahrscheinlich deshalb sprach er von Frauen fast immer schlecht, und wenn in seiner Gegenwart von ihnen die Rede war, nannte er sie:

– Die niedere Rasse!

Ihm schien, die bittere Erfahrung gebe ihm Grund genug, sie zu nennen, wie es ihm beliebte, dennoch kam er ohne die »niedere Rasse« nicht einmal zwei Tage aus. In Gesellschaft von Männern war ihm langweilig, und er fühlte sich fremd, ihnen gegenüber war er wortkarg und kalt, doch wenn er sich unter Frauen befand, fühlte er sich frei und wusste, worüber er zu sprechen und wie er mit ihnen umzugehen hatte; selbst mit ihnen zu schweigen fiel ihm nicht schwer. In seinem Äußeren, im Charakter, in seiner ganzen Natur lag etwas Anziehendes, Unfassbares, das die Frauen für ihn einnahm, sie anlockte; er wusste das, und auch ihn selbst zog eine unbekannte Macht zu ihnen.

Die vielfache Erfahrung, tatsächlich bittere Erfahrung, hatte ihn seit langem darüber belehrt, dass jede Annäherung, die zu Beginn auf so angenehme Weise Abwechslung ins Leben bringt und als liebenswertes und leichtes Abenteuer erscheint, sich bei anständigen Menschen, besonders bei den schwerfälligen, unentschlossenen Moskauern, unweigerlich zu einem ganzen, höchst komplizierten Problem auswächst und schließlich zu einer Belastung wird. Doch bei jeder Begegnung mit einer interessanten Frau entglitt diese Erfahrung irgendwie dem Gedächtnis, man wollte leben, und alles schien so einfach und amüsant.

So saß er einmal gegen Abend im Park beim Essen, und die Dame mit dem Barett kam langsam näher und setzte sich an den Nebentisch. Ihr Gesichtsausdruck, Gang, Kleid, ihre Frisur sagten ihm, dass sie zur anständigen Gesellschaft gehörte, verheiratet, zum ersten Mal in Jalta und allein war, dass sie sich hier langweilte ... An den Erzählungen über die Laxheit der hiesigen Sitten stimmte vieles nicht, er verachtete sie und wusste, dass diese Erzählungen größtenteils von Leuten stammten, die selbst gern gesündigt hätten, wenn sie nur gekonnt hätten, doch als sich die Dame an den Nebentisch setzte, drei Schritte von ihm entfernt, erinnerte er sich an die Erzählungen von leichten Eroberungen, von Fahrten in die Berge, und seiner bemächtigte sich der verführerische Gedanke an eine schnelle, vorübergehende Verbindung, eine Affäre mit einer unbekannten Frau, von der man nicht einmal den Namen wusste.

Liebenswürdig lockte er den Spitz herbei und drohte ihm, als er näher gekommen war, mit dem Finger. Der Spitz knurrte. Gurov drohte ihm noch einmal.

Die Dame blickte ihn an und senkte sofort die Augen.

– Er beißt nicht, – sagte sie und errötete.

– Darf ich ihm den Knochen geben? – Und als sie nickte, fragte er entgegenkommend: – Sind Sie schon lange in Jalta?

– Fünf Tage.

– Und ich bin schon die zweite Woche hier.

Sie schwiegen eine Weile.

– Die Zeit vergeht schnell, es ist nur so langweilig hier! – sagte sie, ohne ihn anzublicken.

– Das ist nur so eine Redensart, es sei langweilig hier. Der Spießer lebt bei sich zu Hause in Belëv oder Žizdra – und langweilt sich nicht, aber kommt er hierher: »Ach, diese Langeweile! Ach, dieser Staub!« Man könnte meinen, er käme aus Granada.

Sie musste lachen. Danach aßen beide schweigend weiter, wie Unbekannte; doch nach dem Essen gingen beide gleichzeitig, gingen Seite an Seite, und es entspann sich eine scherzhafte, leichte Unterhaltung, wie freie, zufriedene Menschen sie führen, denen egal ist, wohin sie gehen und worüber sie sprechen. Sie gingen spazieren und sprachen über die merkwürdige Illumination des Meeres; das Wasser war fliederfarben, so weich und warm, und auf ihm lag vom Mond ein goldener Streifen. Sie sprachen über die Schwüle nach dem heißen Tag. Gurov erzählte, er sei Moskauer, dem Studium nach Philologe, arbeite aber in einer Bank; er habe früher einmal Opernsänger werden wollen, das aber aufgegeben, und besitze in Moskau zwei Häuser ... Von ihr erfuhr er, dass sie in Petersburg aufgewachsen sei, aber nach S. geheiratet habe, wo sie seit zwei Jahren lebe, dass sie noch einen Monat in Jalta bleiben und, vielleicht, ihr Mann sie abholen werde, der sich ebenfalls erholen wolle. Sie konnte und konnte nicht erklären, wo ihr Mann arbeite – in der Gouvernementsverwaltung oder der Gouvernements-Zemstvoverwaltung, und darüber musste sie selbst lachen. Außerdem erfuhr Gurov, dass sie Anna Sergeevna hieß.

Danach, in seinem Hotelzimmer, dachte er an sie, daran, dass sie ihm morgen wahrscheinlich wieder begegnen würde. Bestimmt sogar. Als er schlafen ging, fiel ihm ein, dass sie noch vor kurzem aufs Institut, zur Schule gegangen war, so wie heute seine Tochter, dachte daran, wie viel Befangenheit, Unbeholfenheit in ihrem Lachen gelegen hatte, in einer Unterhaltung mit einem Unbekannten – bestimmt war sie zum ersten Mal im Leben allein, in einer Umgebung, in der man sie beobachtete, sie ansah und ansprach, mit nur dem einen Hintergedanken im Kopf, der für sie keinem Zweifel unterliegen konnte. Er dachte an ihren schmalen, schwachen Hals, die schönen, grauen Augen.

»Irgendwo hat sie etwas Bemitleidenswertes«, – dachte er und schlief ein.

II

Eine Woche war vergangen, seit sie sich kennengelernt hatten. Es war Feiertag. In den Räumen war es schwül, auf den Straßen wirbelte der Wind den Staub auf, riss Hüte vom Kopf. Den ganzen Tag hatte man Durst, und Gurov kehrte oft im Pavillon ein und bot Anna Sergeevna bald Wasser mit Fruchtsirup an, bald Halbgefrorenes. Man wusste nicht, wohin man sich retten sollte.

Am Abend, als der Wind abgeflaut war, gingen sie zur Mole, um zuzuschauen, wie der Dampfer anlegte. An der Anlegestelle waren viele Spaziergänger; sie hatten sich versammelt, um jemanden abzuholen, trugen Blumensträuße. Und hier fielen deutlich zwei Besonderheiten der eleganten Jaltaer Gesellschaft ins Auge: ältere Damen, die sich kleideten wie junge, und eine Menge Generäle.

Wegen hohen Seegangs kam der Dampfer spät, als die Sonne schon untergegangen war, und musste, bevor er an der Mole anlegen konnte, lange manövrieren. Anna Sergeevna betrachtete Dampfer und Passagiere durch die Lorgnette, wie auf der Suche nach Bekannten, und wenn sie sich Gurov zuwandte, glänzten ihre Augen. Sie sprach viel, ihre Fragen waren zusammenhanglos, und sie selbst vergaß sofort wieder, wonach sie gefragt hatte; dann verlor sie in der Menge ihre Lorgnette.

Die elegante Menge verlief sich, Gesichter waren keine mehr zu sehen, der Wind hatte sich ganz gelegt, nur Gurov und Anna Sergeevna standen da, als warteten sie, ob nicht noch jemand vom Dampfer käme. Anna Sergeevna war verstummt und roch an den Blumen, ohne Gurov anzublicken.

– Das Wetter ist gegen Abend besser geworden, – sagte er. – Wohin gehen wir jetzt? Wollen wir nicht irgendwohin fahren?

Sie gab keine Antwort.

Da blickte er sie eindringlich an, und plötzlich umarmte er sie und küsste sie auf die Lippen, und ihn umwehten der Duft und die feuchte Frische der Blumen, und sofort blickte er sich ängstlich um: ob es auch niemand gesehen hatte?

– Gehen wir zu Ihnen … – sagte er leise.

Und beide gingen schnellen Schrittes.

Bei ihr im Hotelzimmer war es schwül, es roch nach dem Parfum, das sie im japanischen Laden gekauft hatte. Gurov, der sie jetzt anblickte, dachte: »Was gibt es doch für Begegnungen im Leben!« Aus seiner Vergangenheit erinnerte er sich an sorglose, gutmütige Frauen, die die Liebe aufheiterte, die ihm dankbar waren für das Glück, und sei es auch nur ein kurzes; auch an solche, – wie zum Beispiel seine Ehefrau, – die unaufrichtig liebten, mit langem Gerede, affektiert, hysterisch, mit einem Gesichtsausdruck, als ginge es nicht um Liebe, um Leidenschaft, sondern um etwas Bedeutenderes; und an zwei-drei andere, sehr schöne, kalte Frauen, über deren Gesicht plötzlich ein raubtierhafter Zug gehuscht war, der eigensinnige Wunsch zu nehmen, dem Leben mehr zu entreißen, als es geben kann, und das waren Frauen, die die erste Jugend bereits hinter sich hatten, launische, unvernünftige, herrschsüchtige, dumme Frauen, und wenn Gurovs Gefühl für sie am Erkalten war, dann weckte ihre Schönheit in ihm Hass, und die Spitzen ihrer Unterwäsche kamen ihm vor wie ein Schuppenkleid.

Hier dagegen war es die Unbeholfenheit, Eckigkeit der unerfahrenen Jugend, das Gefühl des Peinlichen; und der Eindruck der Verlegenheit, als habe plötzlich jemand an die Tür geklopft. Anna Sergeevna, die »Dame mit dem Hündchen«, verhielt sich gegenüber dem, was geschehen war, irgendwie besonders, sehr ernst, so als sei sie jetzt eine Gefallene – so schien es, und das war merkwürdig und unangebracht. Ihre Züge fielen ein, wurden welk, und traurig hingen zu beiden Seiten des Gesichts die langen Haare herab, in zerknirschter Pose verfiel sie in Gedanken, wie die Sünderin auf einem alten Gemälde.

– Das war nicht gut, – sagte sie. – Sie als Erster werden mich jetzt nicht mehr achten.

Auf dem Tisch lag eine Wassermelone. Gurov schnitt sich ein Stück davon ab und begann ohne Eile zu essen. Mindestens eine halbe Stunde verging in Schweigen.

Anna Sergeevna war rührend, von ihr wehte die Reinheit einer anständigen, naiven, lebensunerfahrenen Frau; die einsame Kerze, die auf dem Tisch brannte, erhellte kaum ihr Gesicht, doch konnte man sehen, dass ihr nicht wohl zumute war.

– Warum sollte ich aufhören, dich zu achten? – fragte Gurov. – Du weißt ja selbst nicht, was du redest.

– Möge Gott mir vergeben! – sagte sie, und ihre Augen füllten sich mit Tränen. – Es ist entsetzlich.

– Als wolltest du dich rechtfertigen.

– Rechtfertigen womit? Ich bin eine schlechte, niedere Frau, ich verachte mich und denke nicht an Rechtfertigung. Ich habe nicht meinen Mann betrogen, sondern mich selbst. Und nicht erst heute, ich betrüge ihn schon seit langem. Mein Mann ist vielleicht ein ehrenwerter, guter Mensch, aber er ist doch ein Lakai! Ich weiß nicht, was er da macht, wie er arbeitet, ich weiß nur, er ist ein Lakai. Als ich ihn heiratete, war ich zwanzig Jahre alt, verzehrte mich vor Neugierde, ich wollte etwas Bessres; es gibt doch, sagte ich mir immer, ein anderes Leben. Leben wollte ich! Leben, nur leben … Diese Neugierde brannte in mir … Sie werden das nicht verstehen, aber ich schwöre bei Gott, ich konnte mich nicht mehr beherrschen, etwas war mit mir geschehen, ich war nicht mehr zu halten, sagte zu meinem Mann, ich sei krank, und fuhr hierher … Und hier ging ich dauernd umher, wie im Dunst, wie wahnsinnig … und jetzt bin ich eine gewöhnliche liederliche Frau, die jedermann verachten darf.

Gurov langweilte es bereits, ihr zuzuhören, ihn ärgerte der naive Ton, diese so unverhoffte und unangebrachte

Reue; wären die Tränen in ihren Augen nicht gewesen, man hätte denken können, sie erlaube sich einen Scherz oder spiele Theater.

– Ich verstehe nicht, – sagte er leise, – was willst du?

Sie barg das Gesicht an seiner Brust und schmiegte sich an ihn.

– Glauben Sie, glauben Sie mir, ich flehe Sie an … – sprach sie. – Ich liebe das ehrliche, reine Leben, und Sünde ist mir zuwider; ich weiß selbst nicht, was ich tue. Die einfachen Leute sagen: ihn hat der Böse verführt. So kann ich jetzt von mir sagen, mich hat der Böse verführt.

– Aber, aber … – murmelte er.

Er schaute ihr in die reglosen, erschrockenen Augen, küsste sie, sprach leise und liebevoll, und sie beruhigte sich ein wenig, ihre Heiterkeit kehrte zurück; beide begannen zu lachen.

Später, als sie hinausgingen, war auf der Strandpromenade keine Menschenseele, die Stadt mit ihren Zypressen sah aus wie tot, nur das Meer rauschte noch und schlug gegen das Ufer; eine Barkasse schaukelte auf den Wellen, auf ihr blinkte schlaftrunken eine Laterne.

Sie fanden eine Droschke und fuhren nach Oreanda.

– Ich habe eben unten im Flur deinen Familiennamen gelesen: auf der Tafel steht ›von Diederitz‹, – sagte Gurov. – Ist dein Mann Deutscher?

– Nein, ich glaube, sein Großvater war Deutscher, er selbst ist russisch-orthodox.

In Oreanda saßen sie auf einer Bank, nahe der Kirche, schauten auf das Meer hinunter und schwiegen. Jalta war kaum zu sehen durch den Morgennebel, über den Gipfeln der Berge standen reglos weiße Wolken. Kein Blatt rührte sich an den Bäumen, die Zikaden sangen, und das eintönige, dumpfe Rauschen des Meeres, das von unten heraufdrang, sprach von der Ruhe, vom ewigen Schlaf, der uns erwartet. So hat es unten gerauscht, als hier noch kein Jalta war, kein Oreanda, so rauscht es heute und wird noch genauso gleichgültig und dumpf rauschen, wenn wir einmal nicht mehr sind. Und in dieser Beständigkeit, in der vollkommenen Gleichgültigkeit gegenüber dem Leben und Tod eines jeden von uns liegt vielleicht das Unterpfand unserer ewigen Rettung verborgen, der unaufhörlichen Bewegung des Lebens auf der Erde, der unaufhörlichen Vollendung. Neben einer jungen Frau sitzend, die im Morgenlicht so schön erschien, besänftigt und bezaubert von dieser märchenhaften Umgebung – dem Meer, den Bergen, den Wolken, dem weiten Himmel, dachte Gurov, dass im Grunde, wenn man es sich recht überlegte, auf dieser Welt alles schön sei, alles, außer dem, was wir denken und tun, wenn wir die höchsten Ziele des Daseins vergessen, unsere menschliche Würde.

Ein Mann kam näher – vermutlich ein Wächter, – schaute sie an und ging. Selbst diese Einzelheit erschien so geheimnisvoll und ebenfalls schön. Man sah, wie aus Feodosija der Dampfer kam, vom Morgenrot erhellt, schon ohne Lichter.

– Auf dem Gras liegt Tau, – sagte Anna Sergeevna nach langem Schweigen.

– Ja. Wir müssen nach Hause.

Sie kehrten in die Stadt zurück.

Danach trafen sie sich jeden Mittag auf der Strandpromenade, frühstückten gemeinsam, aßen gemeinsam zu

Mittag, flanierten, bewunderten das Meer. Sie klagte über schlechten Schlaf und ein besorgniserregendes Herzklopfen, stellte immer dieselben Fragen, bald aus Eifersucht, bald aus Angst, er könne sie nicht mehr genügend achten. Und oft, in den Anlagen oder im Park, wenn niemand in der Nähe war, zog er sie plötzlich an sich und küsste sie leidenschaftlich. Der Müßiggang, diese Küsse am helllichten Tag, das Sich-Umblicken und die Angst, es könnte sie jemand gesehen haben, die Hitze, der Geruch des Meeres und der unausgesetzte Anblick müßiger, eleganter, satter Menschen hatten ihn wie verwandelt; er sagte Anna Sergeevna immer wieder, wie schön sie sei, wie verführerisch, war ungeduldig in seiner Leidenschaft, wich keinen Schritt von ihrer Seite, sie dagegen wurde oft nachdenklich, bat ihn ständig zuzugeben, dass er sie nicht achte, sie keineswegs liebe, sondern in ihr nur eine schlechte Frau sehe. Beinahe jeden Abend fuhren sie irgendwohin, zur Stadt hinaus nach Oreanda oder an den Wasserfall; und die Spazierfahrt misslang nie, die Eindrücke waren jedes Mal unverändert schön, großartig.

Sie erwarteten die Ankunft ihres Mannes. Doch von ihm kam ein Brief, er sei an den Augen erkrankt und flehe seine Frau an, umgehend nach Hause zurückzukehren. Anna Sergeevna hatte es plötzlich eilig.

– Es ist gut, dass ich abreise, – sagte sie zu Gurov. – So will es das Schicksal.

Sie fuhr mit dem Wagen, er begleitete sie. Sie fuhren einen ganzen Tag. Als sie sich in den Waggon des Kurierzuges setzte und als das zweite Klingelzeichen ertönte, sagte sie:

– Lassen Sie sich noch einmal anschauen ... Ich möchte Sie noch einmal anschauen. Ja, so.

Sie weinte nicht, war aber traurig, als wäre sie krank, und ihr Gesicht bebte.

– Ich werde an Sie denken ... mich erinnern, – sagte sie. – Gott sei mit Ihnen, bleiben Sie. Behalten Sie mich in guter Erinnerung. Wir nehmen Abschied für immer, es muss so sein, denn wir hätten einander eigentlich nie begegnen sollen. Also, Gott sei mit Ihnen.

Der Zug entfernte sich schnell, seine Lichter verschwanden, und eine Minute später war kein Laut mehr zu hören, so als habe sich alles verschworen, dieses süße Vergessen, diesen Wahnsinn alsbald zu beenden. Und allein auf dem Bahnsteig, den Blick in die dunkle Ferne gerichtet, lauschte Gurov dem Zirpen der Grillen und dem Summen der Telegraphendrähte mit einem Gefühl, als sei er soeben erwacht. Und er dachte, nun habe es also in seinem Leben eine weitere Eroberung gegeben oder ein Abenteuer, auch das sei nun beendet und werde jetzt Erinnerung ... Er war gerührt, traurig und spürte eine leichte Reue; war doch diese junge Frau, die er nie mehr wiedersehen würde, mit ihm nicht glücklich gewesen; er war entgegenkommend und herzlich gewesen, dennoch hatte in seinem Verhalten ihr gegenüber, in seinem Ton und seinen Liebkosungen wie ein Schatten ein leiser Spott gelegen, die leicht grobe Überheblichkeit - eines glücklichen Mannes, der zudem fast doppelt so alt war wie sie. Die ganze Zeit hatte sie ihn einen guten Menschen genannt, einen außergewöhnlichen, höherstehenden; offenbar war er ihr nicht als der erschienen, der er in Wirklichkeit war, das heißt, er hatte sie, ohne es zu wollen, betrogen ...

Hier auf dem Bahnhof roch es bereits nach Herbst, der Abend war kühl.

»Auch für mich wird es Zeit für den Norden, – dachte Gurov, als er den Bahnsteig verließ. – Es wird Zeit!«

III

Zu Hause in Moskau war alles schon winterlich, die Öfen wurden geheizt, und morgens, wenn die Kinder sich für das Gymnasium fertigmachten und Tee tranken, war es dunkel, und die Njanja zündete für kurz das Licht an. Schon hatten die Fröste eingesetzt. Wenn der erste Schnee fällt, am Tag der ersten Schlittenfahrt, ist es angenehm, die weiße Erde, die weißen Dächer zu sehen, es atmet sich weich und wunderbar, und dann erinnert man sich an die Jugendjahre. Die alten Linden und Birken, weiß bereift, schauen so gutmütig drein, sie sind dem Herzen näher als Zypressen und Palmen, in ihrer Nähe denkt man nicht mehr gern an Berge und ans Meer.

Gurov war Moskauer, nach Moskau kehrte er an einem schönen, frostigen Tag zurück, und als er den Pelzmantel und warme Handschuhe angezogen hatte und über die Petrovka flaniert war, und als er am Samstag das Abendgeläut der Glocken gehört hatte, da verloren für ihn die Reise von neulich und die Orte, an denen er gewesen war, allen ihren Zauber. Allmählich tauchte er ein ins Moskauer Leben, schon verschlang er gierig drei Zeitungen pro Tag und pflegte zu sagen, er lese prinzipiell keine Moskauer Zeitungen. Schon zog es ihn in die Restaurants, die Klubs, zu Diners mit geladenen Gästen und Jubiläen, und schon schmeichelte es ihm, dass in seinem Hause bekannte Anwälte und Künstler verkehrten und dass er im Akademischen Klub mit einem Professor Karten spielte. Schon schaffte er eine Portion Seljanka aus der Pfanne …

Irgendwie noch einen Monat, so schien ihm, und Anna Sergeevna wäre in seinem Gedächtnis vom Nebel bedeckt, und nur selten noch würde er von dem rührenden Lächeln träumen, wie er von anderen träumte. Aber ein Monat und mehr war vergangen, der tiefe Winter war angebrochen, und in seinem Gedächtnis war alles klar, so als habe er sich von Anna Sergeevna erst gestern getrennt. Und die Erinnerungen entbrannten immer heftiger. Drangen durch die abendliche Stille in sein Kabinett die Stimmen der Kinder, die ihre Hausaufgaben übten, hörte er eine Romanze oder das Orchestrion im Restaurant, oder heulte der Schneesturm im Kamin, sofort erstand in seinem Gedächtnis alles: das, was auf der Mole geschehen war, der frühe Morgen mit dem Nebel in den Bergen, der Dampfer aus Feodosija, die Küsse. Lange ging er im Zimmer auf und ab und erinnerte sich und lächelte, dann gingen die Erinnerungen in Träume über, und das Vergangene vermischte sich in seiner Vorstellung mit dem, was werden würde. Anna Sergeevna erschien ihm nicht im Schlaf, sie folgte ihm, wie ein Schatten, überallhin und beobachtete ihn. Wenn er die Augen schloss, sah er sie vor sich, wie lebendig, und sie schien ihm schöner, jünger und zärtlicher, als sie war; auch er selbst erschien sich besser, als er damals gewesen war, in Jalta. Sie blickte ihm am Abend aus dem Bücherschrank entgegen, aus dem Kamin, aus der Zimmerecke, er hörte ihren Atem, das liebevolle Rascheln ihres Kleides. Auf der Straße folgte er Frauen mit dem Blick, suchte, ob nicht eine ihr ähnlich sehe …

Und schon bedrückte ihn der heftige Wunsch, seine Erinnerungen mit jemandem zu teilen. Aber zu Hause konnte er unmöglich von seiner Liebe sprechen, und außer Hause – hätte er nicht gewusst, mit wem. Etwa mit den Mietern, oder auf der Bank? Worüber auch sprechen? Hatte er damals etwa geliebt? Gab es etwas Schönes, Poetisches oder Lehrreiches oder einfach etwas Interessantes in seinem Verhältnis zu Anna Sergeevna? Und kam es dazu, dass er allgemein über die Liebe, über Frauen sprach, so erriet niemand, worum es ging, nur seine Frau runzelte ihre dunklen Augenbrauen und pflegte zu sagen:

– Dimitrij, die Rolle des Gecken steht dir nicht.

Eines Nachts, als er den Akademischen Klub mit seinem Partner, einem Beamten, verließ, konnte er nicht mehr an sich halten und sagte:

– Wenn Sie wüssten, was für eine zauberhafte Frau ich in Jalta kennengelernt habe!

Der Beamte setzte sich in den Schlitten und fuhr an, doch plötzlich drehte er sich um und rief:

– Dmitrij Dmitrič!

– Ja?

– Sie hatten recht: der Stör neulich hatte einen leichten Stich!

Diese so alltäglichen Worte empörten Gurov plötzlich aus irgendeinem Grunde, erschienen ihm demütigend, schmutzig. Was für rohe Sitten, was für Gesichter! Was für sinnlose Nächte, was für uninteressante und unbedeutende Tage! Wildes Kartendreschen, Fressen, Saufen und ständiges

Gerede über ein und dasselbe. Das überflüssige Tun und Treiben und Reden über ein und dasselbe nehmen den besten Teil der Zeit in Anspruch, die besten Kräfte, und übrig bleibt am Ende ein verstümmeltes, flügelloses Leben, irgendein Unfug, und weglaufen und fliehen kann man nicht, als säße man in der Irrenanstalt oder im Zuchthaus!

Gurov konnte vor Empörung die ganze Nacht nicht schlafen und verbrachte den ganzen Tag danach mit Kopfschmerzen. Auch die folgenden Nächte schlief er schlecht, saß dauernd im Bett und dachte nach oder ging von einer Zimmerecke in die andere. Die Kinder fielen ihm auf die Nerven, die Bank fiel ihm auf die Nerven, er hatte keine Lust, irgendwohin zu gehen, noch, über irgendetwas zu sprechen.

Im Dezember an den Feiertagen traf er Reisevorkehrungen und sagte zu seiner Frau, er reise nach Petersburg, um sich für einen jungen Mann zu verwenden – und reiste nach S. Wozu? Das wusste er selbst nicht so recht. Er hatte Lust, Anna Sergeevna zu sehen, mit ihr zu sprechen und ein Rendezvous zu verabreden, wenn möglich.

Am Morgen kam er in S. an und nahm im Hotel das beste Zimmer, wo der gesamte Fußboden mit grauem Soldatentuch ausgelegt war und auf dem Tisch ein Tintenfass stand, grau vor Staub, mit einem Reiter hoch zu Ross, der den Arm mit einem Hut ausstreckte, der Kopf jedoch war abgeschlagen. Der Portier gab ihm die nötigen Auskünfte: von Diederitz wohnte in der Alten Gončarnaja, im eigenen Haus – es ist ganz in der Nähe des Hotels, er lebt gut, auf großem Fuß, hält eigene Pferde, ist stadtbekannt. Der Portier sprach ihn so aus: Drydyritz.

Gurov ging ohne Eile in die Alte Gončarnaja, suchte und fand das Haus. Direkt gegenüber dem Haus erstreckte sich ein Zaun, grau, lang, mit Nägeln bespickt.

»Vor so einem Zaun kann man nur weglaufen«, – dachte Gurov, während er bald auf die Fenster, bald auf den Zaun schaute.

Er überlegte: heute haben die Behörden geschlossen, ihr Mann ist also wahrscheinlich zu Hause. Und es wäre ohnehin taktlos, ins Haus zu gehen und sie in Verlegenheit zu bringen. Wenn er ihr eine Nachricht schickte, fiele sie womöglich ihrem Mann in die Hände, und dann wäre alles verpatzt. Das Beste war, sich auf den Zufall zu verlassen. Und so ging er die Straße vor dem Zaun auf und ab und wartete auf diesen Zufall. Er sah, wie ein Bettler zum Tor hineinging und von den Hunden angefallen wurde, dann, eine Stunde später, hörte er Klavierspiel, die Klänge, die an sein Ohr drangen, waren schwach und undeutlich. Sicher war es Anna Sergeevna, die spielte. Plötzlich öffnete sich der Herrschaftseingang, und heraus kam eine kleine alte Frau, gefolgt von dem bekannten weißen Spitz. Gurov wollte den Hund rufen, bekam aber plötzlich Herzklopfen und wusste in seiner Erregung nicht mehr, wie der Spitz hieß.

Er ging auf und ab und hasste den Zaun immer mehr und dachte gereizt, Anna Sergeevna habe ihn vergessen und amüsiere sich vielleicht schon mit einem anderen, was nur natürlich wäre in der Situation einer jungen Frau, die von morgens bis abends gezwungen war, diesen verfluchten Zaun zu sehen. Er kehrte ins Hotel zurück und saß lange auf dem Divan, wusste nicht, was er tun sollte, dann aß er zu Mittag, dann schlief er lange.

»Ist das alles dumm und unbequem, – dachte er, als er, aufgewacht, die dunklen Fenster sah; es war schon Abend. – Ich habe so schön ausgeschlafen. Was mache ich jetzt heute Nacht?«

Er saß auf dem Bett, das mit einer billigen grauen Decke wie aus dem Krankenhaus bedeckt war, und hänselte sich verärgert:

»Da hast du deine Dame mit dem Hündchen … Da hast du dein Abenteuer … Da bleib mal schön hier sitzen.«

Noch am Morgen, auf dem Bahnhof, war ihm ein Plakat in sehr großen Lettern aufgefallen: zum ersten Male die »Geisha«. Er erinnerte sich daran und fuhr ins Theater.

»Gut möglich, dass sie zum Premierenpublikum gehört«, – dachte er.

Das Theater war voll. Auch hier, wie überall in Provinztheatern, hing Nebel über den Kronleuchtern, wimmelte es geräuschvoll auf der Galerie; in der ersten Reihe standen vor Beginn der Vorstellung die hiesigen Gecken, die Hände auf dem Rücken; saß in der Gouverneursloge auf dem ersten Platz die Gouverneurstochter mit Boa, während sich der Gouverneur selbst hinter der Portiere bescheiden versteckt hielt, zu sehen waren nur seine Hände; der Vorhang wogte, das Orchester brauchte lange zum Stimmen. Die ganze Zeit, während das Publikum eingelassen wurde und die Plätze einnahm, suchte Gurov gierig mit den Augen.

Herein kam auch Anna Sergeevna. Sie setzte sich in der dritten Reihe, und als Gurovs Blick auf sie fiel, krampfte sich ihm das Herz zusammen, und ihm war plötzlich klar, dass es für ihn auf der ganzen Welt keinen näheren, teureren und wichtigeren Menschen gab; diese kleine Frau, verloren in der Provinzgesellschaft, durch nichts bemerkenswert, mit der vulgären Lorgnette in der Hand, erfüllte jetzt sein ganzes Leben, war sein Leid, seine Freude, das einzige Glück, das er sich jetzt wünschte; und zu den Klängen eines schlechten Orchesters, grauenhafter Provinzgeigen dachte er daran, wie schön sie sei. Dachte und träumte.

Zusammen mit Anna Sergeevna hereingekommen war ein junger Mann, der sich neben sie setzte, er trug einen schütteren Backenbart, war sehr groß und ging leicht gebeugt; bei jedem Schritt nickte er mit dem Kopf und schien beständig zu grüßen. Wahrscheinlich war das ihr Mann, den sie damals in Jalta, in einer Anwandlung von Bitterkeit, einen Lakaien genannt hatte. Und tatsächlich lag in der langen Gestalt, in dem Backenbart, in dem Ansatz zur Glatze etwas lakaienhaft Bescheidenes, er lächelte süßlich, und in seinem Knopfloch blitzte das Akademikerabzeichen wie die Dienstnummer eines Lakaien.

In der ersten Pause ging ihr Mann hinaus, um zu rauchen, sie blieb in ihrem Sessel sitzen. Gurov, der ebenfalls im Parterre saß, trat auf sie zu und sagte mit bebender Stimme, gezwungen lächelnd:

– Guten Abend.

Sie blickte zu ihm auf und erbleichte, dann blickte sie noch einmal auf, entsetzt, ihren Augen nicht trauend, und presste Lorgnette und Fächer zugleich in die Hände, offenbar kämpfte sie mit sich, um nicht in Ohnmacht zu fallen. Beide schwiegen. Sie saß, er stand, erschrocken über ihre Verlegenheit, und konnte sich nicht entschließen, sich neben sie zu setzen. Da wurden erneut die Geigen und die Flöte gestimmt, plötzlich bekam er Angst, es schien, als würden sie aus allen Logen beobachtet. Doch da stand sie auf und ging schnell zu einem Ausgang; er – ihr nach, und beide gingen sinnlos durch die Korridore, treppauf, treppab, und an ihren Augen vorbei huschten irgendwelche Menschen in Uniformen, Gerichtsuniformen, Lehreruniformen, Verwaltungsuniformen, und alle mit Abzeichen; vorbei huschten Damen, Pelzmäntel an Garderobenhaken, ein Zugwind blies, durchsetzt mit dem Geruch von Tabakresten. Und Gurov, der heftiges Herzklopfen hatte, dachte:

»Herrgott! Wozu diese Menschen, dieses Orchester …«

Und in diesen Minuten fiel ihm plötzlich ein, wie er sich damals abends auf dem Bahnhof, nach Anna Sergeevnas Abreise, gesagt hatte, dass alles beendet sei und sie einander nie mehr wiedersehen würden. Aber wie weit war es noch bis zu diesem Ende!

Auf einer engen, dunklen Treppe, über der geschrieben stand »Aufgang zu den Rängen«, blieb sie stehen.

– Wie haben Sie mich erschreckt! – sagte sie, schwer atmend, immer noch bleich und bestürzt. – Oh, wie haben Sie mich erschreckt! Ich bin mehr tot als lebendig. Warum sind Sie gekommen? Warum?

– Aber begreifen Sie, Anna, begreifen Sie … – begann er halblaut, hastig. – Ich flehe Sie an, begreifen Sie …

Sie blickte ihn an voller Angst, voll der Bitte, voll der Liebe, blickte ihn eindringlich an, um seine Züge so fest wie möglich im Gedächtnis zu behalten.

– Ich leide Qualen! – fuhr sie fort, ohne ihm zuzuhören. – Ich habe die ganze Zeit nur an Sie gedacht, ich habe von dem Gedanken an Sie gelebt. Und wollte doch vergessen, vergessen, aber warum, warum sind Sie gekommen?

Weiter oben, auf dem Treppenabsatz, rauchten zwei Gymnasiasten und schauten herunter, doch Gurov war es egal, er zog Anna Sergeevna zu sich heran und küsste ihr Gesicht, die Wangen, die Hände.

– Was tun Sie da, was tun Sie da! – sagte sie entsetzt und stieß ihn von sich. – Wir sind wahnsinnig geworden. Reisen Sie noch heute ab, reisen Sie sofort ab ... Ich beschwöre Sie bei allen Heiligen, ich flehe Sie an ... Da kommt jemand!

Jemand kam die Treppe herauf.

– Sie müssen abreisen ... – fuhr Anna Sergeevna flüsternd fort. – Hören Sie, Dmitrij Dmitrič? Ich werde zu Ihnen nach Moskau kommen. Niemals war ich glücklich, ich bin heute unglücklich und werde niemals, niemals glücklich werden, niemals! Lassen Sie mich nicht noch mehr leiden! Ich schwöre, ich werde nach Moskau kommen. Aber jetzt müssen wir uns trennen. Mein Liebster, Guter, mein Teurer, wir müssen uns trennen!

Sie drückte ihm die Hand und lief schnell die Treppe hinab, wobei sie sich dauernd nach ihm umdrehte, und ihren Augen war anzusehen, dass sie in der Tat nicht glücklich war. Gurov stand noch eine Weile, lauschte, dann, als alles still geworden war, suchte und fand er seinen Garderobenhaken und verließ das Theater.

So kam es, dass Anna Sergeevna zu ihm nach Moskau reiste. Alle zwei, drei Monate verließ sie S., wobei sie ihrem Mann zu sagen pflegte, sie reise, um sich mit einem Professor wegen ihres Frauenleidens zu beraten – und ihr Mann glaubte ihr und glaubte ihr nicht. In Moskau angekommen, stieg sie im »Slavjanskij Bazar« ab und schickte sofort einen

Dienstmann in roter Mütze zu Gurov. Gurov ging zu ihr, und niemand in Moskau wusste davon.

So ging er einmal an einem Wintermorgen zu ihr (der Bote war am Abend zuvor bei ihm gewesen, hatte ihn aber nicht angetroffen). Mit ihm ging seine Tochter, die er zum Gymnasium begleiten wollte, das lag auf dem Weg. Es schneite große nasse Flocken.

– Wir haben heute drei Grad Wärme, dennoch schneit es, – sprach Gurov zu seiner Tochter. – Es ist nämlich nur an der Erdoberfläche warm, in den höheren Schichten der Atmosphäre herrscht eine ganz andere Temperatur.

– Papa, warum gibt es im Winter keinen Donner?

Er erklärte ihr auch das. Er sprach und dachte, dass er jetzt zu einem Rendezvous ging und keine Menschenseele davon wusste und, wahrscheinlich, auch nie davon erfahren würde. Er hatte zwei Leben: eines, das offen zutage lag, das jeder sah und kannte, den es etwas anging, ein Leben voll bedingter Wahrheit und voll bedingten Betrugs, in allem dem Leben seiner Freunde und Bekannten ähnlich, und das andere – das heimlich verlief. Und ein merkwürdiges, vielleicht zufälliges Zusammentreffen von Umständen wollte es, dass alles, was wichtig, interessant und notwendig für ihn war, worin er ehrlich war und sich nicht selbst betrog, was den Kern seines Lebens darstellte, heimlich geschah, den anderen verborgen; alles dagegen, was seine Lüge darstellte, die Hülle, hinter der er sich versteckte, um die Wahrheit zu verbergen, wie zum Beispiel seinen Dienst in der Bank, die Streitgespräche im Klub, seine »niedere Rasse«, die Jubiläen, zu denen er seine Frau mitnahm – all das lag offen zutage. Und von sich schloss er auf andere, glaubte nicht an das, was er sah, und nahm immer an, dass jeder Mensch im Schutz des Geheimnisses, wie im Schutze der Nacht, sein wahres, wirklich interessantes Leben führe. Jedes einzelne Dasein beruht auf einem Geheimnis, und vielleicht ist der kultivierte Mensch teilweise deshalb so nervös darum besorgt, dass sein persönliches Geheimnis gewahrt bleibt.

Nachdem er die Tochter bis zum Gymnasium begleitet hatte, begab sich Gurov in den »Slavjanskij Bazar«. Unten legte er den Pelzmantel ab, stieg hinauf und klopfte leise an die Tür. Anna Sergeevna, in dem grauen Kleid, das er so liebte, erschöpft von der Reise und vom Warten, hatte ihn seit dem gestrigen Abend erwartet; sie war bleich, blickte ihn an und lächelte nicht, kaum war er eingetreten, sank sie schon an seine Brust. Als hätten sie einander zwei Jahre nicht gesehen, war ihr Kuss innig und lang.

– Und, wie geht es dir dort? – fragte er. – Was gibt es Neues?

– Warte, ich erzähle es gleich ... Ich kann nicht ...

Sie konnte nicht sprechen, denn sie weinte. Sie wandte sich von ihm ab und drückte das Taschentuch an die Augen.

»Soll sie ein bisschen weinen, ich setze mich erst mal«, – dachte er und setzte sich in einen Sessel.

Dann klingelte er und bestellte sich Tee; dann, während er den Tee trank, stand sie noch immer, dem Fenster zugewandt ... sie weinte vor Erregung und im schmerzlichen Bewusstsein, dass ihr Leben so traurig kompliziert war; sie sehen sich nur heimlich, verstecken sich vor den Menschen wie Diebe! Ist ihr Leben nicht zerstört?

– Hör schon auf! – sagte er.

Ihm war klar, dass ihre Liebe noch nicht so bald enden würde, wer wusste schon, wann. Anna Sergeevna hing immer mehr an ihm, bewunderte ihn, und es wäre undenkbar gewesen, ihr zu sagen, dass alles irgendwann einmal ein Ende haben müsse; sie hätte es ohnehin nicht geglaubt.

Er trat auf sie zu und fasste sie an den Schultern, um sie zu liebkosen, um zu scherzen, dabei sah er sich im Spiegel.

Sein Haar wurde allmählich grau. Und es kam ihm merkwürdig vor, dass er in den letzten Jahren so gealtert, so hässlich geworden war. Die Schultern, auf denen seine Hände lagen, waren warm und voller Leben. Er verspürte Mitleid mit diesem Leben, das noch so warm und so schön, wahrscheinlich aber auch schon im Begriff war, zu verblassen und zu welken wie sein eigenes Leben. Weshalb liebte sie ihn so sehr? Er war Frauen nie als derjenige erschienen, der er war, und sie hatten in ihm nie ihn selbst geliebt, sondern einen Menschen, den ihre Vorstellung erschaffen und den sie in ihrem Leben gierig gesucht hatten; und wenn sie ihren Irrtum eingesehen hatten, liebten sie ihn trotzdem. Und keine Einzige von ihnen war glücklich mit ihm gewesen. So ging die Zeit dahin, er schloss Bekanntschaften, ging Verhältnisse ein, trennte sich, doch kein einziges Mal hatte er geliebt; was immer es gewesen sein mochte, Liebe war es nie.

Und erst jetzt, als sein Haar grau wurde, liebte er, wie es sich gehört, liebte wahrhaftig – zum ersten Mal im Leben.

Anna Sergeevna und er liebten sich wie zwei einander sehr nahe, vertraute Menschen, wie Eheleute, wie zärtliche Freunde; ihnen schien, als habe das Schicksal sie füreinander bestimmt, unbegreiflich war nur, weshalb er, wie auch sie, mit einem anderen Menschen verheiratet war; sie waren wie zwei Zugvögel, Männchen und Weibchen, die man gefangen und in zwei getrennte Käfige gesperrt hatte. Sie verziehen einander das, dessen sie sich in ihrer Vergangenheit schämten, verziehen einander alles, was in der Gegenwart war, und spürten, dass diese ihre Liebe sie beide verändert hatte.

Früher, in traurigen Minuten, hatte er sich immer mit irgendwelchen zufälligen Erklärungen getröstet, heute dagegen stand ihm der Sinn nicht nach Erklärungen, er spürte tiefes Mitgefühl, wollte ehrlich sein, zärtlich …

– Hör auf, meine Gute, – sagte er. – Du hast dich ausgeweint, genug jetzt … Lass uns miteinander reden, lass uns etwas überlegen.

Danach berieten sie lange, sprachen darüber, wie sie es vermeiden könnten, sich zu verstecken, zu betrügen, in verschiedenen Städten zu leben, sich lange nicht zu sehen. Wie sich befreien von diesen unerträglichen Fesseln?

– Wie? Wie? – fragte er immer wieder und fasste sich an den Kopf. – Wie?

Und es schien, als bräuchte es nur noch ein wenig – und die Lösung wäre gefunden, und dann würde ein schönes, neues Leben beginnen; und beiden war klar, dass es bis zum Ende noch sehr-sehr weit war und dass das Komplizierteste und Schwierigste eben erst begonnen hatte.

Nachweis

Die vorliegenden Texte, allesamt in der Neuübersetzung von Peter Urban, sind sowohl dem Früh- als auch dem Spätwerk von Anton Čechov entnommen. Ziel war es, dass die in jungen Jahren geschriebenen Texte mit jenen aus reiferen Jahren ein Zwiegespräch führen.

Knaben (Mal'čiki). Petersburgskaja gazeta, 21. Dezember 1887
Erstmals deutsch in Anton Čechov, *Kaschtanka und andere Kindergeschichten*, Zürich 2004

Kleiner Scherz (Šutočka) 1886 (12.3. Sverčok 10)
Erstmals deutsch in Anton Čechov, *Angst.* Sieben Geschichten von der Liebe, Friedenauer Presse Katharina Wagenbach-Wolff, Berlin 1996, dann in *Diesmal schenken wir uns nichts*, Zürich 2015

Volodja der Große und Volodja der Kleine (Volodja bol'šoj i Volodja malen'kij). Russkie vedomosti, 28. Dezember 1893
Erstmals erschienen in Anton Čechov, *Angst.* Sieben Geschichten von der Liebe, Friedenauer Presse Katharina Wagenbach-Wolff, Berlin 1996, dann in *Rothschilds Geige.* Späte Erzählungen 1893–1896, Zürich 2015

Beichte (Ispoved'). Zritel' Nr. 5 (zd: 19. Januar) 1883
Erstmals deutsch in *Das Leben in Fragen und Ausrufen*, Zürich 2001

Auf Dienstreise (Po delam služby). Knižki ›Nedeli‹, Nr. 1, 1899
Erstmals deutsch in *Die Dame mit dem Hündchen,* Zürich 2015

Der Tannenbaum (Elka). Razvlečenie, 27. Dezember 1884
Erstmals deutsch in *Das Leben in Fragen und Ausrufen,* Zürich 2001

Der Auftrag (Zakaz). Peterburgskaja gazeta, 8. Dezember 1886
Erstmals deutsch in *Ende gut.* Frühe Erzählungen 1886–1887, Zürich 2002

Tausend und eine Leidenschaft oder Eine schreckliche Nacht (Tysjača i odna strast', ili strašnaja noč'). Strekoza, 27. Juli 1880
Erstmals deutsch in *Das Leben in Fragen und Ausrufen,* Zürich 2001

Ein Weiberreich (Bab'e carstvo). Russkaja mysl, Nr. 1 (Januar) 1894
Erstmals deutsch in *Rothschilds Geige.* Späte Erzählungen 1893–1896, Zürich 2015

Standhafte Liebe (Ljubov' bez zybi). Zu Lebzeiten Čechovs nicht veröffentlicht, erstmals in der von Čechovs Schwester Marija Pavlovna edierten Brief-Ausgabe, Moskau 1912, Band 1, geschrieben 1886
Erstmals deutsch in *Ein unnötiger Sieg,* Zürich 2000

Vanjka (Van'ka). Russkij satiričeskij listok, 9. Februar 1884
Erstmals deutsch in *Er und sie.* Frühe Erzählungen 1880–1885, Zürich 2002, dann in Anton Čechov, *Kaschtanka und andere Kindergeschichten,* Zürich 2004

In der Nacht auf Weihnachten (V Roždestvenskuju noč). Budilnik Nr. 50 [zd: 22. Dezember], 1883
Erstmals deutsch in *Er und sie.* Frühe Erzählungen 1880–1885, Zürich 2002

Ein Traum (Son). Peterburgskaja gazeta, 25. Dezember 1885
Erstmals deutsch in *Er und sie.* Frühe Erzählungen 1880–1885, Zürich 2002

An Weihnachten (Na svjatkach). Petersburgskaja gazeta, 1. Januar 1900
Erstmals deutsch in *Die Dame mit dem Hündchen.* Späte Erzählungen 1897–1903, Zürich 2015

Kunst (Chudožestvo). Peterburgskaja gazeta, 6. Januar 1886
Erstmals deutsch in *Ende gut.* Frühe Erzählungen 1886–1887, Zürich 2002

Der Zerrspiegel (Krivoe zerkalo). Zritel' Nr. 2 (zd: 5. Januar) 1883
Erstmals deutsch in *Er und sie.* Frühe Erzählungen 1880–1885, Zürich 2002

Der gute Bekannte (Dobryj znakomyj). Oskolki, 25. Dezember 1882
Erstmals deutsch in *Er und sie.* Frühe Erzählungen 1880–1885, Zürich 2002

Neujahrs-Großmärtyrer (Novogodnie velikomučenniki). Oskolki, 4. Januar 1886
Erstmals deutsch in *Ende gut.* Frühe Erzählungen 1886–1887, Zürich 2002

Durchlebtes (Perežitoe). Zritel' Nr. 1 (zd: 31. Dezember 1882), 1883
Erstmals deutsch in *Das Leben in Fragen und Ausrufen,* Zürich 2001

Frost (Moroz). Peterburgskaja gazeta, 12. Januar 1887
Erstmals deutsch in *Ende gut.* Frühe Erzählungen 1886–1887, Zürich 2002

Visitenkarten (Vizitnye kartočki). Oskolki, 4. Januar 1886
Erstmals deutsch in *Aus den Erinnerungen eines Idealisten,* Zürich 2001

Neujahrsfolter (Novogodnjaja pytka). Budilnik, 4. Januar 1887
Erstmals deutsch in *Aus den Erinnerungen eines Idealisten,* Zürich 2001

Betrüger wider Willen (Mošenniki ponevole). Zritel' Nr. 1 (zd: 31. Dezember 1882), 1883
Erstmals deutsch in *Das Leben in Fragen und Ausrufen*, Zürich 2001

Zu früh! (Rano!). Peterburgskaja gazeta, 16. März 1887
Erstmals deutsch in *Ende gut.* Frühe Erzählungen 1886–1887, Zürich 2002

Die Dame mit dem Hündchen (Dama s sobačkoj). Russkaja mysl, Nr. 12 (Dezember) 1899
Erstmals deutsch in Anton Čechov, *Angst.* Sieben Geschichten von der Liebe, Friedenauer Presse Katharina Wagenbach-Wolff, Berlin 1996, dann in *Die Dame mit dem Hündchen.* Späte Erzählungen 1897–1903, Zürich 2015

»Der Diogenes Verlag will durch lesbare Literatur unterhalten, durch Neues vor den Kopf stoßen, aber auch Altes neu entdecken; das ›Neue um des Neuen willen‹ übersehen und so das Modische vom Modernen unterscheiden. So viel wirklich Neues kann es gar nicht geben. Echte Avantgarde, sagt Karl Kraus, ist nichts anderes als der mutige Rückschritt zur Vernunft – und an das Neue, das nur aussieht wie das Alte, muss man sich erst gewöhnen.«

DANIEL KEEL

Erzählungen
Aus dem Russischen von Peter Urban und Beate Rausch
Ausgewählt von Christine Stemmermann
272 Seiten
Auch erhältlich als eBook

»Am liebsten erinnern sich die Frauen an die Männer, mit denen sie lachen konnten.« So Anton Čechov, der die Frauen und die Liebe kannte wie kein anderer. Voller Witz und ohne Illusionen verewigt er eines der facettenreichsten Gefühle. Rendezvous, Seufzeralleen und Küssereien sind ebenso vertreten wie leise Sehnsucht, verflogener Zauber, vertagte Geständnisse und gute Partien.